KB136981

아르센 뤼팽
서스펜스

아르센 뤼팽
서스펜스

초판 1쇄 인쇄 | 2022년 6월 05일
초판 1쇄 발행 | 2022년 6월 13일
지은이 | 모리스 르블랑
옮긴이 | 김경아
펴낸곳 | 장현북스
펴낸이 | 황명석

등록 | 2021년 12월 09일 제 2021 - 000051호
주소 | 인천광역시 서구 승학로 422번길 27, 501호
전화 | 070-8242-8548
팩스 | 050-4466-9664
E-mail | jhbookspub@naver.com

인쇄·제본 | 성광인쇄(주)

ISBN | 979-11-977149-2-4   03860

값 13,000원

Arsène Lupin

suspense

아르센 뤼팽
서스펜스

모리스 르블랑 지음
김경아 옮김

J.H BOOKS
장현북스

머리말

심리의 대가大家 뤼팽의 매력에 푹 빠지길

추리소설 하면 대부분 셜록 홈즈와 '괴도신사 뤼팽'을 먼저 떠올릴 것이다. 이제 명탐정의 대명사는 셜록 홈즈이고, 대도둑의 대명사는 아르센 뤼팽이 되어버린 지오래다. 홈즈와 뤼팽은 천적이며 오랜 맞수이다.

그러나 우리는 이성적이고 엄격한 분위기의 셜록 홈즈보다는 한 여인을 위해 체포되는 것도 불사하는 로맨스가 있고 낭만적인 뤼팽에게 더 매력을 느낀다.

뤼팽은 단순한 도둑이라기보다는 엄중한 경계망을 뚫고 부정축재한 정치인이나 악랄한 부자의 미술품이나 보석들을 훔쳐가는 의적의 캐릭터이다.

"나도 내가 누군지 모르겠는 걸. 거울을 보면서도 나 자신을 알아보지 못한다니까……."

작품 속 뤼팽의 말처럼 가끔씩 그는 자기 스스로도 자신의 모습을 알아볼 수 없을 정도로 천의 얼굴을 가진 변장의 명수이며, 매번 그는 다른 사람들의 심리를 읽으며 사건을 주도한다.

뤼팽은 때로는 탐정과 도둑의 1인 2역을 하기도 하며, 미술품의 가치를 제대로 아는 아티스트이기도 하다. 그는 도둑이기는 했으나 동시에 풍류가였다.

뤼팽은 마치 자기 작품을 무대 위에 올려놓고, 그 무대 뒤에서 자신의 아이디어가 어떻게 실현되는지 지켜보며 기분 좋게 웃고 있는 그런 인물이다.

"무엇 때문에 같은 모습을 갖고 있어야 하나구요? 왜 늘 같은 성격으로 살아가야 하느냐 이 말입니다. 내가 하는 행동만으로도 나라는 것을 알 수 있지 않을까요?"

"바로 이 사람이 아르센 뤼팽이다, 라고 아무도 단언할 수 없다는 건 참으로 즐거운 일입니다. 다만, 이런 놀라운 일은 아르센 뤼팽이 아니고서는 불가능한 일이라고 사람들에게 인식되는 것이겠지요."

그는 이처럼 아주 천재적인 도둑으로 고도의 심리적 전술을 스스로 즐기며, 다른 사람들에게도 통쾌함을 주는 '괴도 신사'였다. 또한 그는 이미 경찰들의 생각을 다 읽을 수 있는 추리의 대가이기도 했다.

하지만, 이런 그의 모습 뒤에는 알 수 없는 '고독'이 깃들어 있고, 그것이 독자들에게 연민을 느끼게 한다. 이것이 바로 뤼팽이 단순한 의적보다 더 매력적인 이유이기도 하다.

뤼팽을 창조한 모리스 르블랑은 뤼팽을 주인공으로 하는 작품으로 프랑스의 추리소설가를 넘어 세계적인 인물이 되었다. 그리고 뤼팽은 프랑스의 영웅을 넘어 세계의 많은 추리 소설 독자들의 마음속에 신화 같은 존재가 되었다.

모리스 르블랑은 아르센 뤼팽을 주인공으로 하는 21개의 작품을 썼으며, 이 국민적인 영웅을 만들어낸 공적으로 프랑스 최고의 레종도뇌르 훈장을 받기도 했다.

이 책에 엄선된 〈감옥속의뤼팽〉, 〈왕비의목걸이〉, 〈하트세븐〉, 〈앵베르부인의 금고〉, 〈체포된 뤼팽〉, 〈흑진주〉, 〈한 발늦은 홈즈〉, 〈수상한 여행자〉, 〈뤼팽의 탈출〉은 뤼팽 시리즈 중에서도 최고의 걸작들만 모아놓은 것으로, 독자들은 뤼팽의 독특한 활약상을 맘껏 즐길 수 있을 것이다.

차례

01

감옥 속의 뤼팽

감옥 속의 뤼팽

여행가라고 하는 사람 치고 세느 강변을 모른다거나, 쥬미에주에서 생 방드리유 페허로 가는 길 강 한복판 바위 위에 서 있는 말라키의 낡고 특이한 작은 성을 보지 못한 사람은 없을 것이다. 그 성은 다리의 아치에서 큰길로 통해 있기 때문이다. 어두운 탑 아랫부분은 그 탑을 받치고 있는 단단한 화강암, 그러니까 어느 산에서인지 굴러와 무서운 지진으로 인해 거기에 남게 된 듯한 커다란 돌덩이와 한 덩어리가 되어 있다. 그 언저리에는 큰 강물이 갈대 사이를 조용히 흐르고, 할미새는 축축하게 젖은 돌 위에서 몸을 떨고 있다.

말라키의 역사는 그 이름에서 느껴지는 기분만큼이나 왠지 불쾌해진다. 그곳은 전투, 포위공격, 습격, 약탈, 학살의 역사를 담고 있다. 코우 지방의 야화 가운데 그곳에서 있었던 몸서리쳐질 정도의 범죄가 괴담으로 전해져 내려오고 있다.

옛날 쥬미에주의 수도원이며 샤를 7세의 애첩이었던 아네스 소렐의 대저택으로 연결되어 있었다는 그 유명한 지하통로의 이야기도 물론 그중 하나다.

영웅이나 도둑들의 소굴이었던 이 성에 지금은 나탕카오른 남작이 살고 있다. 그는 '사탄 남작'으로 불릴 만큼 냉정하고 모진 사람이다. 물론 야멸찬 방법으로 일시에 큰 재산가가 된 사람이기도 하다. 말라키의 영주는 파산하여 선조 대대의 저택을 헐값으로 그에게 팔지 않으면 안 되었던 것이다. 남작은 그곳을 가구며 그림이며 도자기며 조각 등의 훌륭한 수집품으로 장식하였다.

하지만 그는 두 늙은 하인을 둔 채 홀로 살고 있었다. 그러니 낡고 큰 바에 있는 세 점의 루벤스 그림, 두 점의 와토 그림, 장 구종의 의자, 그 밖의 경매 단골인 부자들에게서 지폐뭉치를 안겨주고 사들인 수많은 귀중품을 본 사람은 아무도 없었다.

사실 사탄 남작은 두려워하고 있었다. 자신의 집요한 정열로써, 그리고 제아무리 교활한 장사꾼이라도 속지 않는 감식안으로 모은 수집품들을 안전하게 지키는 것 때문이었다.

그는 자신의 보물들을 사랑했다. 구두쇠처럼 탐욕스럽게, 그리고 여자에게 홀딱 반한 사내처럼 강렬한 질투심으로 그 보물들을 사랑했다.

해가 질 무렵이면 다리 양쪽의 무쇠를 입힌 네 개의 문과 안뜰의 출입구가 닫히고 빗장이 질러진다.

조금만 건드리면 정적 속에서 벨소리가 울려 퍼진다. 그러나 세느강의 다른 한쪽은 아무 걱정을 하지 않아도 되었다. 바위가 절벽이 되어 우뚝 솟아 있기 때문이다.

9월의 어느 금요일, 우편배달부가 다른 날처럼 다리 끝에 나타났다. 무거운 문을 절반쯤 연 것도 평상시와 마찬가지로 남작이었다. 우편배달부는 사람 좋아 보이는 인상과 농군처럼 선량한 눈빛을 가지고 있었다. 하지만 남작은 그를 이미 수년 전부터 알고 있었음에도 불구하고 마치 낯선 사람을 보듯 뻔히 쳐다보았다.

　우편배달부는 변함없이 상냥하게 웃으면서 말했다.

　"전데요. 남작 나리. 다른 사람이 제 옷과 모자를 쓰고 온 것은 아니랍니다."

　"뭐, 그건 알 수 없는 일이지."

　남작이 중얼거리듯 대꾸했다. 배달부는 신문다발을 건네준 다음 이렇게 덧붙였다.

　"그런데요. 나리, 다른 것이 또 있습니다."

　"다른 거라구?"

　"편지입니다. 등기편지인데요……."

　친구는 물론 관심을 가져주는 사람도 없이 혼자 살고 있는 남작은 한 번도 편지를 받아본 적이 없었다. 때문에 그는 그 편지가 걱정거리가 될 불길한 사건을 일으킬 것만 같은 느낌이 들었다. 그런데 이 은둔처까지 바짝 쫓아온 기괴한 발신자는 과연 누구란 말인가?

　"서명을 부탁합니다, 남작 나리."

　남작은 투덜거리면서 서명을 했다. 그리고 나서 편지를 받아들고 배달부의 모습이 길모퉁이로 사라질 때까지 기다렸다가 천천히 발걸음을 옮겼다. 그는 다리 난간에 몸을 기대고 봉투를 뜯었다. 속에 들어 있는 편지에는 '라 샹테 감옥, 파리' 라는 주소가 쓰여 있었다. 서명을 보니 '아르센 뤼팽' 이라고 되어 있었다. 그는 깜짝 놀라 편지를 읽어내려 갔다.

남작 귀하.

귀하의 두 개의 응접실을 잇는 복도에는 필립 드 샹파뉴의 훌륭한 그림이 있는데, 그것이 제 마음에 몹시 듭니다.

귀하가 갖고 계신 루벤스도, 와토의 소품도 역시 제 취미에 맞는 것들이지요. 오른쪽 응접실에는 루이 13세식 찬장, 부베의 벽걸이, 야콥의 서명이 있는 앙피르풍 원탁, 르네상스 시대의 궤짝이 눈에 띄었습니다. 그리고 왼편 응접실에는 보석과 세밀화가 눈에 띄더군요. 이번에는 비교적 처리하기 쉬운 이런 물건들만 취하는 걸로 하겠습니다. 그러니 이것들을 적당히 꾸려 8일 안에 바티뇰 역 사서함으로 보내주셨으면 합니다.

만일 그렇지 않을 경우에는 9월 27일 수요일에서 28일 목요일 사이의 밤에 직접 가서 물건들을 챙기도록 하겠습니다. 그리고 그때는 당연히 이런 물건들만으로는 안 된다는 것을 미리 알아두셨으면 합니다. 공연한 심려를 끼쳐드려 죄송하다는 말 전하며 이만 줄입니다. 남작께 경의를 표합니다.

아르센 뤼팽 –

추신: 와토의 작품 가운데 가장 큰 것은 보내지 마십시오. 귀하가 경매회관에서 3만 프랑을 주고 구입한 것입니다만, 그것은 가짜입니다. 원작은 집정관 정부(1795~1799) 시절에 야단법석이 일어난 어느 날

밤, 바라스가 광란의 연회를 즐기다가 그만 불태우고 말았습니다. 가라트의 〈회상록〉을 참조하시면 알게 될것입니다.

또한 루이 15세의 띠장식 고리도 바라지 않습니다. 어쩐지 진짜 같지가 않으니 말입니다.

이 편지는 카오른 남작을 몹시 놀라게 했다. 다른 서명으로 되어 있어도 어지간히 놀랐을 텐데 아르센 뤼팽이라니! 열심히 신문을 읽는 편이라 절도나 범죄에 대한 사건을 상세히 알고 있는 그가 이 극악무도한 괴도의 소행을 모를 리가 없었다.

물론 그는 미국에서 가니마르에게 붙잡힌 뤼팽이 분명히 감금되어 있으며 예심재판이 진행중이라는 것도 잘알고 있었다. 하지만 그는 뤼팽 같은 인물은 언제 어느때 무슨 일을 저지를지 알 수 없다는 것도 알았다. 더구나 이 성의 그림이며 가구의 배치에 대해 이렇게 정확하게 알고 있다는 것이 그 무엇보다도 두려웠다.

아무도 본 일이 없는 물건에 대해 대체 누가 정보를 흘린 것일까?

남작은 눈을 들어 말라키의 기분 나쁜 그림자, 그 우뚝 솟은 받침돌과 그것을 둘러싼 깊은 물살을 바라본 다음 다시 목을 움츠렸다.

'그래, 위험 같은 것은 있을 수 없어.'

이 세상 그 어느 누구도 수집품이 있는 방안에까지 숨어 들어올 수 없다! 하지만, 아르센 뤼팽이라면……? 아르센 뤼팽에게 걸린다면 문짝이나 도개교(跳開橋 ; 큰 배가 밑으로 지나갈 수 있도록 하기 위하여 위로 열리는 구조로 만든 다리) 나 담장이 제 구실을 할 수 있을까? 만약 아르센 뤼팽이 목적을 이루려고 결심했다면 아무리 큰 장애라도, 아무리 세심한 주의를 기울인들 무슨 소용이 있을까?

그날 밤 남작은 르왕시의 검사 앞으로 편지 한 통을 보냈다. 협박장을 함께 보내며, 도움과 보호를 요청한 편지였다.

답장은 곧 왔다. 아르센 뤼팽은 지금 라 샹테 감옥에 구금되어 엄중하게 감시당하고 있으므로 편지를 쓸 수 없다는 것이다. 그 편지는 다른 사람이 썼음에 틀림없고, 논리적, 상식적으로 판단해도 역시 결과는 같다. 만일을 위해 전문가에게 필적을 감정토록 의뢰했는데 그 결과, 필적은 일부 유사한 점이 있으나 뤼팽의 것은 아니었다는 내용이었다.

'일부 유사한 점'이 있다고!

남작은 이 무서운 글귀만을 머릿속에 기억했다. 이것만으로도 경찰 당국이 개입해야 할 충분한 이유가 된다고 생각했다. 그의 불안은 점점 더 커져만 갔다. 편지를 몇번이나 되풀이해서 읽었다. 뤼팽이 적접 방문하여 챙겨 가겠다는 확신에 찬 뤼팽의 발언! 더구나 확실한 날짜, 9월 27일 수요일부터 9월 28일 목요일 사이의 밤이라고 명시하고 있지 않은가!

의심 많고 엉큼한 남작은 하인들에게 이런 사실을 솔직하게 털어 놓고 싶지 않았다. 그로서는 하인들 역시 믿을 수 없다고 생각하기 때문이다. 그러나 그는 요 몇 년이래 처음으로 누구에게든 이런 이야기를 털어 놓고 조언을 듣고 싶은 마음이 간절했다.

하지만 경찰당국은 지금의 상황을 남의 집 불 보듯 하고 있으니 소용없고, 스스로 재산을 지킬 자신 또한 없는 것이다. 그러니 당장 파리로 달려가 퇴물 경찰관이라도 한 명 불러오고 싶은 게 솔직한 심정이었다.

그런데 이틀이 지나고 사흘째 되는 날이었다. 신문을 읽다가 그는 너무 기뻐 몸을 부르르 떨며 환호성을 내질렀다. 코드베크에서 발행하는 르 레베이 신문 사회면에서 다음과 같은 기사를 볼 수 있었던 것이다.

- 우리들의 기쁨이 아닐 수 없다. 3주일쯤 전부터 이지방에 가니마르 경감이 머무르고 있다는 것은. 그는 경시청의 노련한 경감 중 한 사람으로, 최근에는 아르센 뤼팽을 체포한 공으로 말미암아 전 유럽에 명성을 떨치기도했다. 오랫동안의 피로를 씻기 위해 지금 그는 잉어 낚시를 즐기며 소일하고 있다.

가니마르! 카오른 남작에게는 최고의 원조자였다! 노련하고 인내심 강한 가니마르 외에 뤼팽의 계획을 수포로 돌아가게 할 사람이 또 누가 있겠는가?

남작은 망설이지 않았다. 성에서 코드베크까지는 6킬로미터의 거리였다. 그는 구원될 수 있다는 유일한 희망을 안고 흥분해 있는 사람답게 경쾌한 발걸음으로 6킬로미터를 내달려갔다.

경감의 주소를 알기 위해 몇 번의 수고를 했지만 실패로 끝났다. 그는 강변 중간쯤에 있는 르 레베이 신문사의 사무실로 향했다.

화제의 기사를 쓴 기자를 만나자 그는 창가로 걸어가며 이렇게 말했다.

"가니마르 씨를 찾으신다고요? 강가에 가면 틀림없이 낚시질하고 있는 그를 만날 수 있을 겁니다. 나도 강가에서 친해졌어요. 낚싯대에 그의 이름이 새겨져 있는 것을 우연히 발견했거든요. 저기 저 산책길의 가로수 아래에 몸집이 작은 노인이 있지요?"

"프록코프에 밀짚모자를 쓴 사람인가요?"

"그렇습니다! 그 사람은 말이 없고 성미가 참으로 괴짜 중 괴짜이더군요."

오 분 정도 지났을까. 남작은 가니마르에게 다가가 자기소개를 한 후 본격적으로 이야기를 하려 했다. 하지만 생각처럼 말이 자연스럽게 안 풀렸다. 하는 수 없이 그는 단순무식하게 사실적으로 상황을 설명했다.

그러나 상대편은 좀처럼 낚싯줄에서 눈을 떼지 않고 꼼짝도 않은 채 듣고 있었다. 그러더니 잠시 후 그는 남작을 향해 고개를 돌리고는 마치 안 되었다는 듯한 표정으로 아래 위를 훑어보았다.

"선생, 훔치려고 하는 상대방에게 미리 예고부터 한다는 건 어리석은 일이 아니겠소. 아르센 뤼팽이 그렇게 바보 같은 짓을 할 리 없습니다."

"하지만……."

"선생, 조금이라도 의심스럽다면 나는 다른 일을 제쳐 두고라도 뤼팽을 체포하는 쪽을 택할 겁니다. 하지만 유감스럽게도 그는 지금 감금되어 있네요."

"혹시, 탈옥한다면……?"

"라 샹테에서는 탈옥할 수 없습니다."

"하지만 뤼팽이라면……?"

"그든 누구든 마찬가지입니다."

"그러나……."

"뭐, 탈옥하려면 하라지요. 또 잡아넣으면 되니까요. 그때까지는 베개를 높이 하고 주무시죠. 그리고 잉어낚시를 방해하지 않았으면 합니다."

대화는 이쯤에서 끝이 났다. 가니마르가 너무나 태연했기에 남작은 조금은 안심하고 저택으로 돌아갈 수 있었다. 그는 자물쇠를 다시 한 번 확인한 후 하인들의 태도를 살폈다.

한 이틀이 지나자 결국 자신의 걱정은 기우일 뿐이었다는 생각을 하게 되었다. '맞다. 가니마르가 말한 것처럼 훔치려고 하는 상대방에게 예고 같은 것을 하는 바보가 어디 있겠는가.'

드디어 그날이 다가왔다. 27일의 전날인 화요일 오전에는 아무 일도 일어나지 않았다. 그러나 3시가 되자 한소년이 벨을 눌렀다. 전보를 가지고 왔다.

바티뇰 역에 짐이 없군요. 내일 밤, 방문하겠소.

아르센 –

남작은 또다시 공포에 사로잡혔다. 차라리 아르센 뤼팽의 요구대로 해줄 걸 괜한 고집을 부렸다는 후회가 들 정도였다. 남작은 다시 코드베크로 달려갔다. 가니마르는 접었다 폈다 하는 의자에 걸터앉아 같은 장소에서 낚시를 하고 있었다. 남작은 아무 말도 하지 않고 전보를 내밀었다.

"그래서요?"

경감이 말했다.

"그래서라뇨? 바로 내일이라구요!"

"뭐가요?"

"강도 말입니다! 강도가 내 수집품을 훔쳐 가겠다는 것이오!"

순간 가니마르는 낚시대를 놓고 남작 쪽으로 돌아앉으면서 팔짱을 낀 채 신경질적으로 소리쳤다.

"여보세요! 아니, 내가 그런 바보 같은 말도 안 되는 이야기에 속을 것 같습니까?"

"좋아요. 그러면 9월 27일부터 28일 사이 밤에 우리 집으로 와 주시는 데 얼마를 드리면 되겠소?"

"한 푼도 필요 없습니다. 그저 나를 가만히 내버려 두시죠."

"사례금을 말씀하시죠. 나는 부자거든요. 돈이 많다구요!"

남작의 무모한 요청에 가니마르는 황당해 했으나 잠시 후 침착성을 되찾고 조용히 그를 타일렀다.

"나는 휴가를 보내기 위해 이곳에 왔습니다. 그러니 그런 일에 관여할 상황이 아니랍니다."

"그렇다면 누구에게도 알리지 않겠소. 어떤 일이 있어도 비밀을 지킬 것을 약속하지요."

"참, 나. 별 말씀을! 아무 사건도 일어나지 않을 겁니다."

"3천 프랑이면 되겠소?"

경감은 담배를 한 대 피우고 나더니 못 이기는 척 이렇게 말했다.

"좋아요. 원하는 대로 하지요. 단, 괜한 짓에 돈을 버리는 것이나 마찬가지라는 걸 명심하세요."

"그런 건 상관없소."

"꼭 그렇다면… 생각 좀 해봅시다. 뤼팽 같은 특이한 도둑이라면 분명 패거리가 있을 거예요. 어때요, 댁의 하인들은 어떤 사람들입니까?"

"글쎄요……."

"기대를 걸진 않겠습니다. 다만 안전하게 하기 위해 전보로 내 동료를 두 사람 부르죠. 그럼, 됐지요. 함께 있는 것을 다른 사람이 보면 안 되니까. 내일 9시쯤에 만나죠."

아르센 뤼팽이 제시한 날, 카오른 남작은 벽에 장식해 두었던 무기를 꺼내어 닦은 다음 말라키 부근을 둘러보았다. 수상한 것은 아무것도 눈에 띄지 않았다. 그날 밤 8시 30분에 남작은 하인들을 일찌감치 물러가도록 지시했다.

하인들은 큰길에서 조금 들어간 성 끝에 있는 별채에 살고 있었다. 처음으로 그는 혼자서 네 개의 문을 조용히 열었다. 잠시 뒤 발소리가 가까이 오는 것이 들렸다. 가니마르는 두 사람의 조수를 소개했다. 굵은 목에 탄탄한 팔을 한 튼튼한 젊은이들이었다. 그는 약간의 설명을 요구했다. 저택의 내부구조를 알게 되자 그는 문제의 방으로 통하는 모든 출입구를 조심스럽게 단속했다. 벽을 조사해 보고 벽걸이도 들어올려 살펴 본 다음 마지막으로 두 부하를 중앙 복도에 대기시켰다.

"실수하면 안 돼. 알겠지? 여기서는 잠을 자면 안 된다고. 조금이라도 수상한 일이 있으면 안뜰 쪽으로 난 창을 열고 나를 불러. 강 쪽도 조심해. 10미터쯤의 낭떠러지는 녀석 같은 악한들에게는 아무 것도 아니거든."

그는 두 사람을 그곳에 남겨두고 열쇠를 가지고 가면서 남작에게 물었다.

"그럼, 이번에는 우리가 지킬 장소를 정하죠."

그는 주위의 두꺼운 성벽 가운데 있는 커다란 두 문 사이의 작은 방을 골랐다. 그전에는 숙직을 하던 방이었다. 다리 쪽과 안뜰 쪽으로 각각 하나씩 밖을 내다볼 수 있는 구멍이 뚫려 있었다.

한쪽 구석으로는 우물 입구 같은 것이 보였다.

"이 우물은 지하도의 유일한 입구로 옛날부터 막혀있었다고 하셨지요?"

"그래요."

"그렇다면 아무도 모르는 또 다른 출구가 없는 이상, 아르센 뤼팽이 아무리 대단하다 하더라도 안심할 수 있어요."

그는 의자 세 개를 나란히 놓고 편안히 몸을 눕힌 다음 파이프에 불을 붙여 물었다.

"남작, 내가 이번 일을 맡은 건 말년을 지낼 집 한 칸이나마 준비하기 위한 겁니다. 이런 얘기를 뤼팽에게 해주면 그는 아마 배꼽을 잡고 웃을 거요."

그러나 남작은 웃지 않았다. 오히려 그는 더욱 바짝 어둠 속을 향해 귀를 곤두세웠다. 이따금 우물 구멍을 통해 불안한 눈으로 어둠 속을 바라보았다. 11시, 12시, 1시… 종소리가 연이어 울려 퍼졌다. 갑자기 남작이 가니마르의 팔을 잡는 바람에 경감은 놀라서 눈을 떴다.

"들립니까?"

"들립니다."

"무슨 소리입니까?"

"내가 코고는 소리요."

"아니오, 잘 들어보시오."

"아, 저건 자동차의 경적소리요."

"그렇다면?"

"이봐요, 남작. 뤼팽은 당신의 성을 파괴하기 위해 쇠망치 대신
자동차를 사용하는 어리석은 짓은 하지 않을겁니다. 남작, 나 같
으면 차라리 편히 잠이나 자겠소. 그럼, 나는 다시 잠을 자야겠
소. 편히 쉬시오."

더 이상 아무 소리도 들리지 않았다. 가니마르는 다시 잠을 잤
고, 남작도 규칙적으로 요란하게 코 고는 소리 말고는 아무것도 듣
지 못했다.

동이 틀 무렵, 두 사람은 작은 방에서 나왔다. 평화롭고 상쾌한
강기슭을 덮친 아침의 조용함이 성을 감싸고 있었다.

두 사람은 층계를 올라갔다. 아무 소리도 나지 않았다. 조금도
수상한 것은 없었다.

"내가 말한 대로지요, 남작? 요컨대 나는 이 일을 맡을 필요가 없
었다 이겁니다. 아, 이거 염치가 없군 그래."

그는 열쇠를 손에 들고 복도로 들어갔다. 두 형사는 의자 위에서
몸을 웅크리고 팔을 축 늘어뜨린 채 잠에 취해 있었다.

"일어나!"

경감은 고함을 쳤다. 그 순간 남작이 소리쳤다.

"그림이! 식기장이!"

남작은 더듬거리면서 숨이 막힌 듯 물건이 없어진 장소, 못만 남아 있고 끈이 늘어져 있는 벽 쪽으로 손을 내밀었다.

와토의 그림이 없었다! 루벤스도 사라졌다! 벽걸이도 보이지 않았다! 유리 선반의 보석은 흔적조차 없었다!

"루이 16세의 띠장식마저도! 아아… 섭정 시대의 샹들리에는! 12세기의 성모상도!"

경감은 깜짝 놀랐다. 허겁지겁 이쪽저쪽 뛰어다녔다. 그 순간에 남작은 사들였던 값을 기억해내며 손해액을 계산하면서 떠들었다. 하지만 당황한 그의 말은 뒤죽박죽이었고 이해할 수 없는 말들뿐이었다. 마치 파산하여 권총자살이라도 하는 수밖에는 다른 길이 없는 사람처럼 보였다.

만일 그를 위로할 수 있는 그 무엇인가가 있었다면, 그것은 가니마르의 어리둥절한 모습을 보는 일이었을 것이다.

그러나 경감은 남작과는 달랐다. 그는 꼼짝도 하지 않고 서 있었다. 마치 화석이라도 된 것처럼 멍한 시선으로 벽만 바라보고 있었다. 창은 닫혀 있었다. 자물쇠는? 그대로 있었다. 천장도 파괴되어 있지 않았다. 마루에도 구멍은 뚫려 있지 않았다.

다른 모든 것은 깔끔하게 그대로 남아 있었다. 아주 치밀한 계획에 따라 조직적으로 이루어진 게 분명했다.

"아르센 뤼팽… 아르센 뤼팽!"

경감은 미친 듯이 이렇게 중얼거렸다.

그러다 그는 갑자기 분통이 터지는지 부하에게로 달려가 험하게 욕지거리를 퍼부었다.

"도대체 감시를 어떻게 한 거야!"

그러나 두 부하는 여전히 잠에서 깨어나지 못했다.

"빌어먹을! 어쩌면 이건······."

그제야 가니마르는 사태의 심각성을 이해한 듯싶었다.

그는 두 사람 위로 허리를 굽혔다. 그런 다음 차례차례 주의해서 관찰했다. 그들은 깊은 잠에 빠져 있었다. 그러나 그 잠은 결코 자연스러운 것이 아니었다. 그가 남작에게 말했다.

"기가 막히군. 마취되었어요!"

"누구한테 말입니까?"

"그 자의 짓입니다! 아니면 그의 패거리들 짓일 겁니다. 어쨌든 이번 일을 지휘한 자는 바로 그 자가 틀림없습니다. 녀석의 수법이 분명하니까."

"그럼, 손 한번 써보지 못하고 이렇게 당한 거란 말이오?"

"그야··· 그렇소만."

"오, 맙소사. 이런 끔찍한 일이 나에게 일어나다니······."

"남작, 이제라도 경찰에 신고하는 게 좋지 않을까요?"

"다 소용 없는 일이오."

"그래도 신고는 해야 하지 않겠소. 당국에서 어떤 조치를 취할 거요."

"당국이라고요? 당신이 직접 조사하는 건 어떻겠소? 지금이라도 증거를 찾으려고 한다면 무언가 발견할 수 있지 않을까요. 그런데도 당신은 우두커니 서 있기만 하는군요."

"모르시는 말씀입니다. 상대는 아르센 뤼팽이오. 그러니 증거가 발견될 것 같소? 남작, 아르센 뤼팽은 증거를 남기지 않는 자로 잘 알려져 있습니다. 상대방이 아르센 뤼팽이라면 우연 따위를 기대하는 건 어리석어요. 미국에서 나에게 붙잡힌 것도 의도적으로 그런 게 아닌가 싶네요. 갑자기 지금 그런 생각이 드는군요!"

"아니, 그렇다면 그림이고 뭐고 다 단념해야 한다 이 말이오? 도둑맞은 것들은 내 수집품 중에서도 가장 귀중한 것들인데? 찾아낼 수만 있다면 사례는 톡톡히 치르겠소. 어떻게도 할 수 없다면, 하다못해 뤼팽이 도로 나에게 그것을 팔게끔 할 방법이라도 내게 알려주시오!"

가니마르는 남작을 가만히 지켜보았다.

"그거 좋은 생각입니다. 당신이 지금 한 말이 결코 농담을 한 건 아니겠지요?"

"그럼요! 무슨 좋은 방법이라도 생각이 난 건가요?"

"저에게 묘안이 한 가지 생각났는데……."

"그게 뭐죠?"

"수사가 진척되지 않는다면 말해드리죠. 단 제가 성공하기를 바라거든, 나에 관해서는 한마디도 이야기하지 말아줘요."

그리고 조용히 덧붙였다.

"사실 이것은 그다지 자랑스러운 일은 아닐 테니까요."

두 형사가 차츰 의식을 되찾았다. 최면술에서 깨어난 사람처럼 어리둥절한 모습으로 깜짝 놀라 눈을 뜨더니 간밤에 어떤 일이 벌어졌는지 생각을 되새기려고 했다. 가니마르가 질문을 했으나 두 사람은 아무것도 기억하고 있는 것이 없었다.

"설마, 누군가는 보았겠지?"

"아닙니다."

"생각나지 않는다고?"

"예."

"술을 마셨는가?"

두 사람은 한참 생각하더니 그중 한 사람이 대답했다.

"물은 조금 마셨습니다."

다른 한 형사도 말했다. 가니마르는 물의 냄새를 맡고 그 맛을 보았다. 별로 다른 맛도 냄새도 없었다. 그는 말했다.

"그렇다면, 지금 이러고 있는 건 시간낭비야. 아르센 뤼팽에 대한 문제라면 지금부터가 시작인 셈이지. 빌어먹을, 어떻게든 붙잡고 말테다. 이번에는 당했지만 다음에는 널 꼭 체포하마."

그날, 카오른 남작은 라 상테 감옥에 갇혀 있는 아르센 뤼팽을 상대로 도난 소송을 제기했다.

남작은 경관, 검사, 예심판사, 신문기자, 게다가 호기심에 찬 주민들까지도 멋대로 말라키 저택 안으로 드나들자 소송을 한 것을 후회했다. 이 사건은 곧 세상의 화젯거리가 되었다. 상황이 특별한데다 아르센 뤼팽의 이름이 자극적이었기 때문에 신문들은 터무니없는 기사를 실었다. 독자들 또한 그것을 믿었다.

아르센 뤼팽의 첫번째 편지는 에코 드 프랑스 지에 실렸다. 대체 누가 그 편지를 보여주었는지는 알 수가 없었다. 카오른 남작을 협박한 그 편지는 상당한 동요를 불러 일으켰다. 편지의 내용은 순식간에 과장되어 있었다.

사람들은 유명한 지하통로에 대해 떠들었고 그러자 검찰 당국도 내버려둘 수가 없어 그쪽으로 조사를 진행했다. 성의 꼭대기서 밑바

닥까지 샅샅이 조사했다. 돌멩이까지 하나하나 살펴보았다. 조각이
며 벽난로, 심지어는 거울의 테두리로부터 천장의 대들보에 이르기
까지 일일이 살폈다.

옛날 말라키의 영주들이 탄약과 식량을 넣어두었던 넓은 지하실
도 횃불을 켜들고 조사했을 정도다. 바위의 내부까지도 조사했다.
그러나 모든 게 헛수고였다. 지하통로 같은 것은 흔적조차 발견할
수 없었으며 몰래 빠져나갈 수 있는 구멍 같은 것은 아예 존재하지
도 않았다.

"좋아!"

누군가가 소리쳤다. 그러나 가구며 그림이 유령처럼 사라졌을
리는 없다. 출입구나 창으로 옮겨간 것이다.

대체 어떤 인간일까? 어떻게 해서 숨어들어 왔을까? 어떻게 해서
빠져나간 것일까?

르왕 경찰국은 자신들이 처리하기 힘든 사건이라는 것을 깨닫자
파리 형사들의 도움을 요청했다. 치안국장인 뒤뒤 씨는 민완형사들
을 곧 파견해 주었다. 뒤뒤 씨 자신도 꼬박 이틀 동안이나 말라키에
머물렀으나 성과는 얻지 못했다.

그리하여 그는 이제까지도 여러 차례 그 수완을 인정했던 가니
마르 경감에게 사건을 맡기기로 했다. 상관의 지시를 잠자코 듣고
있던 가니마르는 머리를 갸웃거리면서 은근슬쩍 이렇게 말했다.

"제 생각에는 성에 한정하여 수사를 벌이는 건 잘못됐다고 봅니
다. 해결책은 다른 데 있지 않을까요?"

"그렇다면 어디에?"

"바로 아르센 뤼팽이죠."

"아르센 뤼팽? 그렇게 생각하는 것은 뤼팽이 범인이라고 인정하는 게 아닌가?"

"제 생각은 그렇습니다. 아니 확신하는 편이죠."

"아니, 가니마르, 그렇게 무책임한 말이 어디 있나. 아르센 뤼팽은 지금 감옥에 갇혀 있지 않은가?"

"그야 물론 감옥에 갇혀 있지요. 철저하게 감시당하고 있다는 것도 인정합니다. 그러나 그가 수갑과 족쇄를 차고 입에 재갈을 물려 있다고 해도 제 생각은 변함이 없습니다."

"무슨 까닭으로 그렇게 강력하게 고집하는 건가?"

"이처럼 큰 사건을 계획하고, 또 성공시킬 수 있는 사람은 이 세상에 오로지 아르센 뤼팽밖에 없기 때문이죠."

"그건 말도 안 되는 고집이야, 가니마르!"

"사실 그렇긴 합니다만, 여하튼 지하통로니 돌 뚜껑이니 하는 헛수고는 그만두시는 게 좋을 것 같은데요. 범인은 그렇게 낡은 수법을 쓰지 않았을 겁니다. 현대식, 아니 지능적인 미래형 수법을 쓸 텐데요."

"그렇다면, 결론은?"

"저의 결론은 한 시간쯤 뤼팽과 함께 있게 해주셨으면 하는 것뿐입니다."

"녀석이 있는 감옥에서 말인가?"

"네, 미국에서 돌아오는 항해 도중 우린 약간 친해졌습니다. 굳이 말하자면 녀석은 자기를 체포한 사람에 대해 얼마쯤 호의를 가지고 있을 것입니다. 이번의 일만 해도 자신의 위신에 크게 상관이 없다면, 제가 헛수고하는 일이 없도록 도와줄 것입니다."

가니마르가 아르센 뤼팽의 감옥으로 안내된 것은 정오를 약간 지나서였다. 뤼팽은 침대에 누워 있다가 머리를 들고 기쁜 듯이 소리쳤다.

"오! 놀랍군요. 가니마르 씨가 이런 곳에 다 오시다니!"

"그렇네."

"이 은신처에 들어와 따분하기는 했지만… 당신을 만나게 되리라고는 생각도 못했군요."

"고맙군."

"아니지요. 내가 당신에게 깊은 경의를 품어야겠죠."

"그렇다면 영광인걸."

"난 항상 이렇게 말하곤 했지요. 가니마르는 우리나라에서 최고의 명형사라고요. 나는 솔직합니다. 당신은 거의 셜록 홈즈에 필적합니다. 그런데 사실 이 의자밖에 권해 드릴 게 없으니 어쩌죠! 마실 것도 없고 한 잔의 맥주조차 없어요! 그야말로 임시 거처니까요!"

가니마르는 싱긋 웃으면서 의자에 걸터앉았다. 죄수는 신이 나서 말을 계속했다.

"정상적인 사람의 얼굴을 보면서 눈을 쉬게 하는 것은 고마운 일입니다! 하루에 열 차례도 더 내 주머니와 이 감옥 안을 살펴보러 오는 간수며 경관들 얼굴이 이제 진절머리가 나거든요. 내가 탈옥이라도 할까봐 그러는가 봅니다. 정말 정부가 저를 어찌나 소중히 다루는지…….."

"그건 무리도 아니지."

"천만에요! 나는 여기 한쪽 구석에 가만히 내버려두기만 하면 그저 감사하고 기쁠 겁니다."

"이곳은 국민의 세금으로 운영되는 것이오."

"물론 그렇지요. 그러니 더욱 가능한 것 아닙니까? 아, 이런, 바보 같은 이야기만 늘어놓고 있었네. 당신은 나에게 급한 용건이 있는 것 같은데… 그럼, 방문하신 목적을 말씀하시죠?"

"카오른 사건 때문이오."

가니마르는 솔직하게 말했다.

"잠깐, 기다려 주시오. 제겐 워낙 여러 가지 사건이 있었던 터라서. 우선 머릿속에서 카오른 사건의 서류를 찾아내지 않으면… 그렇지! 알겠습니다. 카오른 사건, 세느 강 하류 쪽 강변의 말라키 성… 루벤스 두 점, 와토 한점, 그리고 자질구레한 물건들……."

"뭐, 자질구레하다고!"

"안 그런가요? 다 시시한 물건들이죠. 그뿐입니까? 그러나 어쨌든 사건에 흥미를 갖고 계시는군요. 계속 말씀해 주십시오. 가니마르 씨."

"조사 진행에 대해 얘기해 달라는 거요?"

"그럴 것 까지는 없습니다. 아침에 신문을 읽었으니까요. 사건의 수사가 진척되지 않고 있다는 걸 이미 알고 있습니다."

"그래서 당신을 찾아온 거요."

"원하신다면 그렇게 하지요."

"우선 첫째, 사건은 자네가 지휘했나?"

"처음부터 끝까지."

"협박장은? 전보는?"

"이렇게 말하고 있는 제가 했습니다. 어딘가에 영수증도 있을 겁니다."

아르센 뤼팽은 침대와 걸상 말고는 감옥 안의 유일한 가구인 칠하지 않은 조그마한 테이블의 서랍을 열고 두 장의 종이쪽지를 꺼내 가니마르에게 건넸다.

"아니, 당신의 일거수일투족이 모두 감시당하고 있는 줄로 알았는데… 신문을 읽고 우편물 영수증까지 있다니!"

"이 자들은 모두 바보들이죠. 이 자들은 쓸데없이 제 양복 안감을 뜯는가 하면 구두 밑창을 벗겨보기도 하고, 또 감옥의 벽에 귀를 대보기도 합니다. 하지만, 아르센 뤼팽이 그런 곳에 물건을 숨겨둘 정도로 멍청하다고는 아무도 생각하지 않을 겁니다. 그것이 바로 제가 노리는 점이지요."

가니마르는 재미있어 하며 소리를 쳤다

"정말 특이한 친구로군! 황당하다니까. 자, 어서 일에 대한 이야기나 계속해 보시오."

"그러고 보니 형사님은 능청스럽군요! 내 비밀을 모두 알아내려고 하고 있으니까요. 그 특별한 것을 다 털어 놓으라고요? 이런, 정말 일이 커졌네!"

"자네에게서 친절을 기대한 것이 잘못이었나 보군."

"아니, 그렇진 않아요. 가니마르 씨, 그렇게 말씀하신다면…….."

아르센 뤼팽은 감옥 안을 두서너 걸음 성큼성큼 걷더니 발걸음을 멈추고 말했다.

"남작에게 보낸 편지를 어떻게 생각합니까?"

"세상을 깜짝 놀라게 하려고 그런 것 아닌가?"

"세상을 깜짝 놀라게 하기 위해서라고요? 사실 가니마르 씨, 솔직히 말해 나는 당신을 아주 무서운 존재로 생각하고 있습니다. 그런데 내가 그렇게 어린아이 같은 짓을 할 것 같습니까? 아르센 뤼팽쯤 되는 사람이 편지를 보내지 않아도 남작한테서 훔칠 수 있었다면 굳이 그런 편지를 썼을까요? 가니마르 형사님, 다른 사람들도 생각 좀 해보십시오. 그 편지는 없어서는 안 될 출발점, 이를테면 기계 전체를 움직이게 한 용수철 같은 것입니다. 뭐, 원하신다면 말라키 성의 강도 사건을 순서대로 생각해 봅시다."

"그럼, 어디 한 번 들어볼까."

"예를 들어 카오른 남작의 성처럼 신중하게 지켜지고 있는 성이 있다고 합시다. 내가 갖고 싶은 보물이 있는데 성에 가까이 갈 수 없다고 해서 내가 포기할 것 같습니까?"

"물론 그럴 리 없겠지."

"그럼, 목숨을 걸고 무모하게 선두에 서서 침입을 시도할까요?"

"그건 아이들 장난 같은 것이겠지!"

"그렇다면 몰래 잠입하겠습니까?"

"그건 불가능한 거구."

"제 생각으로는 오직 한 가지 방법뿐, 성의 소유자로부터 초대를 받는 것입니다."

"참으로 독창적이군."

"그것은 지극히 쉬운 일이지요! 어느 날 남작이 유명한 괴도 아르센 뤼팽이 침입할 계획이 있다는 편지를 받았다고 합시다. 그는 어떻게 하겠어요?"

"편지를 검사에게 보내겠지."

"검사는 상대도 해주지 않겠지요. 뤼팽은 현재 수감중이니까요. 거기서 남작은 낭패스러울 겁니다. 누구에게든 도움을 얻었으면 하고 생각하겠지요. 그렇지 않을까요?"

"뭐, 그야 그러겠지."

"그런데 만일 지방신문에서 이름난 형사가 휴가 삼아 근처에 와 있다는 기사를 읽게 된다면?"

"당연히 그 형사를 찾아가겠지."

"맞습니다. 필요한 조치를 취하기 위해서는 가장 능력 있는 동료에게 부탁하여 코드베크에 눌러앉아 남작이 구독하는 레베이 신문기자와 친해지게 하고, 자기가 그 유명한 형사라고 상대방이 생각할 수 있도록 행동한다면?"

"기자는 레베이 신문에 그 형사가 코드베크에 머물고 있다고 쓰겠지."

"바로 그렇습니다. 그리고 두 가지 가운데 하나 - 물고기라는 것은 남작을 가리키는 말입니다만 - 민물고기는 미끼를 물지 않습니다. 그렇게 된다면 아무 일도 일어나지 않겠죠. 하지만 그렇지 않을 경우 - 이쪽은 더 확률이 높습니다만 - 헐레벌떡 뛰어옵니다. 결국 카오른 남작은 내 친구의 도움을 얻겠지요."

"갈수록 특이하게 변해가는군."

"물론 그 가짜 형사, 처음에는 협력을 거절하죠. 그때 아르센 뤼팽이 전보를 칩니다. 남작은 두려워서 또다시 내 친구에게 도움을 부탁하죠. 도와준다면 사례금을 내겠다고 하지요. 친구는 그 제의를 승낙하고 두 부하를 데리고 갑니다. 밤이 되자 가짜 형사가 남작을 감시하고 있는 동안 물건을 창으로 꺼내다가 빌려 둔

작은 배에 싣도록 합니다. 이런 것쯤이야 뤼팽에겐 아무것도 아니지요."

"대단한 솜씨로군!"

가니마르는 진심으로 감탄하여 외쳤다.

"이런 대담한 계획과 교묘한 수법은 정말로 감탄할 수밖에 없겠어! 그러나 남작에게 그런 생각을 갖게 할 만큼 능력 있는 분은 그다지 없으리라 생각되는데?"

"한 사람 있지요. 꼭 한 사람뿐입니다."

"그게 누구요?"

"그는 가장 유명한 사람, 아르센 뤼팽의 숙적, 즉 가니마르 경감이지요."

"나라고!"

"그렇습니다, 가니마르 씨. 재미있는 것은 다음과 같은 점입니다. 당신이 그곳에 가서 남작의 이야기를 들어 보면 당신은 당신 자신을 체포하지 않으면 안 된다는 것을 깨닫게 될 겁니다. 미국에서 나를 체포한 것처럼 말입니다. 재미있는 복수지요. 내가 가니마르로 하여금 가니마르를 체포하게 하다니!"

아르센 뤼팽은 유쾌한 듯이 웃었다. 경감은 화를 내며 입술을 깨물었다. 이 심술궂은 장난은 웃을 일이 아니라고 생각했기 때문이다. 때마침 간수가 왔고 가니마르는 자신의 기분을 추슬렀다. 간수는 식사를 날라 왔는데, 식사는 아르센 뤼팽에게는 특별 대우로 근처의 레스토랑에서 가져오게 하고 있었다. 간수는 쟁반을 테이블 위에 놓고 물러갔다. 아르센 뤼팽은 식탁에 앉아 빵을 떼어 두세번 베어 물고 나서 말을 계속했다.

"그러나 안심하십시오, 가니마르 씨. 당신은 그곳에 가지 않아도 될 겁니다. 깜짝 놀랄 만한 사실을 털어놓지요. 카오른 사건은 이제 해결된 것으로 종결처리될 겁니다."

"그럴 리가?"

"곧 끝날 거라구요."

"방금 전 치안국장을 만나고 오는 길인데… 아무튼 치안국장에게 작별인사나 해야겠군."

"천만에요! 뒤듀 씨가 나보다 이 사건에 대해 잘 알고 있다고 생각하시는 건가요? 당신은 가니마르가… 아니, 실례. 가짜 가니마르가 남작과 매우 친해졌다는 것을 알아야 합니다. 남작은 나와 거래를 해야 하는 매우 어려운 임무를 가짜 가니마르에게 맡겼지요. 남작이 아무 말도 하지 않은 이유가 있지요.

지금으로서는 이미 어느 정도 돈을 써서 소중한 골동품을 되찾아 갔을 겁니다. 그 대신 남작은 소송을 취하할 것입니다. 그러므로 검사국도 결국 이 사건에서 손을 떼야겠지요. 잃어버린 물건이 없으니 당연한 것 아니겠습니까."

가니마르는 어이가 없어 뤼팽을 지켜보았다.

"당신은 어떻게 이 모든 것을 훤히 알고 있는 거요?"

"기다리고 있던 전보를 조금 전 받았지요."

"전보를 받았다고?"

"지금 받았거든요. 예의상 경감님 앞에서는 읽지 않았을 뿐이지요. 뭐, 허락해 주신다면……."

"나를 놀리는군, 뤼팽!"

"그럼, 그 삶은 달걀을 살짝 쪼개 보시죠. 놀렸는지 안 놀렸는지 직접 확인할 수 있을 테니까요."

가니마르는 기계적으로 그의 말대로 달걀을 칼날로 쪼갰다. 놀라움의 소리가 그의 입술 사이에서 새어나왔다. 달걀은 비어 있었고 속에는 파란 전보용지가 들어 있었다. 가니마르는 그 종이를 펼쳤다. 그것은 전보라기보다는 전보국의 지정문이 있는 곳을 오려낸 전문이었다.

경감은 그것을 읽었다.

– 거래 성립. 10만 프랑 인수. 모든 것이 잘 되었음.

"10만 프랑?"

"그렇습니다. 10만 프랑. 얼마 안 되지만 요즘은 경기가 좋지 않은 때이니까… 나는 지출이 굉장하거든요! 내 예산을 보면… 대도시의 예산과 맞먹죠."

가니마르가 자리에서 벌떡 일어섰다. 이미 불쾌감은 사라진 뒤였다. 그는 잠깐 생각한 다음 사건의 전모를 종합하고 분석했다. 그리고 그는 전문가답게 감탄어린 어조로 이렇게 말했다.

"당신 같은 자가 많지 않은 것은 다행스런 일이야. 그렇지 않았다면 우리 같은 사람은 폐업할 수밖에 도리가없었을 테니……."

아르센 뤼팽은 빈정대는 태도로 대답했다.

"뭘요. 무료함을 달래기 위해 장난친 정도인데… 그것도 내가 감옥에 갇혀 있으니까 할 수 있었던 일이지요."

가니마르는 어이가 없었다.

"거 참, 이제 곧 재판을 받고 형을 치러야 하는데도 무료하다는 건가?"

"아니, 난 재판에는 나가지 않기로 마음먹었는데."

"나 참!"

아르센 뤼팽이 다시 한 번 단호하게 말했다.

"난 재판에는 출석하지 않습니다."

"그게 무슨 뜻이지?"

"그럼, 당신은 내가 언제까지나 이런 누추한 곳에 처박혀 있을 줄 알았습니까? 너무 하시는군요. 아르센 뤼팽은 감옥 같은 곳에는 마음 내키는 동안만 있죠. 그렇지 않으면 단 1초라도 머무르지 않습니다."

"처음부터 들어오지 않는 것이 좀더 현명한 처신이었을 텐데?"

경감이 빈정거리는 투로 반박했다.

"나를 비웃는 겁니까? 아하, 나를 체포했다는 자부심에 아직도 빠져 있는 거로군요! 참고로 말한다면, 내게는 좀더 중대한 관심사가 있었기에 일부러 이곳에 들어온거요. 누구든 나를 잡는다는 건 말도 안 되는 이야기죠."

"설마?"

"여자가 나를 보고 있었어요. 게다가 나는 그 여자를 사랑하고 있었죠. 한 여자의 시선을 받고 있다는 것이 어떤 것인지 아는지 모르겠네요? 다른 일 같은 건 내게 있어 아무래도 상관없었습니다. 그래서 이런 곳에 들어왔지요."

"허나 이곳에 온 지 꽤 오래 된 것 같은데……."

"잊어버리려고 했던 거죠, 처음에는… 웃지 마시오. 그 일만은 좋은 기억이었으니까. 생각만 해도 가슴이 야릇해지는 그런 사랑의 감정… 게다가 나는 약간 신경쇠약에 걸려 있었죠! 현대 생활이란 너무 복잡하니까 가끔은 이른바 요양이라는 것도 필요하죠. 요양을 하기에는 이보다 더 좋은 데는 없는 걸요. 다시 말하지만 난 지금 철저한 요양 중입니다."

"아르센 뤼팽! 농담이 지나치군."

가니마르가 주의를 환기시켰다.

"가니마르 씨. 오늘 금요일이죠. 그러니까 다음주 수요일, 나는 페르골레즈 가의 당신 댁으로 오후 6시에 시가를 피우러 방문하려고 하는데요."

"좋아, 기다리지."

두 사람은 서로 오랜 친구처럼 악수를 나누었다. 그런 다음 노경감은 문 쪽으로 걸어갔다.

"가니마르 씨!"

가니마르가 뒤돌아보았다.

"또 뭔가?"

"가니마르 씨, 시계를 잊으셨습니다."

"시계?"

"네, 내 주머니에 잘못 들어와 있군요."

뤼팽은 변명하듯 말하면서 시계를 돌려주었다.

"용서하십시오. 아직도 나쁜 버릇이 있어서… 그러나 이곳에 들어오면서 내 시계를 가져갔다고 하여 당신의 시계를 훔친 것은 아니었소. 나에게는 나무랄 데 없는 좋은 시계가 있으니까요."

뤼팽은 서랍에서 무거운 쇠사슬이 달려 있는 얄팍한 금시계를
꺼냈다.

"그건 또 누구의 주머니에서……?"

아르셴 뤼팽은 마음이 내키지 않았지만 시계에 새겨져 있는 머
리글자를 읽었다.

"J. B.라… 누구더라?… 아, 그렇지! 이제 생각나는군. 쥘 부비에
라고 나의 예심판사지요. 참 좋은 사람이더군요."

왕비의 목걸이

왕비의 목걸이

　1년에 두세 번 정도 드루 수비즈 백작 부인은 하얀 목에 여왕의 목걸이를 하고 오스트리아 대사관의 무도회며 빌링스톤 부인의 저녁 연회 같은 자리에 참석하곤 했다.

　그것은 아주 유명한 목걸이였다.

　본래 왕실 보석 세공사인 뵈메르와 바상쥬가 뒤 바리부인(루이 15세의 애첩)을 위해 만들어진 것으로 로앙 수비즈 추기경이 프랑스의 왕비 마리 앙트와 네트에게 선물한 것으로 알려져 있었다.

　하지만 라 모트 백작 부인이자 요부로 알려진 잔느 드발로아가 1785년 2월 어느 날 밤, 남편과 자신들의 공범자인 레토 드 빌레트와 함께 하나 하나 분해해버렸다는 전설이 있는 목걸이였다.

　사실대로 말한다면 그것은 진짜는 좌금뿐이었다. 레토 드 빌레트가 관리하고 있었는데, 라 모트 백작 부부는 뵈메르가 정성 들여 고른 그 보석을 좌금에서 난폭하게 떼어내어 일일이 분해했던 것이다. 그리고 훗날 그는 그것을 이탈리아에서 가스통 드 드루 수비즈에게 팔았다. 가스통은 추기경의 조카이며 동시에 상속인이었는데, 로앙 게메네의 화려한 파산 때 추기경에 의해 가까스로 살아남았다.

그는 숙부에 대한 감사의 표시로 영국인 보석상 제프리스에게 남아 있었던 다이아몬드를 몇 개 다시 샀다. 그리곤 크기는 같지만 가치는 훨씬 떨어지는 다른 다이아몬드를 보충하여 뵈메르와 바상쥬가 과거에 만들었던 그대로 화려한 '속박된 여왕의 목걸이'를 완성했다고 한다. 드루 수비즈 집안 사람들은 1세기 동안이나 이 유서 깊은 보석을 자랑거리로 삼았다.

이런저런 사정으로 인해 가산은 형편없이 기울고 있었으나, 그들은 왕실의 귀중한 유품을 다른 이들의 손에 넘기느니 어렵더라도 생활수준을 낮추는 쪽을 택했던 것이다.

더욱이 현재의 주인인 백작은 사람들이 선조 때부터 전해오는 저택에 집착하듯이 그 목걸이에만 집착했다. 그는 목걸이 보관을 위해서 이용 은행의 금고를 빌렸고 그곳에 목걸이를 맡겨두었다. 자신의 아내가 사용하고 싶다고 하면 그날 오후에 은행에서 찾아왔다가 다음날에 자신이 직접 돌려주곤 했다.

그날 밤 카스티유 궁전의 리셉션은 크리스티앙 왕을 위해 열린 환영회였는데, 왕은 그녀의 눈부신 미모에 눈길을 주었다. 백작 부인은 대성공을 거둔 셈이다. 우아한 목에서 보석이 반짝이고 있었는데 다이아몬드의 무수한 단면들이 광선에 비쳐 불꽃처럼 찬란하게 빛났다. 장신구의 무게를 이처럼 부드럽고 품위 있게 견뎌낸다는 것은 그녀가 아니고서는 그 어떤 여인도 불가능할 것만 같았다.

그것은 두 마리 토끼를 한번에 잡는 그런 승리였다. 드루 백작은 성공을 마음속 깊이 음미했다. 부부가 생 제르망 교외의 낡은 저택으로 돌아왔을 때, 그는 자신 스스로에게 감탄했다. 아내를 자랑스럽게 여기는 한편, 4대나 계속해서 가문의 상징이 되어 있는 보석에 대해서도 더없는 자랑거리로 생각하고 있었다.

그의 부인도 역시 어린아이처럼 득의양양해 했다. 그런 모습은 자존심 강한 그녀의 성격에 잘 어울렸다. 부인이 아쉬운 듯 목걸이를 풀어 남편에게 건네주자, 백작은 마치 처음 보는 것처럼 자상하게 그것을 바라보았다. 그는 추기경의 문장이 새겨진 빨간 가죽으로 만든 보석 상자에 목걸이를 넣은 다음 옆방에다 갖다놓았다.

그 방은 거실과 완전히 막혀져 침실처럼 된 곳으로, 하나뿐인 출입구가 침대 아래쪽에 있었다. 여느 때처럼 그는 꽤 높은 선반 위 모자를 넣어두는 마분지 상자며 속옷 등을 쌓아놓은 사이에 보석상자를 감추었다. 그는 문을 닫고 옷을 벗었다.

다음날 아침, 백작은 점심식사 전에 리용 은행에 다녀오려고 9시쯤 일어났다. 그는 옷을 입고 커피를 마신 다음 마구간으로 갔다. 마부에게 마구를 준비하도록 했다. 말 중에 한 마리 마음에 드는 놈이 있었다. 그는 그 말을 안뜰에서 걷게 해보기도 하고, 달리기도 시켜보고 나서 부인에게로 돌아왔다. 부인은 방에서 하녀의 시중을 받으며 화장을 하고 있었다. 그녀가 남편에게 말했다.

"나가시려구요?"

"그렇소만… 목걸이도 갖다 줘야 하구."

"어머나, 정말! 그렇게 하도록 하세요."

백작은 골방으로 들어갔다. 그러나 곧 돌아와서 그다지 놀라는 기색도 없이 물었다.

"당신이 그걸 만졌소?"

부인이 되물었다.

"그게 무슨 말씀이세요? 아뇨, 절대 그런 일 없었어요."

"그럼 그 방에 가본적은 있소?"

"아뇨… 방 근처는 가지도 않은 걸요."

그는 잔뜩 긴장한 표정으로 다가오더니, 알아들을 수 없는 소리로 더듬더듬 말했다.

"손 - 대지 않았다고?… 다 - 당신이 아니오? 그렇다면……."

부인은 달려가 보았다. 두 사람은 마분지 상자를 방바닥에 내던지고 속옷더미를 흩뜨리면서 열심히 찾았다. 백작도 반복해서 찾아보았다.

"모두 헛일이야… 아무리 찾아본들 소용이 없어… 저- 저 선반 위에 올려놓았었는데……."

"뭔가 잘못 알고 있는 것 아닐까요?"

"분명히 선반 위에 올려놓았어, 다른 곳은 아니야."

촛불을 켰다. 골방이 어두컴컴했던 것이다. 두 사람은 속옷이며 거추장스러운 것을 모두 치웠다. 골방 안에 아무것도 남지 않게 되었을 때 그들은 크게 낙담했다. 그 유명한 여왕의 목걸이가 없어졌음을 인정하지 않을 수가 없게 된 것이다.

백작 부인은 우물쭈물하는 성격이 아니었다. 그녀는 쓸데없는 불평으로 시간을 낭비하지 않았으며 곧장 경찰서장인 바로브씨에게 알렸다. 백작부부는 오래 전부터 그의 기질이나 능력을 높이 평가하고 있었다. 바로브씨에게 자세한 내용을 이야기하자, 그는 곧 이렇게 물었다.

"백작, 밤중에 아무도 방안에 들어오지 않은 것은 확실합니까?"

"그럼요… 저는 잠이 깊이 들지 않는 편이지요. 뿐만 아니라 방문에는 빗장을 질러두었습니다. 오늘 아침에 집사람이 하녀를 불렀을 때도 내가 빗장을 빼야만 했으니까요."

"달리 안으로 들어갈 수 있는 통로는 없습니까?"

"전혀 없습니다."

"창문도 없나요?"

"있긴 하지만 늘 닫아둡니다."

"좀 보여 주시겠습니까?"

촛불이 켜졌다. 발로르브 씨는 곧 창문 아랫부분이 궤짝으로 절반밖에 가려져 있지 않다고 말했다. 더욱이 궤짝과 창틀 사이에는 틈이 있었다.

"틈이 이렇게 좁으니까. 큰 소리를 내지 않으면 움직일 수가 없지요."

드루 백작이 반박했다.

"그러면 이 창 밖은 어떻게 되어 있습니까?"

"작은 안뜰입니다."

"이 위에 또 한 층이 있지요?"

"2층입니다. 하인들의 방이 있는 부근은 격자 모양의 가느다란 철책으로 둘러싸여 있으니 여기가 어둡지요."

궤짝을 치우고 보니 문 역시 잠겨 있었다. 누군가 밖에서 들어왔다면 그럴 리가 없다.

"하기야 누군가가 우리 방에서 나갔다면 다르지만 말입니다."

백작이 덧붙였다.

"그럴 경우에는 이 방의 빗장이 걸려 있지 않았을 겁니다."

서장은 잠시 동안 생각에 잠겨 있었으나, 이윽고 부인쪽을 돌아보며 말했다.

"부인, 주위 사람들 가운데 당신이 어젯밤 그 목걸이를 하실 거라는 것을 알고 있었던 사람이 있습니까?"

"전 비밀로 하지 않았어요. 하지만 이 방에 넣어둔다는 건 아무도 몰라요."

"아무도?"

"아무도… 다만, 만약……."

"부인, 아무쪼록 분명하게 말씀해 주십시오. 그 점이 가장 중요합니다."

부인은 말했다.

"앙리에트에 대해서 생각했어요."

"앙리에트? 확실합니까?"

"하지만 그녀도 그것은 모를 거야."

발로르브 씨가 말했다.

"누구입니까?"

"수도원 시절의 친구예요. 노동자 같은 사람과 결혼하여 친정하고 사이가 나빠졌지요. 미망인이 되어서 제가 아들과 함께 데려다가 방을 하나 주어 살게 하고 있어요."

그녀는 난처한 듯이 덧붙였다.

"여러 가지로 제 일을 돌봐주지요. 손재주가 있는 사람이라서……."

"몇 층에 살고 있습니까?"

"이 방과 같은 층의 가운데에 있어요. 이 복도의 막다른 곳에…

제 생각으로는… 그녀의 부엌에 난 창문은…….”

“이 안뜰로 나 있겠지요?”

“네, 그래요. 바로 맞은편이에요.”

그리고 잠깐 침묵이 이어졌다. 발로르브 씨는 앙리에트의 방으로 안내해 달라고 말했다. 앙리에트는 바느질을 하고 있었다. 그녀의 아들 라울은 예닐곱 살 쯤 된 개구쟁이로 그녀의 옆에서 책을 읽고 있었다. 여자가 묵고있는 방은 단칸짜리에다가 난로도 없이 한쪽 구석을 부엌 대신 쓰고 있는 초라한 곳이었다.

서장은 매우 뜻밖이라고 생각하면서 그녀에게 질문했다. 앙리에트는 도난 이야기를 듣자 깜짝 놀랐다. 어제 저녁 그녀가 부인에게 옷을 입혔으며, 부인에게 목걸이를 걸어주었던 것이다. 그녀가 소리쳤다.

“아니, 어떻게 된 일이죠?”

“뭐 짐작되시는 거라도 있습니까? 수상한 일은? 범인은 이방을 지나쳐 갔는지도 모르니까요.”

그녀는 자기가 혐의를 받고 있다고는 꿈에도 생각하지 못하고 밝게 웃었다.

“하지만 저는 이 방에서 한 발자국도 떠나지 않았는 걸요! 외출은 절대로 안 했습니다. 저기를 보시지 않으셨나요?”

그녀는 부엌 창문을 열었다.

“저쪽 창문까지는 3미터가 넘는답니다.”

“어째서 범인이 그곳 창문을 통해서 들어갔으리라고 말씀하시는 거지요?”

“왜냐하면… 목걸이는 골방에 있으니까요.”

"어떻게 그걸 알고 있지요?"

"그런 것쯤… 밤에는 그곳에 놓아둔다는 걸 이전부터 알고 있었어요. 그런 말을 들은 적이 있으니까요."

여자의 얼굴은 아직 젊었지만 고생으로 쪼들려 여위었으며, 당황과 체념을 함께 나타내고 있었다. 그녀는 별안간 입을 다물고 마치 커다란 위험이 덮쳐와 갑자기 위협이라도 받은 것처럼 괴로운 표정을 지었다. 그녀는 아들을 끌어당겼다. 아들은 어머니의 손을 다정하게 쥐었다.

"내 생각으로는 둘밖에 안 되는 이 사람들에게 혐의를 걸 필요는 없다고 생각합니다."

드루 백작이 서장에게 말했다.

"이 여자에 대해서는 제가 책임을 지겠습니다. 정직하고 선한 사람입니다."

"다만 자신도 모르는 새 범인에게 협력하지 않았는지 생각했을 뿐입니다."

발로르브 씨는 이렇게 단언했다.

"그러나 이런 해석을 해서는 안 된다는 것을 인정합니다. 문제 해결에는 아무런 도움도 되지 않으니까요."

서장은 이 수사를 중단했다. 예심판사가 사건을 맡아 그 뒤 며칠 동안 조사했다. 하인들을 심문하고, 빗장이 어떻게 생겼는지 확인했으며, 골방 창문을 조사하고, 안뜰을 구석구석 샅샅이 뒤졌다. 그러나 모두 헛일이었다. 빗장에 아무런 이상도 없었고, 창문은 밖에서는 여닫을 수가 없었다.

수사의 초점은 앙리에트에게로 모아졌다. 아무래도 수상쩍었기 때문이다. 그녀의 생활이 샅샅이 조사되었다.

조사 결과 이 3년 동안 그녀는 단지 네 번 저택 밖으로 나갔을 뿐이라는 것이 확인되었다.

그리고 그것은 모두 심부름을 하기 위해서였다. 사실 그녀는 드루 부인의 몸종 겸 침모로서 시중들고 있었고, 부인이 그녀에게 몹시 엄격했다는 것이 심부름꾼들의 증언에 의해 밝혀졌던 것이다.

예심판사는 1주일 뒤에 서장과 같은 결론을 내렸다.

"범인을 알고 있다 하더라도 어떻게 훔쳐냈는지를 알 수가 없군. 어느 쪽으로 보나 두 개의 장애물에 부딪히거든. 출입문도 창문도 닫혀 있었으니까. 어떻게 숨어들어 갈 수 있었을까? 그리고 더 어려운 점은, 빗장을 건 출입문과 잠겨 있는 창문으로 어떻게 달아날 수 있었을까 하는 점이야."

4개월에 걸친 수사 끝에 예심판사는 혼자서 이렇게 생각했다. 드루 부부는 절실히 돈이 필요했다. 그래서 여왕의 목걸이를 팔아버린 것이다. 그 뒤 그는 사건에서 손을 떼었다.

귀중한 보석이 사라짐으로써 드루 수비즈 집안이 받은 타격은 그 뒤 오랫동안 흔적을 남겼다. 그들의 신용은 떨어졌고, 든든한 재산인 보물이 없어졌기 때문에 채권자들은 강경한 태도를 취했으며, 편의를 제공해 주지도 않았다.

그들은 살을 깎는 듯한 마음으로 재산을 처분하기도 하고 저당을 잡히기도 했다. 선조 때부터 전해오는 두 사람의 엄청난 유산이 아니었다면 그들은 파산하고 말았을 것이다. 백작 부부는 마치 귀족의 칭호라도 잃어버린 것처럼 자존심에 상처를 입었다.

묘하게도 백작 부인은 한집에 사는 옛날 친구에게 마구 화풀이를 하기 시작했다. 부인은 이 여자에게 깊은 원한을 품고 드러내놓고 비난을 퍼부었다. 처음에는 하인방으로 옮기게 하더니, 마침내 집에서 쫓아내버리고 말았다.

그 뒤로 별다른 사건 없이 세월이 흘렀다. 백작 부부는 열심히 여행을 떠났다. 앙리에트가 나간 지 몇 달 뒤에 부인은 그녀에게서 한 통의 편지를 받고 깜짝 놀랐다.

- 마님.

정말이지 뭐라고 감사의 말씀을 드려야 할지 모르겠어요. 그걸 보내주신 분은 마님이시겠지요. 마님 외에는 보내실 분이 없으니까요. 제가 숨어사는 이 벽촌의 집을 마님 말고는 알고 있는 사람이 없거든요. 만일 제가 잘못 알고 있는 것이라면 너그러이 용서해 주십시오. 그리고 바라옵건대 마님이 베풀어 주신 친절에 대한 제 감사의 뜻을 진심으로 받아주시기를……

그녀는 대체 무엇을 말하려고 했을까? 지금 또는 과거에 부인이 그녀에게 한 것이란 온통 심술궂은 짓뿐이었다. 그렇다면 이 감사는 무엇을 의미하는 것일까? 설명을 요청하자 앙리에트는 이렇게 답해왔다. 그녀는 등기도 환어음도 아닌 우편으로 1천 프랑짜리 지폐를 두 장 받았다는 것이다. 그 편지의 겉봉에는 파리 우체국 소인과 수취인의 주소, 그리고 이름만이 쓰여 있었는데 분명히 가짜 필적이라는 것이었다.

이 2천 프랑은 어디서 온 것일까? 누가 보냈을까? 왜 보냈을까? 사법당국에서는 수사를 해보았다. 그러나 이 수수께끼에 대한 아무런 단서도 잡을 수 없었다. 이것과 똑같은 일이 12개월 뒤에 또 일어났다. 세 번, 네 번, 6년 동안이나 매해 계속되고 있었다. 다만 5년째와 6년째만은 금액이 두 배였다. 위급한 병에 걸려 있던 앙리에트는 그 덕분에 충분히 요양할 수 있었다.

또 하나의 풀리지 않는 어려운 문제가 남았다. 우체국에서는 그중 한 통을 환어음이 아니라는 이유로 압수하고, 마지막 두 통은 규칙에 의해서 보내어졌다. 한 통은 생제르망, 또 한 통은 슈레느에서 보낸 것이었다. 발신인은 처음에는 앙퀴티라고 서명되어 있었고, 그다음에는 페샤르라고 서명되어 있었다. 적혀 있는 주소는 가짜였다. 그리고 6년 뒤 앙리에트는 세상을 떠났다. 하지만 그 의문의 수수께끼는 여전히 풀리지 않은 채였다.

이상의 사건은 모든 사람들이 다 아는 얘기다. 이 사건은 세상의 화제가 되었고, 목걸이의 기구한 운명은 18세기 끝 무렵의 프랑스를 뒤흔들었고 다시 120년 후에 똑같은 흥분을 불러일으켰다.

지금부터 내가 이야기하려고 하는 것은 당사자들이나 백작이 절대로 입 밖에 내지 말아달라고 부탁했기 때문에 몇몇 사람을 빼고는 아무도 모르고 있는 것이다. 이 친구들이 언젠가는 그 약속을 깨뜨릴 거니까 나는 비밀을 과감하게 폭로할 생각이다.

이 얘기를 듣고 나면 수수께끼를 푸는 열쇠와 동시에 그저께 아침 신문에 실렸던 편지의 의미를 알게 될 것이다. 그 이상한 편지는 이 드라마의 어둠에 한층 더 기묘한 그림자를 던져주는 것이었다.

5일 전 드루 수비즈 저택으로 점심식사 초대를 받았다. 모인 사람들 중에는 주인의 조카딸이 둘, 이종 누이동생이 하나 있었고 남자 손님으로는 에사빌 재판소장, 보샤스 대의원, 그리고 백작이 시칠리아에서 알게 된 플로리아니 씨와 옛날 친구인 장군 루지에르 후작 등이 있었다. 식사가 끝나자 숙녀들은 커피를 마셨고, 신사들은 살롱을 떠나지 않는다는 조건으로 담배를 피웠다. 모두들 잡담을 했고 젊은 아가씨 하나가 카드점을 치면서 흥겨워했다.

화제는 우연히 유명한 범죄사건으로 옮겨졌다. 그러자 곧잘 백작을 놀려대곤 하는 루지에르 씨가 목걸이 사건을 꺼냈다. 이것은 드루 씨가 가장 싫어하는 화제였다. 누구나 다 자기 식의 추리를 풀어놓으며 의견을 내놓았다. 하지만 전부 모순이 있었기 때문에 모두 다 불합격이었다.

"그럼, 당신의 의견은 어떠세요?"

백작 부인이 플로리아니 씨에게 물었다.

"글쎄요! 별 할 말이 없습니다, 부인."

사람들은 믿지 않았다. 플로리아니는 아버지가 팔레르모의 사법관이기도 했고, 또 이 자리에서 아버지와 함께 접한 갖가지 사건들의 이야기를 들려주고 있던 참이었기 때문에 그의 판단력에 기대하고 있었기 때문이다.

"솔직하게 말해서……."

그가 말을 이었다.

"능력 있다는 사람들이 포기한 문제도 저는 성공했습니다. 하지만 그렇다고 해서 셜록 홈즈 행세를 할 수는 없고… 더구나 저는 사건의 진상도 제대로 알지 못하고 있습니다."

사람들은 일제히 백작 쪽을 돌아보았다. 그는 마지못해 요점을 간추려서 이야기하지 않을 수 없게 되었다. 플로리아니는 귀를 기울이고 생각에 잠겨, 두어 마디 질문을 한 다음 중얼거렸다.

"이상해… 언뜻 보기에는 진상을 꿰뚫는 것이 어렵지 않을 것 같은데……."

백작은 어깨를 움츠렸다. 그러자 다른 사람들은 플로리아니의 곁에 무릎을 내밀며 다가앉았다. 그는 조금 단정적인 말투로 이야기하기 시작했다.

"일반적으로 범인을 찾아내기 위해서는 그 범죄가 어떤 방식으로 실행되었는가를 분명히 알아야만 합니다. 이 사건에 대한 제 생각은 아주 간단합니다. 왜냐하면 문제가 되는 것은 몇 가지 추정이 아니라 오직 한 가지, 엄밀하게 말해서 확실한 것 하나뿐이니까요. 그것은 범인이 거실의 문이나 아니면 골방의 창문으로 침입했음이 틀림없다는 것입니다. 그런데 빗장을 건 문을 밖에서 열수는 없습니다. 그러니까 범인은 창문을 넘어서 들어간 것입니다."

"잠겨 있었습니다. 조사했을 때도 잠겨 있었지요."

드루 씨가 분명하게 잘라 말했다. 플로리아니는 드루씨의 이야기에 상관하지 않고 계속해서 말했다.

"범인은 부엌 쪽 부분과 창틀 사이에 널빤지 조각이나 사다리로 다리를 건너지르기만 하면 되었던 것입니다. 그리고 보석상자를……."

"하지만 창문은 잠겨 있었다고 하지 않았소!"

백작이 신경질적으로 소리쳤다. 이번에는 플로리아니도 대답을 하지 않으면 안 되었다. 그는 그처럼 시시한 반대는 문제가 아니라는 듯, 침착하게 가라앉은 목소리로 대답했다.

"창문은 잠겨 있었지요. 그러나 회전창이 있지 않았을까요?"

"어떻게 그걸 알고 계시죠?"

"첫째로 그 시대의 저택에는 반드시 회전창이 있다고 해도 좋을 정도입니다. 그렇지 않고서는 이 일을 설명할 수가 없습니다."

"사실 회전창이 하나 있습니다. 그러나 다른 창과 마찬가지로 그것도 잠겨 있었습니다. 그래서 문제 삼지 않았지요."

"그건 잘못입니다. 만약 주의해서 보셨다면 열려 있었다는 것을 알 수 있었을 겁니다."

"어째서요?"

"그 회전창은 아래쪽 가장자리에 고리가 달려 있고, 한데 모은 철사로 열게 되어 있지요?"

"그렇습니다."

"그리고 그 고리는 창틀과 궤짝 사이에 달려 있지요?"

"그렇소. 하지만 어쩐지 납득이 가지 않는군요."

"이렇게 하면 됩니다. 유리창에 갈라진 금을 만들고 뭔가 도구, 이를테면 갈고리가 달린 쇠막대기를 고리에 걸고 그것을 아래로 끌어당겨서 열면 되지요."

백작은 코웃음을 쳤다.

"좋습니다! 좋아요! 썩 잘 꾸며대는군요. 그런데 한 가지 사실을 잊고 있군요. 유리창에는 갈라진 금이 없었어요."

"있었을 겁니다."

"그렇다면 벌써 보았겠지요."

"주의 깊게 보지 않으면 모릅니다. 갈라진 금이 없을 리 없어요. 퍼티를 따라, 물론 세로로!"

백작은 일어섰다. 그는 매우 흥분한 것 같았다. 신경질적인 걸음걸이로 살롱 안을 두세 차례 돌더니, 플로리아니 곁으로 다가갔다.

"그날 이후, 그곳은 조금도 달라진 것이 없소… 그 골방에는 아무도 들어가지 않았습니다."

"그렇다면 제 설명이 사실과 일치하는지 어떤지 확인해 보실 수 있겠군요."

"당국이 확인한 사실과 전혀 일치하지 않습니다. 당신은 아무것도 보지 않았고, 그리고 아무것도 모릅니다. 그런데도 불구하고 우리가 직접 보아서 알고 있는 사실에 반대하시는군요?"

플로리아니는 백작의 짜증 같은 것은 염두에도 두지 않는 듯 싱글벙글 웃었다.

"글쎄요. 저는 확인해 보시라고 말했을 따름입니다. 만약 틀렸다면 틀린 점을 증명해 주십시오."

"지금 당장에라도… 결국, 당신의 확신 따위는 틀림없이……."

드루 씨는 혼자 뭐라고 중얼거리더니 갑자기 문을 열고 밖으로 나갔다. 아무도 입을 열지 않았다. 사람들은정말로 진상의 일부가 판명되는 것처럼 불안스러운 마음으로 백작을 기다리고 있었다.

마침내 백작이 문을 열고 돌아왔다. 그는 파랗게 질린 얼굴을 하고 이상하리만큼 흥분해 있었다. 그는 떨리는 목소리로 말했다.

"실례했습니다. 이분이 한 말은 너무나도 뜻밖이었기 때문에… 저는 전혀 생각지도 못했던 일이라……."

부인이 초조한 듯이 물었다.

"말씀해 주세요, 부탁이에요… 어떻던가요?"

그는 더듬거리면서 말했다.

"갈라진 금이 있었소… 이 분이 말한 대로 그 자리에… 유리창에…!"

그는 갑자기 플로리아니의 팔을 붙잡고 명령하는 듯한 투로 말했다.

"자, 계속해 주시오… 지금까지는 당신이 말하신 대로라고 인정하지요. 그러나 아직 전부는 아닙니다… 대답해 주시오! 당신 생각으로는 그 다음에 어떻게 됩니까?"

플로리아니는 가만히 팔을 뿌리친 다음, 잠시 후 이야기를 계속했다.

"제 생각으로는 이렇습니다. 범인은 드루 부인이 그 목걸이를 달고 무도회에 간다는 것을 알고 집을 비운 사이 다리를 놓았습니다. 그는 창 너머로 당신을 지켜보고 있었고, 보석을 감추는 것을 보았습니다. 그리고 당신이 나가자 곧 유리창을 가르고 고리를 당겼던 것입니다."

"좋습니다. 그러나 회전창에서 밑에 있는 창문까지는 멀어서 손이 닿지 않을 텐데요?"

"창문을 열지 않은 것은 회전창으로 들어갔기 때문입니다."

"안 됩니다. 회전창으로 들어갈 수 있을 만큼 마른 사람은 없습니다."

"그러니까 어른은 아닙니다."

"뭐라고요!"

"물론입니다. 어른에게 너무 좁다면 그건 어린아이지요."

"어린아이!"

"앙리에트에게는 아들이 있었지요?"

"네, 그렇습니다… 라울이라는 이름이었지요."

"훔친 것은 그 라울일 겁니다."

"아니, 증거라도 있습니까?"

"증거?… 증거가 있지요. 이를테면……."

그는 말을 끊고 잠시 생각에 잠겼다가 계속 말했다.

"이를테면…… 그 다리입니다. 아이가 그것을 밖에서 가져왔다가 다시 가져갔다고 한다면, 들키지 않았다고는 생각할 수 없습니다. 가까이에 있는 뭔가를 이용했음에 틀림없습니다. 앙리에트의 부엌에는 냄비를 올려놓는 널빤지가 벽에 걸쳐져 있지 않았을까요?"

"분명히 두 장 있었어요."

"그 널빤지가 밑에 받치고 있는 지주에 못질이 되어 있었는지 어떤지를 확인할 필요가 있습니다. 아니라면 아이가 그 두 장을 떼어다가 이어댔다고 생각할 수도 있습니다. 게다가 아궁이가 있었다면 으레 있을 불 젖는 쇠막대기를 사용해서 회전창을 열었을 것입니다."

백작은 아무 말도 하지 않고 밖으로 나갔다. 이번에는 사람들도 아까처럼 미지의 것에 대한 불안을 느끼지는 않았다. 플로리아니의 예상이 올바르다는 것을 확신하고 있었기 때문이다. 그의 추리는 확실하고 옳았기 때문에 그의 말이 옳다는 것을 하나하나 검증해 나간다는 데 흥미를 느꼈다. 백작이 돌아와 이렇게 말했을 때도 사람들은 전혀 놀라지 않았다.

"분명히 그 아이입니다! 그 아이가 틀림없습니다! 모든 것이 증명하고 있습니다."

"널빤지를… 불 젓는 쇠막대기를 보셨습니까?"

"보았소… 널빤지는 못질이 되어 있지 않았고… 불젓는 쇠막대기도 아직 그대로 있습니다!"

드루 수비즈 부인이 소리쳤다.

"그 아이였다고요? 그보다도 어머니 쪽이에요. 죄가 있는 것은 앙리에트 혼자예요. 틀림없이 그 여자가 아들에게……."

그때 플로리아니가 잘라 말했다.

"어머니는 관계없습니다."

"하지만 두 사람은 한 방에 살고 있었어요. 아이가 앙리에트를 속이고 행동할 수 없었을 거예요."

"같은 방에 살고 있어도 모든 일은 밤에, 어머니가 자고 있을 때 옆방에서 일어난 것입니다."

"그래서 목걸이는?"

백작이 말했다.

"아이가 가진 물건 사이에라도 끼어 있었던가요?"

"아뇨, 그렇지 않아요. 아이는 당연히 밖에 있었죠. 당신이 책상 앞에 있는 아이를 본 그날 아침은 학교에서 막 돌아왔던 겁니다. 그러니까 이제 제발 죄 없는 어머니를 그만 조사하고 아이의 책상이나 교과서를 조사하는 것이 좋았을 겁니다."

"그렇다면 좋아요. 앙리에트가 매년 받고 있었던 그 2천 프랑은 어떻게 생각하십니까? 저는 그것이 바로 그의 어머니도 공범이었다는 증거라고 생각하는데……."

"당신 말대로 공범이었다고 칩시다. 그렇다면 과연 그 돈에 대하여 감사의 편지 같은 것은 왜 썼을까요? 게다가 그녀는 당시 경찰의 감시를 받고 있지 않았습니까? 제 생각에는 그 아이 쪽은 더 자유로워 보이거든요. 원한다면 얼마든지 고물상과도 연락을 취할 수 있었고, 한 알이나 두 알 정도의 다이아몬드를 싼값으로 팔 수 있었습니다. 당연히 송금은 파리에서 한다는 조건을 붙여서 말입니다. 이런 방법으로 그 이듬해에도 같은 일을 반복했던 것이겠지요."

말할 수 없는 불안감에 사로잡힌 드루 수비즈 부부와 손님들은 당황했다. 사실 플로리아니의 태도나 말투에는 처음부터 백작을 초조하게 만드는 확신과는 다른 묘한 무언가가 있었다. 마치 빈정거리는 듯한 투였다. 친근함이나 호의적이라고 하기보다는 비웃는 듯이 보였다. 백작은 억지웃음을 지으며 말했다.

"정말 재미있는 이야기입니다. 당신의 놀라운 상상력은 존경할 만 하군요."

"천만에요."

플로리아니는 진지한 얼굴로 크게 말했다.

"이것은 상상이 아닙니다. 단지 당시의 상황을 이야기했을 뿐입니다."

"당신은 뭘 알고 계십니까?"

"당신 스스로 이야기한 걸 말입니다. 그 시골구석의 어머니와 아들의 생활을 잠시 생각했던 것입니다. 병에 걸린 어머니, 그 어머니를 위해 보석이라도 팔아서 구할까⋯ 소년은 최후의 괴로움이라도 덜어주고자 했던 거죠. 하지만 병은 갈수록 악화되어 갑

니다. 결국 그의 어머니는 죽습니다. 몇 년이 흐른 후 소년은 성
장하여 어른이 됩니다. 그리고 그때 ─ 이제는 내가 상상의 나래
를 펼치고 있다는 것을 인정합니다 ─ 성장한 어른이 된 그가 자
신의 어린 시절을 보낸 곳을 다시 찾고 싶다고 생각하고 고향으
로 돌아와 어머니를 의심하고 험담을 하던 사람들을 다시 만났
다면 어떻겠습니까? 이런 만남에 대해 많은 사람들이 얼마나 흥
미를 갖고 있는지 아십니까?"

두려움이 엄습해오는 듯한 묘한 침묵 속에서 그의 말은 울려 퍼
졌다. 드루 부부의 얼굴에서는 무언가를 인정하려는 듯한 표정과 그
에 대한 공포, 고뇌 같은 것을 동시에 엿볼 수 있었다. 백작은 중얼
거렸다.

"대체 당신은 누구요?"

"시칠리아에서 알게 되어 이미 여러 번 당신의 초대를 받았던 플
로리아니입니다."

"그렇다면 지금 이야기는 무슨 뜻이오?"

"뭐, 아무것도 아닙니다. 농담을 했을 뿐이죠. 앙리에트의 아들
이 만일 아직까지 살아서'내가 범인이었다. 어머니가 하녀의 일
자리를 잃을 만큼 불행했고, 자식으로서 어머니의 불행을 가만
히 앉아 보고 있을 수가 없었기 때문이었다'고 말할 수 있다면 얼
마나 기쁘겠는가라는 상상을 했을 뿐입니다."

그는 반쯤 허리를 펴고 백작 부인 쪽으로 몸을 굽히면서 자신의
흥분을 가라앉히며 말하는 것 같았다. 의심은확신으로 변하고 있었
다. 플로리아니는 분명 앙리에트의아들임에 틀림없다. 그의 말과
태도, 이 모든 것이 그것을 이야기하고 있었다. 그뿐만 아니라 그렇

게 생각해 주는 것이 그의 목적이 아닐까. 오히려 그가 원하던 바가 아니었을까?

백작은 망설였다. 이 대담한 사람에 대해 어떤 태도를 취해야만 좋을 까! 긴급히 벨이라도 눌러야 하는가? 아니면 한바탕 소동을 벌일까? 목걸이를 훔친 놈이라고 몰아세워 볼까?

그러나 너무 오래 된 옛날 일이다! 누가 이 어이없는 범죄 소년의 말을 믿을 수 있단 말인가. 아니, 진실을 제대로 파악하지 못한 척하고 그냥 두는 것이 좋을 것이다. 백작은 플로리아니의 곁으로 가서 말했다.

"재미있군. 당신의 상상은 흥미 있는 걸. 그런데 당신 생각으로는 그 선량한 청년, 그 성실한 아들은 어떻게 되었을까? 혹시 붙잡히지는 않았겠지?"

"그럼요. 붙잡히지 않았겠지요."

"그렇지. 그런 대도라면! 여왕의 목걸이, 그것도 마리 앙트와네트가 그렇게 갖고 싶어 하던 목걸이를 그것도 여섯 살 때 훔쳤으니……."

"훔치는 방법이야말로 정말 뛰어났지요."

백작의 농담에 플로리아니는 맞장구를 쳤다.

"그 누구도 유리창의 상태를 조사하려 하지 않았으니까요. 창가의 두꺼운 먼지를 털고 지나간 자국을 알 수 없게 했는데도 지나치게 깨끗하다는 것을 조금도 깨닫지 못했지요. 이런 식으로 아무 문제없이 끝내버린 거죠. 어린 아이로서는 무척 고생스러운 일이었을 겁니다. 그것이 쉬운 일은 아니었을 테니까요? 훔치려고 마음먹고 손만 내밀어서는 힘들었겠지요. 훔치려고 생각하고……."

"손을 내밀었다?"

"그것도 두 손을."

플로리아니는 야릇한 웃음을 던지면서 덧붙였다.

소름이 돋았다. 스스로 플로리아나라고 말하는 이 사람의 생활은 어떤 비밀이 있는 것일까? 6살부터 천재적인 방법으로 목걸이를 훔쳐낸 이 사기꾼이 오늘은 스릴을 느끼려고 하는 걸까. 원한을 풀기 위해서 아주 당당하게 희생자의 저택에 들어오다니. 이 얼마나 대범한 것일까!

그는 자리에서 일어나 작별 인사를 하기 위해 부인의 곁으로 다가갔다. 부인은 뒤로 물러나려 했으나 행동을 자제했다.

그가 웃었다.

"무서워하시는군요, 부인! 아마추어 연극을 너무 지나치게 했나 봅니다."

부인은 마음을 바로잡고 약간 놀랐다는 듯이 재치 있게 대답을 했다.

"그럴 리가……. 그것보다 그 효자 아들의 이야기는 퍽 흥미로웠어요. 제 목걸이가 운명의 시발점이 되었다니 기쁜 일이군요. 그러나 앙리에트의 아들이 천부적으로 그런 소질이 있었다고 생각하지는 않나요?"

그는 그녀의 말에서 빈정거림을 느끼고 움찔했으나 곧 대답했다.

"저도 그렇게 생각하고 있습니다. 아이가 그 어떤 후회도 하지 않는 것은 어지간히 그런 소질을 타고났기 때문일 테니까요."

"어떻게 그런 걸 아시죠?"

"그렇지요. 다들 아시겠지요? 목걸이 보석의 대부분은 가짜였던 것입니다. 진짜는 영국인 보석상에게서 산 다이아몬드 몇 개뿐이었고, 다른 것들은 어려운 생활의 필요에 의해 하나씩 팔아치웠던 것입니다."

"그것은 여왕의 목걸이었어요."

부인은 거들먹거리면서 말했다.

"그 사실은 앙리에트의 아들도 미처 알지 못했던 모양이지요?"

"부인, 소년에게는 가짜든 진짜든 상관없습니다. 목걸이는 우선 사람의 신분을 나타내는 척도라는 사실이 중요했던 것입니다."

드루씨가 심한 몸짓을 했다. 그러나 부인이 그것을 저지했다.

"하지만 당신이 말한 그 사나이가 만일 얼마쯤이라도 그 가치를 알았다면……."

플로리아니의 차가운 시선을 의식해서인지 그녀는 말을 끊었다. 그가 그녀의 말을 되풀이 했다.

"행여 어느 정도라도 그 가치를 알았더라면……."

그녀는 이런 식으로 이야기해야 소용 없을 거라고 생각되어 자존심이 상했지만 화를 내지 않고 격식을 차려 말했다.

"전하는 말에는 레토 드 빌레트는 여왕의 목걸이를 구해, 장식되어 있는 다이아몬드를 잔느 드 발로아와 함께 모두 분해했을 때 좌금에는 전혀 손을 대지 않았다고 했지요. 다이아몬드는 장식을 위한 부속물에 지나지 않지만 좌금은 대단한 작품이며 예술적 가치가 있는 것으로 알고 있었던 거지요. 그래서 소중하게 여겼던 겁니다. 과연 아이가 그 가치를 알고 있었다고 생각해 보십시오?"

"좌금이 남아 있다는 것은 나도 의심하지 않습니다. 아이도 그것을 소중히 했을 겁니다."

"당신이 그 사나이를 만나게 되거든 명문의 보배인 유품을 소유하고 있는 것은 옳지 못하다고, 그리고 보석들을 빼냈다고 하더라도 여왕의 목걸이는 드루 수비즈 집안의 소유라고 말하세요. 그 물건은 가문의 이름과 명예와 마찬가지로 우리 소유인 것입니다."

"네 그리 전하도록 하지요, 부인."

그는 부인께 정중하게 머리를 숙이고, 이어 백작에게 인사를 한 다음, 함께 있던 사람들에게 차례차례 인사한 뒤 밖으로 나갔다.

그가 떠난 4일 후 드루 부인은 거실 테이블 위에서 추기경의 문장이 있는 빨간 보석 상자를 발견했고 그것을 열어보았다. 안에는 '속박된 여왕의 목걸이'가 있었다. 세상 이치와 인간의 도리를 생각하는 사람에게 있어 모든 물건은 같은 목적을 따르지 않으면 안 되기 때문에 ─ 또한 약간의 홍보는 결코 해롭지 않으므로 ─ 다음날 충격적인 기사가 에코 드 프랑스지에는 실렸다.

전에 드루 수비즈 집안에서 사라졌던 유명한 보석, '속박된 여왕의 목걸이'는 아르센 뤼팽에 의해서 발견되었다. 그는 목걸이를 진짜 소유주에게 돌려주었다.

예의바른 배려는 칭찬받아야 하는 일이다.

03

하트 세븐

하트세븐

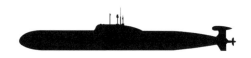

나는 자주 이와 같은 질문을 받는다.

"뤼팽과는 어떻게 해서 알게 된 겁니까?"

나와 뤼팽이 서로 아는 사이라는 것은 어느 누구도 의심하지 않는다. 나는 이 어이없는 인물에 대해 세세한 것까지 모두 알고 있다. 반박할 수 없는 사실, 수많은 새로운 증거를 내놓는다. 사람들은 겉모습으로 보이는 것만을 보고 은밀한 이유와 눈에 띄지 않는 계략을 알아채지 못하는 몇 가지의 행동에 대해서 해석을 해준다.

이러한 것들이 친밀도를 나타내지는 못할지라도, 그러한 일은 뤼팽의 생활로 보더라도 불가능했다. 친구로서 서로 알아가고 계속되는 비밀 대화의 교감을 증명해준 것이다. 그러나 나는 어떻게 해서 그를 알게 되었나? 그리고 그의 이야기를 쓰는 작가가 되는 영광을 얻게 되었는가? 그 누구도 아닌 내가 말이다.

의외로 대답은 간단하다 완벽한 우연에 의해 이루어진 일, 결코 나의 공은 아니었다. 정말 우연히 뤼팽을 만나게 되었다. 그의 가장 기괴하고 불가능한 사건 중 하나에 관련을 갖게 된 것이 우연이라고 한다면 그가 만든 훌륭한 드라마 - 그 이야기는 할 때마다 조금은 질려버릴 만큼 파란만장하고 불가능해 보이며 복잡한 드라마에 참여한 것 또한 우연이었다.

드라마의 제1막은 많은 사람들에게 화제가 되었던 6월 22일부터 23일에 걸친 밤에 일어났다. 미리 양해를 구해 두지만, 그때 내가 한 이상한 행동은 집으로 돌아가던 중 느꼈던 매우 특이한 기분에 기이한다고 생각했다.

그 날 나는 친구들과 식당 라 카스카드에서 저녁을 먹었고 집시가 연주하는 우울한 왈츠를 들으며 담배를 피며 무서운 범죄와 음모에 대해서 얘기하고 있었다. 잠자리에 들기 전 이런 류의 이야기를 나누는 것이 분명 좋은일이 아니었지만.

그 날 생 마르탱 부부는 자동차로 돌아갔고, 장 다스프리 ― 사교성 있고 느긋한 장 다스프리는 6개월 후 모로코의 국경에서 처참한 자살을 했다 ― 와 나는 어두운밤길을 걸어서 집으로 돌아왔다. 1년 전부터 살고 있는 뉘이의 마이요 가에 있는 작은 저택 앞에 도착하자 그가 말을 꺼냈다.

"무섭지 않나?"

"대체 무슨 소리를 하는 건가!"

"이 집은 홀로 덩그러니 떨어져 있지 않나! 주위에 이웃도 없고… 나는 겁이 많지는 않지만, 그래도 왠지……."

"여보게. 내가 알기로 자네는 활달한 편이 아닌가!"

"잘못 알고 있군! 지금도 어떻게 해야 할지 망설이고 있어. 생 마르탱 부부의 강도 이야기가 기분을 나쁘게 했나 보네."

그와 나는 악수를 하고 헤어졌다. 나는 주머니에서 열쇠를 꺼내어 현관문을 열었다.

"이런!"

나는 중얼거렸다.

"앙트완이 불을 켜는 걸 잊은 게로군."

그러나 곧 하인 앙트완이 휴가를 떠났다는 생각이 머릿속에 떠올랐다.

그 순간 어둠과 고요가 무척 기분 나쁘게 느껴졌다. 손으로 더듬으며 서둘러 거실까지 올라간 나는 평소와는 다르게 문에 잠금장치를 했다. 그리고 불을 켰다.

주위가 밝아지자 나는 이성을 되찾았다. 그러나 만일의 사태를 대비해 권총의 벨트를 풀었다. 그리고 구경이 큰 대형 권총을 침대 옆에 놓았다. 이렇게 조심을 하고 나니 안도감이 들었다. 그리고 잠을 청하기 위해 여느 때와 같이 테이블 위에 놓아둔 책을 집었다.

순간 깜짝 놀랐다. 전날 밤 읽은 데까지 표기해 놓았던 페이퍼나이프는 없고 다섯 군데나 봉해져 있는 봉투 하나가 끼워져 있었기 때문이었다. 나는 그것을 살펴보았다. 나의 이름이 정확하게 쓰여 있었고 그 옆에는'긴급'이라고 적혀 있었다.

나에게 온 편지! 과연 누가 이 책안에 넣었단 말인가? 나는 초조한 마음에 편지를 뜯어 읽었다.

　- 편지를 펼친 그 순간부터 무슨 일이 일어나든 그 어떤 소리가 들리

든 움직여서는 안 된다. 털끝만큼도 움직이지 말고 소리 지르려 하지 마라. 만일 이 말을 어긴다면 당신은 죽을 것이다!

나는 겁쟁이는 아니다. 남들과 같이 위험과 맞설 수도, 상상력을 위협하는 미지의 위험을 무시할 수도 있다. 그러나 반복해서 말하지만 당시 나는 사물에 반응하기 쉬운 이상한 기분이었기에 초조할 수밖에 없었다. 거기에 이런 이상한 일까지 생겼다면 그 어떤 용감한 사람이라도 동요하지 않을 수 없었을 것이다.

편지지를 들고 있는 나의 손이 떨리는 것을 느꼈다. 나의 눈은 협박의 글을 몇 번이나 반복해서 읽고 있었다.

– 털끝만큼도 움직이지 마라… 소리 지르려 하지 마라… 이 말을 어긴다면 당신은 죽을 것이다!–

'뭐야! 장난치고 있군. 무슨 의도로 이런 어리석은 짓을 하냔 말이야.'라고 생각했다. 속에서 웃음이 터져 나올 것만 같았다. 하마터면 큰소리로 웃을 뻔했다. 그런데 무엇이 그것을 저지했을까? 그 어떤 감지되지 않는 공포가 내 목을 누르고 있었던 것일까?

하여튼 전등만이라도 끄고 싶었으나 끌 수가 없었다. '털끝만큼도 움직이지 마라… 이 말을 어긴다면 당신은 죽을 것이다' 고 씌어 있었던 것이다.

그러나 이런 자기 암시는 확실한 사실보다 더 강해 싸워 봐야 소용없는 짓이다. 나는 눈을 감을 수밖에 없었다.

바로 그때 고요함 속에서 작은 소리가 났다. 그리고 이어 바스락거리는 소리가 들렸다. 서재로 사용하고 있는 큰 방에서 들리는 것처럼 느껴졌다. 이 방과 큰방 사이에는 또 다른 방이 있었다.

위험이 실제로 다가옴을 느낀 나는 흥분할 수밖에 없다. 일어나서 권총을 들고 큰방으로 달려가고 싶었으나 몸을 일으키지는 못했다 - 내 왼쪽 창문 커튼이 흔들렸다. 그 순간 나는 움직이고 있는 커튼과 창문 사이, 아주 좁은 공간에 분명히 사람의 모습이 보였다. 커튼은 뒤에 숨어 있는 사람 때문에 부풀어 있었고 여전히 흔들리고 있었다.

그리고 그 사람도 나를 엉성한 커튼 천을 통해 유심히 보고 있는 것이 틀림없었다. 그제야 나는 모든 상황을 파악하게 되었다. 함께 온 패거리들이 물건을 훔쳐 옮기는 동안 이 자는 나를 지키고 있는 것이 분명했다. 일어나 권총을 잡을까? 안 돼… 녀석이 지금 나를 보고 있다. 지금 움직이거나 소리를 친다면 나는 죽음을 당할 것이다.

커다란 소음이 집안에 가득하고 망치로 벽을 두드리는 듯한 소리가 곳곳에서 들려왔다. 그리고 또 다른 소리 들도 섞여 들렸는데 소음으로 보아 이 도둑 패거리들은 마음을 놓고 편하게 행동하고 있는 듯 했다.

어쩔 수 없다. 나는 아무런 행동도 하지 않았다. 그것이 과연 비겁한 일일까? 오히려 자포자기, 신체의 그 어느 부분도 움직일 수조차 없었다. 어쩌면 이것이 현명한 행동이었을 것이다. 이유는 그들과 격투를 해봐야 이득이 없다는 것을 알기 때문이었다. 커튼 뒤에 숨은 사나이 뒤에는 열 명이 넘는 패거리가 있을 것이고 그가 신호를 보내면 곧 그들이 달려올 것이다. 그냥 벽걸이와 골동품 몇 점을 구하기 위해 나의 생명을 포기하는 무모한 짓을 할 필요가 있을까?

나의 고통은 이 밤 내내 계속 되었다. 견디기 힘든 고통과 두려움, 이내 소음은 멈췄으나 다시 시작될 것이 분명하다고 나는 여겼다. 그리고 이 방에 함께 있는 그 사나이, 손에 무기를 들고 나를 감시하고 있는 그! 나는 두려움에 그에게서 눈을 떼지 못했다. 가슴은 방망이질을 치고 온 몸에는 땀이 흘러내렸다.

순간 말로 표현할 수 없는 평안이 마음속에 찾아왔다.

- 매우 익숙한 우유장수의 수레바퀴 소리가 큰길가에서 들려왔다. 동시에 나는 창 틈 사이로 새어 들어오는 새벽녘의 빛을 보았고 곧 밖의 어둠은 물러갈 것임을 깨달았다.

서서히 방안은 밝아졌고 길 가에는 다른 차들이 지나 다니기 시작했다. 밤의 악령들이 모두 물러가버렸다. 나는 천천히 아주 천천히 테이블로 팔을 뻗었다. 내 눈앞에는 그 어떤 것도 움직이지 않았다. 나는 커튼의 주름 - 그 사나이가 숨어 있는 그 곳, 겨냥해야 할 장소에 초점을 맞추었다. 표적을 정확하게 조준하고 빠른 속도로 권총을 들어 쏘았다.

나는 환희의 탄성을 지르며 침대 밖으로 나와 창문가 커튼으로 달렸다. 커튼에는 분명히 구멍이 뚫려 있었고, 유리창에도 같은 구멍이 뚫려 있었다. 그러나 그 누구도 총에 맞지는 않았다. 그 곳에는 아무도 없었던 것이다.

그 누구도 그 곳엔 있지 않았다. 나는 하룻밤동안 커튼의 주름에

속고 있었던 것이다. 밤새 나에게 고통을 안겨준 도둑패거리… 나는 순간 화가 치밀어 문을 열고, 옆방을 지나 큰 방으로 뛰어 들었다.

그러나 나는 넋이 나간 사람처럼 문 앞에 우뚝 서고 말았다. 숨은 턱 끝까지 찼고 간담이 서늘하였지만 커튼 뒤에 숨어 있던 사나이가 없었던 것을 알았을 때보다 더 놀랐다. 방안의 물건들은 그대로 제자리에 있었다. 가구와 그림, 벨벳, 세공한 비단, 모두 가져갔다고 생각했던 것들이 그 자리에 그대로 있었다.

도무지 이해할 수 없었다. 지금 이 광경을 보고 있는 내 눈을 의심했다. 그렇다면 그 소음은 대체 무엇이란 말인가? 나는 방안을 한번 둘러본 후 벽을 조사하며 익숙한 물건을 세어보았다. 그 어떤 것도 없어지지 않았다. 더 황당했던 것들은 도둑 패거리들이 들어온 흔적조차 없었다는 것이다. 의자 하나 움직이지 않았으며 발자국도 없었다.

'대체 어찌 된 일인가.'

나는 머리를 두 손으로 감싸 안고 생각했다.

'분명 내가 미친 건 아닐 테고! 확실히 들었는데…….'

나는 더욱 정신을 집중해서 방안을 샅샅이 살펴보았다. 허튼 일이라고 할 순 없지만 오히려- 그러나 이런 것을 발견할 줄이야. 바닥에 있던 페르시아 융단 아래에서 카드 한 장을 발견했던 것이다. 그것은 프랑스에서 일반적으로 사용하는 평범한 카드의 하트 7이었다. 다만 특이한 점이 나의 신경을 자극했다. 7개의 하트 모양의 맨 끝에 모두 구멍이 뚫려 있었다. 단지 그것뿐이었다. 한 장의 카드와 책 사이에 끼워져 있던 한 통의 편지, 그밖에는 아무것도 없었다. 이것만으로 내가 꿈을 꾼 것은 아니라고 확신할 수 있지 않을까?

나는 하루 동안 거실의 구석구석을 조사했다. 작은 집에 어울리지 않는 넓은 방으로 방안의 장식들을 보면 집을 설계한 사람의 독특한 취미를 알 수 있다. 바닥은 갖가지의 자갈을 이용한 모자이크 형식의 대칭무늬로 되어있었다.

뿐만 아니라 벽도 바닥과 같은 모자이크 무늬였다. 비잔틴이며 폼페이, 중세의 벽화를 따라한 흔적이 보였다. 술의 신 바카스가 술을 담은 통 위에 앉아 있었고, 황금관을 쓰고 멋있는 수염을 가진 황제의 오른손엔 칼이 쥐어 있었다.

그리고 맨 위쪽에는 아틀리에 식의 커다란 창이 하나 있었다. 이 창은 매일 밤에도 그대로 열려 있었기 때문에 도둑패거리가 사다리를 타고 그 곳으로 들어왔을 것이 분명했다. 그러나 그곳에도 증거는 없었다. 사다리의 다리가 안뜰의 흙 위에 자국을 남겼을 것 같지만 그런 흔적은 어디에도 없었다. 저택 주위에 있는 빈터의 풀이 쓰러져 있는 듯하지만 사다리의 자국은 없었다.

솔직히 말하자면, 나는 경찰에 신고할 생각은 추호도 없었다. 그들에게 설명하지 않으면 안 될 사실에 대한 나의 생각은 갈피를 잡지 못하고 있었기 때문이다. 이런 이야기를 그들에게 한다면 나만 웃음거리가 될 것이 분명했다.

이틀이 지났다. 그날은 내가 질 블라스 지에 시평을 쓴 날이었다. 나는 이 사건이 머리에서 떠나지 않아 그것에 대해 자세하게 썼다.

이 기사가 읽히지 않았던 것은 아니지만 독자들은 그것을 그다지 진지하게 생각하는 것 같아 보이지는 않았다. 사실이 아닌 상상이라고 여기고 있는 것이 분명했기 때문이었다. 생 마르탱 부부는 이 일로 나를 놀리곤 했다.

그러나 이 문제에 대해서 약간의 식견을 가지고 있는 다스프리는 나를 찾아와 자세한 사정을 듣고 함께 연구했다. 그러나 그것은 성공하지 못했다.

그 후 며칠이 흐르고 어느 날, 초인종이 울렸다. 앙트완은 나를 찾아온 손님이 있다고 알려왔다. 방문객은 자신의 이름을 밝히지는 않았지만 그를 정중하게 맞았다.

40세쯤 되어 보이는 사나이, 짙은 갈색머리에 힘이 넘치는 얼굴이었다. 오래 입어 낡긴 했으나 깨끗하게 세탁해 입은 옷은 품위 있어 보였고 예의에 벗어나는 태도와는 아주 상반되는 것이었다.

그는 거리낌 없이 말했다. - 그의 목소리는 쉬어 있었고 말투는 그가 사회적으로 높은 지위에 있지 않다는 것을 나타내고 있었다.

"여행 중에 다방에서 질 블라스 지가 눈에 띄었지요. 쓰신 걸 보았습니다. 몹시 흥미가 끌리더군요……."

"고맙습니다."

"그래서 찾아온 것입니다."

"그래요?"

"이야기를 하기 위해서지요. 쓰신 건 모두 정확합니까?"

"절대로 정확합니다."

"단 한마디도 꾸며낸 것은 없겠죠?"

"그 어떤 것도 없습니다."

"그러시다면 저에게 참고 될 만한 이야기를 할 수 있으리라 생각되는군요."

"이제 말씀해보십시오."

"아직 안 됩니다."

"아직 안 된다고요?"

"이 이야기를 하기 전에 그것이 확실한지 어떤지를 확인해야만 합니다."

"무슨 방법이 있습니까?"

"저 혼자 그 방에 있을 필요가 있습니다."

나는 놀라 그를 쳐다보았다.

"혼자 있어야 할 이유라도 있습니까?"

"그것은 제가 당신이 쓴 것을 읽고 생각한 일입니다. 여러 가지 점에서, 우연히 제가 알고 있는 어느 사건과 정말 아주 비슷합니다. 만일 제가 잘못 생각한 것이라면 잠자코 있는 편이 좋겠지요. 그것을 확인하는 유일한 방법은 저 혼자 있는 일입니다."

이렇게 말하는 사나이의 속마음은 무엇이란 말인가. 나중에 다시 생각해 보니, 사나이는 그때 왠지 불안하고 걱정스러운 듯한 표정을 하고 있었다. 아무튼 나는 조금 놀라긴 했으나, 그의 요구를 특별히 부자연스럽다고는 생각하지 않았다. 더구나 나에게 있어서 그것은 자극이 되는 재미있는 일이었다.

나는 즉시 대답했다.

"그럼 좋습니다. 시간은 어느 정도?"

"3분이면 됩니다. 3분 뒤에는 볼 수 있을 겁니다."

즉시 나는 방을 나왔고 아래층에서 시계를 지켜보고 있었다. 1분, 그리고 2분이 지났다. 갑자기 답답한 기분이 들었다. 왜 이 순간이 다른 때와는 다르게 중요하게 느껴지는 것일까?

2분 40초… 2분 54초… 갑자기 총소리가 났다. 나는 빠른 걸음으로 층계를 뛰어 방으로 들어갔다. 그리고 나도 모르게 공포에 질린 비명을 질렀다.

그 사나이는 방 중앙에 왼쪽 어깨를 대고 미동도 없이 누워 있었다. 머리에서 흘러나오는 뇌수와 피가 바닥으로 흘러내렸다. 오른손에는 아직도 연기가 나는 권총이 들려있었다.

그러나 이러한 상황에서도 다른 무엇인가 나의 생각을 붙들고 있었다. 그것으로 인해 나는 곧 바로 사람을 부르지 않았다. 그가 혹시 목숨이 붙어 있는지 확인하기 위한 조치도 하지 않았다. 그의 곁에는 하트 7이 있었던 것이다.

그것을 조용히 주워들었다. 일곱 개의 붉은 하트 끝에 구멍이 뚫려 있는…….

30분 후 뇌이의 경찰서장이 당도했다. 그 뒤를 따라 검시의, 그리고 치안국장인 뒤듀 씨도 왔다. 나는 검시의를 방해하고 싶지 않았기 때문에 주의를 다해 시체를 건드리지 않았다. 검시는 금방 끝났다. 처음에는 아무것도 발견하지 못했다.

죽은 사나이의 주머니에는 그 어떤 서류도 없었고, 옷 또한 그 어떤 표시도 되어 있지 않았으며, 속옷에는 주기도 없었다. 다시 말해 신원을 확인할 만한 단서들이 없었던 것이다. 방 안은 처음과 마찬가지로 흐트러짐이 없었다. 가구나 사물들도 달라진 게 전혀 없었다. 그러나 사나이는 자살을 위한 장소로 나의 집이 좋다고 생각한 것은 아니었을 것이다. 무슨 연유로 이런 끔찍한 행동을 결심했을까? 그 이유는 그가 혼자서 보낸 3분 동안에 알게된 새로운 사실의 결과가 아닐까?

과연 어떤 사실, 무얼 보았기에, 그리고 무엇이 있었기에, 그 어떤 두려운 비밀을 발견한 것일까? 도무지 알 수가 없었다.

그러나 끝이 보이자 무척 연관되어 보이는 일이 발생했다. 경찰관 두 명이 들 것으로 시체를 옮기려 들어올렸을 때 그 사나이의 왼손이 벌려지면서 구겨진 명함이 나왔던 것이다.

명함에는 조르주 안데르마트, 베리이 가 37번지라고 적혀 있었다.

이 명함은 무엇을 내포한 것일까? 조르주 안데르마트는 파리의 대 은행가로서, 프랑스 금속 공업의 급진적 도약을 일으킨 금속 은행의 창립자이자 수장이기도 했다. 그는 호화로운 생활과 화려한 마차와 자동차, 그리고 경주마를 가지고 있었다. 화려한 연회가 생활화되어 있고 안데르마트 부인은 교양 있고, 환한 미소로 많은 사람들의 입에 오르내리는 그런 사람이었다.

"이 사나이의 이름일까?"

나는 혼자 중얼거렸다.

이에 치안국장이 들여다보며 말했다.

"아니오. 안데르마트 씨는 얼굴이 희고 머리 또한 희끗희끗합니다."

"그렇다면 대체 이 명함은?"

"전화가 있습니까?"

"네, 현관 옆에 있습니다. 제가 안내해 드리지요."

치안국장은 전화번호를 조사하여 415-21번을 불렀다.

"안데르마트 씨 계십니까? 저는 뒤듀입니다만, 가능하다면 빨리 안데르마트 씨에게 마이요 가 102번지로 와 주십사고 전해 주십시오. 급한 일입니다."

20분 후, 안데르마트 씨가 자동차를 타고 도착했다. 그에게 일부러 여기까지 오게 한 이유를 설명하고 나서 시체 앞으로 안내했다.

그는 순간 인상을 쓰더니 의식하지 못한 채 나지막이 말했다.

"에티엔느 바랭이로군."

"이 사람을 아십니까?"

"잘 아는 것은 아니요. 단지 몇 번 본 일이 있을 뿐이오, 이 사나이의 형이……."

"형제가 있습니까?"

"네, 알프레드 바랭이라고… 얼마 전에 그 형이 나에게 무언가 부탁하기 위해 왔었는데, 무슨 일이었는지는 잊었습니다만."

"주소가 어떻게 됩니까?"

"동생과 함께 살고 있습니다……. 아마 프로방스 가라고 생각합니다만……."

"이 사나이의 죽음에 대해서 뭔가 짐작되시는 점은 없습니까?"

"전혀."

"당시 이 명함을 손에 쥐고 있었는데, 주소도 성명도 모두 당신의 것이었습니다."

"전혀 그 이유를 알 수가 없군요. 우연한 일이라고 봅니다. 수사를 더 진행해 보면 보다 명확해지겠지요."

나는 이것이 정말 기묘한 우연이라고 생각되었다. 또한 다른 사람들도 모두 그런 인상을 받았다는 것을 느꼈다.

나는 사람들에게 받았던 그 인상을 다음날 신문에서도, 그리고 직접 나에게 이 사건에 대한 이야기를 들었던 친구들한테서도 느낄 수 있었다. 구멍이 뚫린 하트 7이 이상하게도 두 번이나 발견된 다음, 나의 집에서 발생한 이 두 번의 사건이 있은 다음, 나는 막연하기는 하나 불가사의한 소용돌이 속에서 이 명함이 얼마쯤 단서가 될 것 같은 예감을 얻었다. 명함으로 인해 사건의 진상을 알 수 있게 될 것 같은 예감 말이다.

그러나 나의 예상과는 다르게 안데르마트 씨에게서는 그 어떤 힌트도 얻을 수 없었다.

"알고 있는 것은 모두 말씀드렸습니다."

그는 되풀이했다.

"더 이상은 저도 어쩔 수가 없습니다. 이 명함이 그의 손에 쥐어져 있었다는 것에 대해서 저는 누구보다도 놀라고 있을 따름입니다. 다만 여러분과 마찬가지로 이 점이 분명해지기를 바라고 있습니다."

이 점은 분명해지지 않았다. 조사 결과 밝혀진 것은, 바랭 형제는 본디 스위스 사람으로 여러 가지로 이름을 바꾸면서 굴곡 많은 생활을 보냈으며, 수상한 집에 드나들었고 경찰의 지목들 받는 외국인 도당들과 관계하고 있었다. 그런데 그 도당은 나중에 그들 형제도 끼어들었던 일련의 강도행위가 있고 난 다음 각기 흩어졌다는 것 정도였다. 사실 바랭 형제가 6년 동안 살고 있었던 프로방스 가 24번지에서는 아무도 두 사람의 행방을 알지 못했다.

솔직히 말해 나는 이 사건이 너무나 복잡했으므로 해결될 가망이 없다고 여기고서 다시는 생각하지 않으려고 애썼다. 그러나 그 무렵 내가 친하게 교제하고 있던 장 다스프리는 날로 열의가 더해 갔다.

프랑스 내에 있는 모든 신문이 옮겨 싣고 논평한 국외 신문의 기사를 알려준 것도 그였다.

미래 해전의 양상을 근본적으로 변화시킬 잠수함의 첫 실험이 가까운 시일 내에 황제 폐하가 참석한 가운데 벌어질 예정이다. 들리는 소문에 의하면 잠수함의 이름은 '하트 7'이라고 한다.

하트7……? 이것 또한 우연의 일치일까, 만약 그렇지 않으면 이 잠수함의 이름과 그 사건 사이에 무슨 관계가있는 것일까? 있다면 어떤 종류의 관계일까? 하지만 이 일이 잠수함 문제와 관계있을 리 없지 않겠는가?

"무슨 상관이야?"

라고 다스프리가 말했다.

"단 하나의 원인으로 발생한 예기치 못한 결과가 생기는 것은 흔한 경우지."

이틀 후 신문에는 다시 다른 기사가 실렸다.

며칠 후 실험 예정인 잠수함 '하트 7'은 프랑스의 기술자에 의해 설계되었다. 이 기술자는 모국의 지원을 얻으려 노력했으나 실패했다. 다시 영국 해군성에 의뢰했으나 역시 실패했다. 그러나 이것의 진위는 확실히 밝혀지지 않았다.

세상이 모두 기억하고 있는 것 같은 큰 흥분을 일으킨 미묘한 사항에 대해서 옳고 그름을 논할 생각은 없다. 사태를 더 크게 만들 우려는 없으므로 이 세상 사람들이 기억하고 있는 것처럼 커다란 흥분을 불러일으킨 아주 미묘한 사항에 대해서 시비를 논할 생각도 없다. 그러나 사태를 더 크게 할 우려는 이미 없어졌으므로 그 즈음 커다란 반향을 일으켰던 에코 드 프랑스 지의 기사에 대해서 기술하려고 한다. 이것은 이른바 '하트 7' 사건에 대해서 얼마쯤 희망을 안겨주었다.

그 기사는 살바토르라는 서명이 되어 있었으며 내용은 다음과 같다.

'하트 7' 사건, 실마리가 보이다.

간단히 말해 젊은 광산 기사 루이 라콤브는 6년 전 시간과 재산을 투자하여 연구에 몰두하기 위해 그간 다니던 직장을 그만두고 마이요 가 102번지에 위치한 이탈리아 백작이 새로 지은 큰 집을 빌렸다.

그는 로잔 출신인 바랭형제의 소개로 금속 은행의 창립자이자 수장인 루즈루 안데르마트 씨와 관계를 갖게 되었다. 형제 중 한 사람은 라콤브 연구의 조수였으며 또한 사람은 라콤브를 위해 자금을 조달하는 사람이었다.

여러 번 회견을 한 라콤브는 안데르마트 씨에게 잠수함의 건조에 대한 흥미를 갖도록 유도하는 데 성공했다. 안데르마트 씨는 그의 발명이 끝날 때까지 해군성에 일련의 시험을 하도록 해줄 것을 약속했다.

라콤브는 2년 동안 안데르마트 씨의 저택을 수시로 방문하여 그의 계획의 진행 상태를 보고하곤 했다. 그리고 마침내 그의 설계가 완성되었을 때 안데르마트 씨에게 자금의 출자를 요청했다.

그날 루이 라콤브는 안데르마트 씨의 저택에서 함께 저녁식사를 했고, 밤 11시가 넘어 집으로 돌아갔다. 그러나 그 후론 어디에서도 그의 소식을 들을 수 없었다.

당시의 신문을 살펴보면, 라콤브의 가족들이 국가에 얼마나 많이 호소를 했는지 검사국이 수사에 착수했다고 나와 있다. 그러나 성과는 전혀 없었다. 그저 괴짜가 아무도 모르게 여행을 떠난 것이라고 다들 믿고 있었다.

이런 추측 또한 의문이 없는 것은 아니지만 인정하기로 하자. 그러나 이 일은 우리나라에 있어서는 무척 중요한 문제였다. 바로 잠수함의 설계도는 어디에 있을 것인가였다. 루이 라콤브와 함께 사라진 것인지, 아니면 그가죽은 것인지?

우리는 세밀하게 조사한 결과 그 설계도의 실존을 믿었고 사실 존재했다. 바로 바랭형제의 손에 있었던 것이다. 어떤 방법으로 설계도를 수중에 넣었는지 알 순 없지만 - 확인된 사실은 없지만 형제가 그것을 그 어떤 누군가에게 팔려고 하지 않았을까. 하지만 분명하지 않다.

설계도의 입수 방법에 대한 조사를 받을까 두려웠던 것일까? 그러나 그들의 그러한 공포는 오래 가지 않았다.

따라서 우리는 단언할 수 있다. -바로 그 루이 라콤브의 설계도는 외국인의 손으로 넘어갔다는 것을! 우리는 여기에 대해서 바랭형제와 그 외국의 대표자 사이에 오고 갔던 통신을 공표할 용의가 있다. 지금 루이 라콤브에 의해서 고안된'하트 7'은 이웃 나라에서 완성되고 있다.

이 배신행위와 관련된 사람들의 안일한 예상에 현실은 대응할 것인가? 우리는 그와는 반대되는 상황을 기대할 확실한 이유를 가지고 있다.

사태는 우리의 기대를 채워줄 수 있을 것이라고 생각한다.

거기에 다른 덧붙인 기사가 있었다.

우리의 기대는 옳았다. 특별 정보에 의하면'하트7'호의 실험은 성공하지 못했다고 할 수 있다. 분명 바랭 형제가 판 설계도에는 루이 라콤브가 실종된 날 밤 안데르마트 씨에게 건네주었던 최후의 자료가 빠져 있었을 것이다.

그것은 계획의 전체를 이해하는데 필요 불가결한 자료이며, 다른 서류에 씌어 있는 내용의 요약과 같은 것이었으리라. 이 자료가 없으면 설계는 불완전한 것이 되며 또한 이 설계가 없으면 이 자료는 무익한 것이다.

그렇기 때문에 지금부터라도 행동하여 우리의 것을 되찾아야 한다. 이 극히 곤란한 일을 위해서 우리는 안데르마트 씨의 도움을 크게 기대하는 바이다. 그는 사건이 일어난 뒤의 이해하기 어려운 태도를 설명해야만 한다.

에티엔느 바랭이 자살했을 때 알고 있는 사실을 왜 이야기하지 않았는가, 그리고 서류를 잃어버린 사실을 왜 발표하지 않았는가를 말해야만 한다. 최근 10년 동안 어째서 바랭 형제를 자기가 고용한 탐정들에게 감시하게 했는가 말해야만 하는 것이다.

우리는 그에 대해서 말이 아니라 행위를 기대하는 바이다. 그렇지 않으면……

이러한 협박은 표면적이었다. 그러나 여기에는 어떤 근거가 있을까? 이 기사를 쓴 가명의 살바토르는 안데르마트 씨에 대한 어떤 위협 수단을 가지고 있었던 것일까?

많은 기자들이 이 은행가에게 들이닥쳤다. 10개의 회견기가 안데르마트 씨는 경고를 경멸하고 있다고 보도하고 있었다. 그에 대해서 에코 드 프랑스 지의 한 기자는 다음과 같은 한 줄의 문장으로 반박했다.

원하든 원치 않든 안데르마트 씨는 앞으로 그가 우리에게 보여주는 사업의 협력자가 될 것이다.

나는 이 반박의 글이 나온 날 다스프리와 함께 저녁을 먹었다. 그날 밤 테이블 위에 있는 신문을 펼쳐놓고 우리는 이 사건에 대해 이야기했다. 어둠 속을 걸어가면서 같은 처지의 사람이 느끼는 초조함에 대해 여러 각도로 생각했다.

그때 갑자기 하인의 전갈이나 벨 소리도 없이 문이 열리면서 두

꺼운 베일을 쓴 부인이 들어왔다.

나는 바로 자리에서 일어나 문 쪽으로 갔다.

"여기에 사는 분이 당신인가요?"

"그렇습니다만, 당신은 어디로 들어오신 거죠?"

"큰 길쪽의 문이 열려 있더군요."

여자는 대답했다.

"그렇지만 다음 방의 문은 어떻게?"

이에 대해서 여자는 대답을 하지 않았다. 순간 나는 여자가 뒤쪽 층계로 올라왔음에 틀림없다고 확신했다. 그렇다면 집 구조를 알고 있었던 것일까?

어색한 침묵이 흘렀다. 여자는 다스프리를 쳐다보았다. 나는 사교계에서 하는 것처럼 그를 그녀에게 소개해 버렸다. 그런 다음 여자에게 자리를 권하며 어떤 일로 왔느냐고 물었다.

베일을 벗은 그녀의 모습은 갈색머리에 균형 잡힌 얼굴, 특별한 미인은 아니었지만 그녀의 눈은 꼭 꼬집어 말할 수 없는 매력이 있었다.

그것은 차분한 느낌의 애수에 젖은 눈이었다.

여자는 오랜 시간 침묵을 지키다가 입을 열었다.

"저는 안데르마트 씨의 집사람입니다⋯⋯."

"안데르마트 부인!"

나는 놀라며 그 말을 되풀이했다.

다시 침묵이 흐른 뒤 여자는 가라앉은 목소리로 아주 온유하게 이야기를 이어갔다.

"그 사건의 일로 찾아왔습니다. 알고 계시는⋯ 당신에게 뭔가 참고될 만한 말씀을 들을 수 있을까 해서……."

"아니, 부인, 저 또한 신문에 나와 있는 것 외에는 아무것도 아는 것이 없습니다. 어떤 것을 알고 싶으신지 확실히 말씀해 주셨으면 합니다."

"저도 모르겠어요. 도저히 알 수 없어요……."

그제야 나는 여자가 침착함을 가장하고 있을 뿐 의연한 얼굴에 숨어있는 커다란 그늘을 보고 말았다. 그리하여 우리 모두는 어색하게 침묵을 지킬 수밖엔 없었다.

그러나 계속 지켜보고 있던 다스프리는 그녀 곁으로 다가서며 말했다.

"부인, 제가 좀 여쭈어 보고 싶은 것이 있습니다만."

"네, 말씀하세요."

여자는 대답했다.

"어떤 질문이라도 대답해 주실 수 있겠습니까?"

"네, 어떤 질문이라도……."

그는 잠시 생각을 하고 나서 말했다.

"루이 라콤브를 알고 계시지요?"

"네, 저의 남편을 통해서 알고 있습니다."

"그렇다면 마지막으로 그를 본 것이 언제였습니까?"

"저희 집에서 함께 식사를 했던 그 날 저녁입니다."

"그날 밤, 혹시 이것이 그에게 마지막이라는 것 같은 모습은 없었습니까?"

"아니오, 물론 러시아로 여행갈 것 같은 이야기는 했지만 확실하지는 않습니다."

"그렇다면 다시 만나실 약속도 있었겠습니다."

"네, 다음날 함께 저녁식사를 할 약속이었습니다."

"그럼 그의 실종을 어떻게 생각하십니까?"

"도무지 알 수가 없어요."

"그럼, 안데르마트 씨는 어떻습니까?"

"그건 남편도 모릅니다."

"하지만……."

"더 이상 그것에 대해서는 묻지 말아 주셨으면 합니다."

"에코 드 프랑스 지에 나온 기사에 의하면……."

"바랭 형제가 그의 실종과 관계있는 것 같습니다."

"당신도 그렇게 생각하시나요?"

"네,"

"그렇게 생각하신 근거는 있습니까?"

"라콤브는 집을 나올 때, 그 계획과 관계있는 서류를 전부 가방에 넣어 가지고 있었어요. 그리고 이틀 후 남편과 바랭 - 물론 지금 살아있는 쪽이지만 - 이 만났는데 그때 남편은 그 서류가 바랭 형제에게 있다는 것을 확인했어요."

"그래서 남편께서 고발하지 않으셨던 거군요."

"네."

"도대체 무엇 때문이었을까요?"

"그들이 가지고 있던 가방 속에 루이 라콤브의 서류 이외에도 다른 것이 있었거든요."

"그것이 무엇입니까?"

여자는 잠시 망설이더니 이내 입을 다물어 버리고 말았다. 다스프리가 계속 말했다.

"그래서 남편께서 경찰에 신고하지 않고 그 두 형제를 감시했었군요. 주인은 서류와 함께 그것을 되찾으려고 하셨는데 그렇다면 형제는 그것으로 유인하여 당신의 남편을 등치려고 한 것이었군요."

"남편뿐만 아니라 저도……."

"아! 당신까지도?"

"대부분 저한테 그랬어요."

여자는 괴로운 목소리로 말했다. 다스프리는 여자를 지켜보며 몇 걸음 물러나더니 다시 여자 쪽으로 돌아와 다시 말했다. 이 말을 짓눌린 듯 괴로운 목소리로 말했다.

"라콤브에게 편지를 보내신 거로군요?"

"네… 남편과의 관계가……."

"정식으로 보낸 편지 말고 루이 라콤브에게 다른 편지를 쓰시지는 않았습니까? 너무 캐물어서 실례입니다만, 진상을 완전히 알 필요가 있습니다. 다른 편지를 쓰셨나요?"

여자는 얼굴을 붉히면서 작은 목소리로 대답했다.

"네."

"그러니까 바랭 형제가 가지고 있던 것은 그 편지였군요?"

"네."

"그러면 안데르마트 씨는 그것을 알고 계십니까?"

"남편은 편지는 보지 않았습니다만, 알프레드 바랭이 편지 이야기를 하며 자기에게 불리한 짓을 하면 편지를 공개하겠다고 협박했습니다. 남편은 그것을 두려워했습니다… 세상의 평판을 걱정한 것이지요."

"남편께서는 그 편지를 찾기 위해서 노력하셨습니까?"

"네… 저는 노력했다고 생각합니다. 하지만 알프레드 바랭과 마지막으로 만나고 나서 그 이야기를 난폭한 말로 내게 이야기해 준 다음부터, 남편은 제게 조금도 다정하지 않을뿐더러 믿어주지도 않습니다. 저희들은 남남처럼 살고 있습니다."

"그렇다면 조금도 두려워할 것이 없지 않습니까?"

"남남처럼 되었다고는 해도 저는 남편이 사랑해 준 여자, 지금도 사랑을 받을 수 있는 여자입니다. 네, 그건 확실합니다."

여자는 열에 들뜬 목소리로 중얼거렸다.

"만약 그 편지만 없었다면……지금도 저를 사랑하고 있을 겁니다……."

"뭐라고요! 남편은 성공할 것도 같았는데… 형제가 도전하고 있군요?"

"네, 확실하게 숨긴 장소가 있다는 것을 마치 자랑하고 있는 것 같아요."

"그래서……?"

"어떻게 해서인지 남편은 그 숨긴 곳을 찾아낸 모양이에요!"

"그렇습니까! 대체 그곳이 어디입니까?"

"여기에요."

나는 펄쩍 뛰었다.

"여기라고요!"

"네, 저는 그 전부터 그렇게 생각하고 있었어요. 루이 라콤브는 손재주가 뛰어나고 기계를 좋아해 틈만 있으면 상자며 자물쇠

같은 걸 즐겨 만들곤 했어요. 바랭 형제는 편지며… 그 밖의 것을 숨길 장소를 발견해 나중에 이용했을 것이 틀림없습니다."

"하지만 그들은 여기에 살고 있지 않았는데요."

하고 나는 외쳤다.

"4개월 전에 당신이 이사해 오실 때까지 이 집은 빈집이었습니다. 그래서 두 사람은 가끔 이 집에 왔을 것입니다. 더구나 서류를 찾을 필요가 있을 때엔 당신이 계셔도 전혀 지장이 없다고 생각했을지 모릅니다. 그러나 남편에 대해서는 전혀 고려하지 않았던 것 같습니다. 남편은 6월 22일부터 23일에 걸친 밤중에 상자를 비틀어 열고 찾고 있던 것을 꺼냈습니다. 그러니 이제 두려워할 것은 없다고 여기고 상황이 역전되었다는 것을 형제에게 알리기 위해 명함을 놓아두고 온 것입니다. 그로부터 이틀이 지난 다음 에티엔느 바랭은 질 브라스 지의 기사를 보고 서둘러 댁을 찾아와 이 거실에 혼자 남아서 상자가 비어있는 것을 보고 자살한 것입니다."

잠시 뒤 다스프리가 물었다.

"그것은 단순한 상상이겠지요? 안데르마트 씨는 당신에게 아무 이야기도 하지 않으셨지요?"

"네."

"당신에 대한 남편의 태도는 변하지 않으셨습니까? 침울하고 걱정스러운 듯이 보이지는 않았는지요?"

"네."

"그것을 당신은 남편이 편지를 발견했기 때문이라고 생각하신다는 말씀이죠? 하지만 제 생각으로는 남편의 편지를 손에 넣지 못하신 것 같습니다. 아마 여기 들어온 것은 남편이 아닐 겁니다."

"그럼 누구지요?"

"이 사건을 조종하여 - 너무 복잡하기 때문에 우리에게는 확실히 알 수 없는 어떤 목적 쪽으로 끌어가고 있는 불가사의한 인물 - 처음부터 불가사의한 인물입니다. 6월 22일에 이 저택 안으로 침입한 것은 바로 그와 그의 무리입니다. 숨긴 장소를 발견한 것도, 안데르마트 씨의 명함을 남기고 간 것도, 바랭 형제의 편지와 배신한 증거를 가지고 있는 것도 그 사람입니다."

"그게 누구지?"

안달이 나서 내가 불쑥 끼어들었다.

"에코 드 프랑스 지에 기사를 제공한 자지. 그 살바토르란 자 말일세! 명백한 일 아닌가? 형제의 비밀을 쥐고 있는 사람밖에 알지 못하는 사실을 기사 속에서 쓰고 있지 않았는가?"

"그렇다면……."

안데르마트 부인은 두려움으로 더듬거리면서 말했다.

"제 편지를 가지고 있겠지요? 그래서 이번에는 그 사나이가 남편을 협박하는군요… 이 일을 어쩌면 좋아요!"

"그에게 편지를 쓰는 겁니다."

다스프리는 분명히 잘라 말했다.

"숨기지 말고 털어놓는 겁니다. 알고 있는 것, 알고 싶은 것을 모조리 이야기하는 겁니다."

"어떻게……."

"당신의 이익은 그의 이익과 같습니다. 그가 두 형제중 살아남아 있는 쪽을 상대로 싸우고 있는 것은 의심할 여지가 없습니다. 그

의 적은 안데르마트 씨가 아니라 알프레드 바랭입니다. 그를 도
와주십시오.”

“어떤 식으로요?”

“남편은 루이 라콤브의 설계를 보충할 자료를 가지고 계십니까?”

“네.”

“그것을 살바토르에 알리십시오. 만일의 경우에는 그 자료를 그
에게 넘겨주십시오. 요컨대 그와 연락을 취하는 겁니다. 무얼 걱
정하고 있습니까?”

이 조언은 너무나 대담했고, 얼른 듣기에도 위험한 것으로 여겨
졌다. 그러나 안데르마트 부인에게는 망설이고 있을 여유가 없었
다. 더구나 다스프리가 말한 것처럼 뭘 걱정할 일이 있겠는가? 그
사나이가 적이라 하더라도 이로 말미암아 사태가 악화될 리는 없다.
무엇인가 특별한 것을 추구하고 있는 관계없는 인간이라면 그런 편
지 따위를 문제 삼지는 않을 것이다.

어쨌든 그것은 하나의 착상이었다. 그래서 난처한 처지에 놓여
있던 안데르마트 부인은 기꺼이 그 생각을 받아들였다. 여자는 우리
에게 진심으로 감사를 하고, 다음에 다시 연락하겠다고 약속했다.

사실 다음날이 되자 그녀는 다음과 같은 답장을 받았다고 하며
동봉해 왔다.

- 편지는 없었습니다. 하지만 곧 손에 넣을 것입니다. 그러니 안심하
시길. 내가 적당히 처리할 것입니다.

나는 그것을 손에 들고 유심히 살펴보았다. 그것은 6월 22일 밤 침대 머리맡의 내 책속에 끼워져 있었던 편지와 똑같은 필적이었다.

다스프리가 말한 대로 살바토르는 바로 이 사건의 연출자였던 것이다.

사실 우리는 주위의 어둠 가운데서 얼마쯤의 광명을 보기 시작 했으며, 어느 정도는 뜻하지 않은 진상을 보여 주었다. 그러나 그 밖 의 점은 '하트 7'의 발견과 마찬가지로 여전히 깊은 어둠 속에 묻혀 있었다.

나로서는 언제나 그 두 개의 트럼프가 마음에 걸렸다. 왜냐하면 아주 이상한 상황 아래에서 구멍 뚫린 일곱 개의 조그마한 하트를 보았기 때문이다. 그 트럼프는 이 사건에서 어떤 역할을 맡고 있는 것일까?

어떤 의미를 가지고 있는 것일까? 루이 라콤브의 설계를 기초로 하여 건조된 잠수함이 '하트 7'이라는 이름을 가지고 있는 사실에서 본다면 어떤 결론을 끌어낼 수 있을 것인가?

그러나 다스프리는 두 장의 트럼프 따위는 그다지 문제 삼지 않 았고, 다른 문제를 해결하는 것이 급선무라고 생각하고 있었다. 그 는 열심히 그 편지를 감춘 장소를 찾고 있었던 것이다.

"살바토르가… 아마 부주의해서 발견하지 못했을지도 모르는 편 지를 내가 찾아낼 수 있을지도 모르거든. 바랭 형제가 난공불락 이라고 생각하고 있던 장소에서 편지를 꺼내 갔으리라고는 생각 할 수 없네."

그는 이렇게 말했다.

큰방은 이제 구석구석까지 조사하였기 때문에 그는 조사를 집안의 모든 방으로 확대시켰다. 내부도 외부도 샅샅이 파고들었다. 벽의 돌이며 벽돌도 검사했다. 지붕의 슬레이트까지 벗겨 보았다.

어느 날 그는 곡괭이와 삽을 가지고 왔다. 자기는 곡괭이를 가지고 내게 삽을 건네주면서 빈터를 가리켰다.

"저쪽으로 가세."

나는 마지못해 따라갔다. 그는 그 빈터를 몇 구획으로 가른 다음, 차례로 조사해 갔다. 그 동안 근처에 있는 두 집 담장의 모퉁이로 된 한쪽 구석에 가시나무와 풀이 덮이고 깨진 돌과 자갈이 쌓여 있는 것을 발견했다. 그는 그것을 파 뒤집었다.

나도 그를 도와주었다. 뙤약볕이 내리쬐는 곳에서 한 시간 동안 애를 썼으나 헛수고였다. 그런데 돌을 걷어내고 지면이 나와 그것을 파기 시작했을 때, 다스프리의 곡괭이가 뼈를 파냈다. 아직 누더기가 감겨 있는 해골이었다.

별안간 나는 핏기가 가시는 걸 느꼈다. 흙 속에 장방형의 조그마한 철판이 보였던 것이다. 거기에는 빨간 반점이 붙어 있는 것 같았다. 나는 몸을 구부렸다. 틀림없이 그것이었다. 철판은 카드 정도의 크기였으며 빨간 반점은 군데군데 녹슬어 있었으나, 연단의 빨간 빛으로 7개였다. 하트의 7과 똑같은 모양이 일곱 개, 하나하나의 맨 끝에는 구멍이 뚫려 있었다.

"이봐, 다스프리, 나는 이제 이런 일은 싫어졌네. 괜찮다면 혼자서 하게나. 난 같이 하는 걸 거절하겠네."

흥분한 탓일까? 아니면 뜨거운 햇볕 아래에서 일을 했기 때문에 피로했던 것일까? 어쨌든 나는 비틀거리면서 돌아왔다. 그리고 자리에 쓰러져 만 이틀 동안 높은 열로 헛소리를 지껄였다. 꿈속에서 해골 무리가 춤을 추었고, 피투성이의 심장들이 서로 부딪혔다.

다스프리는 의리가 두터웠다. 그는 날마다 문병 와서 서너 시간 씩 함께 있어 주었다. 그러나 사실 그는 그 동안 큰방에 있었으며, 구석구석을 찾아 돌아다녔다.

가끔씩 나한테 와서 이렇게 말했다.

"편지는 저 방에 있어. 단언할 수 있네."

사흘째 되는 날 아침, 나는 아직도 약간 비틀거리기는 했으나 기운을 회복하여 자리에서 일어났다. 낮에는 영양을 섭취하여 원기를 나게 했다. 그런데 5시쯤 속달 우편물이 와서, 무엇보다도 나의 회복을 도와주었다. 나의 호기심을 북돋아 주었던 것이다.

속달의 내용은 다음과 같았다.

- 선생.

6월 22일부터 23일에 걸친 밤중에 제1막이 올려졌던 활극은 이제 대단원에 가까워지고 있습니다. 저는 사태의 필요상 이 드라마의 주역 두 사람을 대결시키기로 하였습니다. 대결은 댁에서 이루어질 예정이 므로 오늘 밤 댁을 빌려 주시면 감사하겠습니다.

또한 9시부터 11시까지는 하인을 외출시키시고 귀하 자신도 주역들 이 자유로이 행동할 수 있도록 내버려두시기 바랍니다. 6월 22일부터 23일에 걸친 밤에 귀하는 이미 제가 귀하의 소유물을 매우 존중하고 있다는 사실을 인정하였을 줄 압니다.

저로서도 귀하가 저에 대해서 절대로 비밀을 지키신다는 것을 한순간일지언정 의심한다면, 그것은 귀하에 대해 매우 실례되는 일이라고 생각합니다.

살바토르 -

편지는 정중하면서도 무례한 구석이 없지 않아 있었다. 하지만 편지에 적혀 있는 그의 생각은 참으로 훌륭하다고 여겨졌다. 이것은 재치 있고 깔끔했으며, 발신인은 나의 동의를 확신하고 있는 듯했다. 어떤 일이 있어도 나는 그의 신뢰를 배신하는 것 같은 일을 하지 않을 작정이었다.

8시쯤 나는 하인에게 극장의 입장권을 주어 외출시켰다. 그때 다스프리가 찾아왔다. 나는 속달을 보여주었다.

"그래서?"

"으음, 나는 문을 열어놓고 들어오도록 해주겠네."

"그리고 자네는 밖으로 나가겠는가?"

"아니, 결코 나가지 않겠어!"

"하지만 그 요구는……."

"비밀을 지키라는 거네. 나는 비밀을 지키겠어. 그러나 무슨 일이 일어나는지는 꼭 지켜보고 있겠네."

다스프리는 웃음을 터뜨렸다.

"하긴 그렇겠지. 나도 남겠네. 따분하지 않을 거야."

벨 소리가 그의 말을 막았다.

"벌써 왔나?"

나는 중얼거렸다.

"20분이나 이른데! 그럴 리가 없어."

나는 현관의 문을 열었다. 여자의 그림자가 뜰을 가로질러 왔다. 안데르마트 부인이었다. 여자는 당황해하고 있었다. 숨을 헐떡이면서 중얼거렸다.

"남편이… 오고 있어요… 면회를 하러… 편지를 받으려고요!"

"어떻게 해서 그걸 아셨지요?"

내가 물었다.

"아주 우연히 알게 되었어요. 저녁식사 때 남편에게 연락이 있었습니다."

"속달입니까?"

"전보였어요. 하인이 잘못하여 제가 있는 곳으로 가지고 왔던 거예요. 잠시 뒤 남편이 가져갔지만 너무 늦었습니다. 제가 읽고 난 다음이었으니까요."

"내용은……."

"대체로 이런 것이었어요. '오늘밤 9시에 그 서류를 가지고 마이요가로 오라. 그 대신 편지를 주겠다.'저녁 식사 뒤 저는 제 방으로 갔다가 이렇게 나온 겁니다."

"남편에게 알리지도 않고 말입니까?"

"네."

다스프리는 나를 쳐다보았다.

"어떻게 생각하나?"

"자네와 같은 생각이네. 안데르마트 씨는 호출을 받는 쪽이지."

"누구에게서, 무엇 때문에?"

"그것은 지금부터 알게 될 거야."

나는 그들을 큰방으로 안내했다. 우리 세 사람은 모두 안으로 들어가 벽에 걸린 벨벳 휘장 뒤에 숨을 수가 있었다.

그곳에 걸터앉았다.

안데르마트 부인은 한가운데 앉았다. 휘장 틈 사이로 큰방 전체를 볼 수 있었다.

시계가 9시를 쳤다. 몇 분 뒤 뜰의 문이 열리는 소리가 났다.

솔직하게 말해서 나는 얼마쯤 가슴이 답답함을 느끼면서 또다시 열이 나는 것 같았다. 이제 바야흐로 수수께끼를 풀 열쇠가 발견되려 하고 있다! 몇 주일 전부터 전개된 파란만장한 사건이 마침내 진장을 드러내려 하고 있다. 더구나 전투는 내 눈앞에서 벌어지려 하고 있는 것이다.

다스프리가 안데르마트 부인의 손을 잡고 속삭였다.

"절대로 움직여서는 안 됩니다! 무슨 말을 듣든 무슨 일을 보든 잠자코 있어야 합니다."

누군가가 들어왔다. 에티엔느 바랭과 꼭 같았으므로 곧 형제인 알프레드라는 것을 알 수 있었다. 동작이 느린 태도하며 수염투성이인 흙빛 얼굴도 똑같았다.

그는 언제나 주변에 함정이라도 없는가 하고 두려워하는 한편, 조심하고 있는 사람처럼 흠칫흠칫 놀라는 모습으로 돌아왔다. 그는 한눈으로 방안을 둘러보았는데, 벨벳 휘장으로 감추어진 이 벽이 마음에 걸리는 모양이었다.

우리들 쪽으로 서너 걸음 내디뎠으나 그보다도 더 중요한 생각이 떠오른 듯 벽 쪽으로 가로질러 가더니, 빛나는 칼을 찬 수염을 기른 임금의 모자이크 앞에 발을 멈추었다. 그리고 의자 위에 올라서서 한참 그것을 들여다보더니, 어깨며 얼굴의 선을 손가락으로 더듬는가 하면 그림의 이곳저곳을 만지기도 했다.

그러나 그는 별안간 의자에서 뛰어내리더니 벽에서 떨어졌다. 발소리가 들려왔다. 문지방에 안데르마트 씨가 나타났다.

은행가는 놀라 소리를 질렀다.

"자네였군! 자네였어! 나를 불러낸 자가!"

"내가? 천만의 말씀!" 바랭은 아우와 똑같은 목쉰 소리로 말했다. "나는 당신의 편지를 받고 왔단 말이오."

"뭐라고!"

"당신이 서명한 편지, 여기로 오라는……."

"편지 같은 것은 쓴 일이 없어."

"쓴 일이 없다고!"

바랭은 본능적으로 경계의 태도를 취했다. 그것은 은행가에 대한 것이 아니라 이 함정으로 불러들인 낯모르는 의문의 적에 대한 것이었다.

그의 눈은 다시 한 번 우리 쪽을 바라보았다. 그리고는 갑자기 문 쪽으로 걷기 시작했다.

안데르마트 씨가 길을 막았다.

"뭘 말하는 거야, 바랭?"

"왠지 마음 내키지 않은 일이 있어. 난 돌아가겠소, 그럼……."

"잠깐 기다리게."

"그만둬요, 안데르마트 나리! 그러지 마시오. 우리는 할 말이 없지 않소?"

"할 말이야 많지. 마침 좋은 기회야!"

"자아, 비켜 주시오."

"아니, 안 돼. 못 비켜 주겠어."

바랭은 은행가의 단호한 태도에 겁을 먹은 듯 주춤거리더니 짜증난다는 투로 말했다.

"그래요. 그럼 어서 말해 보시오. 이번 기회에 끝장을 내는 것이 좋겠소!"

의외였다.

두 사람은 서로 다른 의미에서 기대가 무너진 듯 보였다.

그런데 살바토르는 왜 오지 않을까? 처음부터 아예 오지 않을 생각이었을까? 은행가와 바랭만을 대결시켜도 좋다고 생각한 것일까? 나로선 매우 이상하게 생각되었다. 그가 이 자리에 없음으로써 그가 계획한 이 결투는 엄격한 운명에 의해 지배되는 사건이 갖는 비극적인 양상을 띠게 되었다. 두 사람을 대결시킨 힘은 그들의 외부에 있었던 만큼 한층 더 살벌한 느낌을 주었다.

드디어 안데르마트 씨는 바랭 곁으로 다가가서 그를 매섭게 노려보았다.

"벌써 몇 년이나 지났으니 자네는 이제 걱정하지 않아도 되니까 솔직하게 말하게, 바랭. 루이 라콤브를 어떻게 했는가?"

"지금 무슨 말을 하는 거요! 녀석이 어떻게 되었는지 내가 알 게 뭐요!"

"알고 있었어! 자네는 알고 있단 말이야. 자네들 두 형제는 늘 함께 다녔지. 이 집에서 동거하고 있었던 거나 마찬가지였어. 자네들은 그 사나이의 일에 대해서도, 계획에 대해서도 잘 알고 있었거든. 마지막 밤 내가 루이 라콤브를 대문까지 바래다주러 갔을 때 두 개의 그림자가 어둠 속으로 숨는 것을 보았지. 그건 틀림없는 사실이야."

"그래서 그게 어쨌단 말이오?"

"바로 너희들 형제였어, 바랭!"

"증거나 있소?"

"무엇보다도 확실한 증거가 있지. 그로부터 이틀이 지난 뒤 자네들은 라콤브의 가방에서 꺼낸 서류를 보이며 내게 팔아먹으려고 했던 것이지. 그 서류를 어떻게 해서 손에 넣었지?"

"전에도 말한 것처럼 루이 라콤브가 행방불명이 된 뒤, 그 다음날 아침 라콤브의 테이블 위에서 발견됐소."

"그건 거짓말이야."

"그렇다면 증거는?"

"아마도 당국은 증거를 찾아낼 수 있을 거야."

"이상한 일이오. 왜 당국에 호소하지 않았지요?"

"왜냐구? 왜냐구……."

안데르마트는 얼굴빛이 달라지더니 입을 다물었다. 상대는 계속해서 말했다.

"이 보시오, 안데르마트 나리! 아주 작은 증거라도 있었다면, 우리의 작은 위협에……."

"어떤 위협을? 그 편지 말인가? 그따위 쪽지를 내가 조금이라도 믿었다고 생각하나?"

"편지를 믿지 않았다면 무엇 때문에 그걸 찾아가려고 했소. 우리에게 이러쿵저러쿵 마음 끌리는 말까지 하면서? 또 나중에는 무엇 때문에 짐승처럼 지독하게도 우리 형제를 미행했지요?"

"그건 중요한 설계도를 되찾기 위해서였지."

"편지 때문이었소! 편지를 되찾으면 고발할 마음이었겠지. 위험한 고비가 여러 번 있었지만 말이야."

바랭은 크게 웃었으나 별안간 웃음을 그쳤다.

"이제 지긋지긋해. 똑같은 말을 되풀이해야 아무런 소용도 없구. 그러니 이제 제발 그만둡시다."

"난 그렇게 할 수 없어!"

은행가가 말했다.

" 편지에 대해서 말이 나온 이상, 그걸 나에게 돌려주지 않고서는 돌아갈 수 없어!"

"나는 가겠소."

"안 돼"

"이보시오, 안데르마트 나리. 분명히 경고하겠는데……."

"난 절대 돌려보낼 수 없어!"

"나라고 가만히 있을 줄 아시오?"

바랭은 위협적인 투로 말했다.

안데르마트 씨는 떨리는 소리가 새어 나오는 것을 삼켜버렸다. 바랭은 그 소리를 들었을 것임에 틀림없다. 그는 우격다짐으로 덤벼들려고 했고 안데르마트 씨는 난폭하게 떼밀었다. 그러자 바랭은 한 손을 웃옷 주머니에 찔러 넣었다.

"이젠 마지막이야!"

"먼저 편지를 내놔."

바랭은 권총을 꺼내어 안데르마트씨를 겨누었다.

"분명히 하시오. 승낙이오, 거절이오?"

은행가는 갑자기 몸을 낮추었다.

그때 갑자기 총소리가 들렸다. 권총이 떨어졌다.

나는 아무 생각도 나질 않았다. 권총소리는 분명 내 곁에서 난 것이다. 다스프리가 단 한방으로 알프레드 바랭의 손에 들린 무기를 맞추어 떨어뜨린 것이다. 그리고 그는 두 사람 사이로 뛰어들어 바랭을 정면에서 바라보며 비웃었다.

"바랭 넌 운이 좋았어, 아주 운이 좋았던 거야. 내가 노린 건 손이 었는데, 맞은 것은 권총이었잖아."

두 사람 모두 멍해져서 넋 나간 것처럼 다스프리를 바라보고 있 었다. 다스프리는 은행가에게 말했다.

"일에 뛰어들어서 실례합니다. 하지만 당신은 연기가 너무 서투 르시군요. 카드를 빌려주시지요."

그리고 바랭 쪽을 돌아보며 말했다.

"자아, 둘이서 해보세, 속임수는 없기네. 하트가 으뜸패야, 나는 7에 걸겠어."

그는 상대방의 얼굴에 일곱 개의 하트가 붙어 있는 철판을 던져 버렸다.

지금까지 이렇게 예상을 뒤엎은 결과를 본 일이 나는 단 한 번도 없었다. 사나이는 겁에 질려 눈을 크게 떴다. 괴로운 듯 얼굴은 일그 러졌고 믿을 수 없는 상황이라는 듯 멍한 모습이었다.

"대체 너는 누구냐?"

"분명 먼저 말하지 않았는가. 관계도 없는데 끼어든 사람이라 고… 이왕 끼어든 이상 제대로 해야겠지!"

"네가 원하는 것은 뭐지?"

"네가 가지고 온 모든 것을."

"난 아무것도 가지고 오지 않았어."

"천만의 말씀, 그냥 오지는 않았을 거야. 오늘 아침, 손에 넣은 서류를 모두 가지고 9시에 여기로 오라고 했지. 그래서 지금 여기와 있지 않는가. 서류는 어디 있지?"

다스프리의 목소리와 태도에는 흉내낼 수 없는 위엄이 있었다. 평소 태평하고 온화한 그와는 전혀 어울리지 않는 모습이었다. 바랭은 기가 죽어 자신의 주머니를 가리켰다.

"그래, 사실은 여기 있다."

"모두?"

"그렇다."

"루이 라콤브의 가방에서 꺼내 폰 리벤 소령에게 판 것 전부인가?"

"맞다."

"사본이야, 원본이야?"

"물론 원본이지."

"얼마를 원하지?"

"10만."

다스프리는 가소롭다는 듯 웃음을 터뜨렸다.

"이런 바보. 소령은 2만밖에 주지 않았어. 2만도 수포로 돌아갔지만 말야, 시험은 결국 실패하고 말았으니까."

"그는 설계도의 사용법을 몰랐기 때문이지."

"아니지. 설계도가 완벽하지 못했기 때문이지."

"그렇다면 너는 이것을 왜 가지고 싶어 하지?"

"아무튼 나에게 필요해. 5천 프랑 내겠어. 그 이상은 한 푼도 내놓을 수 없어."

"1만. 한 푼도 에누리는 없다."

"좋아."

다스프리는 안데르마트 씨한테로 몸을 돌렸다.

"선생, 저자에게 수표를 적어주시오."

"하지만 지금은… 가지고 있지 않아서……."

"수표장 말이오? 여기 있소."

안데르마트 씨는 몹시 놀라며 다스프리가 내민 수표장을 받았다.

"이-- 건 내 건데… 어찌 된 거요?"

"자, 쓸데없는 말은 하지 마시구, 서명만 하면 돼요."

은행가는 만년필을 꺼내 사인을 했다. 그러자 바랭이 손을 내밀었다.

"손을 집어넣게."

다스프리가 말했다.

"아직 일이 끝나지 않았어."

그는 은행가를 향하여 말했다.

"아직 편지에 대한 일이 남아 있지요?"

"네, 편지 다발이……."

"그건 어디 있지?"

"난 갖고 있지 않아."

"솔직히 말하지. 어디 있어, 바랭!"

"정말 몰라, 그걸 가지고 있었던 건 동생이었으니까."

"이 방 어딘가에 감추어져 있지."

"그렇다면 알고 있을 것 아닌가?"

"알고 있다마다."

"서류를 숨겨놓은 곳에 왔던 건 네가 아니었는가? 너… 살바도르와 마찬가지로 자세히 알고 있을 텐데."

"하지만 편지는 숨겨둔 장소에 없어."

"모르는 말씀. 있어! 열어 봐!"

바랭은 경계하는 눈빛이었다. 어쩌면 다스프리와 살바토르는 같은 인물일지도 모른다. 만약 그렇다면 숨겨둔 장소는 어차피 알고 있을 것이며 그렇지 않다면 보여줄 필요가 없는 것이다.

"열어 봐!"

다스프리가 되풀이했다.

"하트 7이 없어."

"바로 여기 있네."

다스프리는 그 철판을 내밀었다.

바랭은 겁을 집어먹고 뒷걸음질쳤다.

"아니… 아니… 내게는……."

"상관없어."

다스프리는 벽면에 모자이크된 백발의 노왕 쪽으로 다가가 의자 위에 올라서서 하트를 칼자루 바로 아래에 칼날 폭에 들어맞게 갖다 댔다. 그리고 하트의 맨 끝에 뚫려 있는 일곱 개의 구멍에 송곳을 차례대로 꽂아 넣었다.

그리고 모자이크에 있는 일곱 개의 조그마한 돌을 위에서 눌렀다. 일곱 개째의 돌을 누르자 와르르 소리가 나며 왕의 상반신이 빙그르르 돌더니 반짝반짝 빛나는 두 단의 강철 선반에 철판으로 둘러쳐진 금고의 커다란 뚜껑이 열렸다.

"이보게 바랭, 어떤가? 상자는 비어 있어!"

"사실이군. 동생이 편지를 꺼내간 모양이군!"

다스프리는 사나이 쪽으로 돌아와 말했다.

"시치미 떼지 말게. 다른 곳으로 옮겼겠지. 어디지?"

"나는 옮기지 않았다구."

"돈이 필요한가? 얼마쯤?"

"1만."

"안데르마트 씨, 이 편지는 당신에게 있어서 1만 프랑의 가치가 있습니까?"

"그럼요."

은행가는 확고한 목소리로 말했다.

바랭은 금고를 닫고 불쾌한 표정을 지으며 하트 7을 들고 그것을 칼날의 폭과 같은 장소에 갖다대었다. 그는 하트의 일곱 개의 맨 끝을 차례차례 눌렀다. 또 다시 와르르 하는 소리가 들렸으나 뜻밖에도 이번에 회전한 것은 금고의 일부분으로, 커다란 금고의 두꺼운 문짝 안에 있던 조그마한 금고가 열렸다.

그리고 그곳에는 편지 다발이 끈으로 묶여 숨겨져 있었다. 바랭은 그것을 다스프리에게 건네주었다. 다스프리가 말했다.

"수표도 괜찮겠지요, 안데르마트 씨?"

"좋습니다."

"루이 라콤브한테서 받은 잠수함 설계의 부록인 마지막 자료도 가지고 계시지요?"

"네."

결국 교환은 이루어졌다. 다스프리는 그 자료와 수표를 주머니에 넣고 편지 다발을 안데르마트 씨에게 내밀었다.

"바로 이것이 원하던 물건입니다."

은행가는 그토록 원했던 혐오스러운 편지에 손을 대는 것마저 두려운 일인지 잠시 머뭇거렸다. 그리고 초조한 몸짓으로 그것을 받았다. 내 곁에서는 신음소리가 들렸다. 나는 안데르마트 부인의 손을 잡았다. 그녀의 손은 얼음처럼 차가웠다. 다스프리가 은행가에게 말했다.

"이것으로 이야기는 끝이 난 것 같군요. 고맙다고 하실 것까진 없습니다. 도움이 된 것은 다만 우연이었으니까요."

안데르마트 씨는 곧 방을 나갔다. 그는 루이 라콤브에게 보낸 아내의 편지를 가지고 사라졌다.

"아주 엄청난 일이로군!"

다스프리는 기뻐서 어쩔 줄 몰라 했다.

"모든 일은 아주 잘 되었네. 다음은 이쪽 일만 끝마치면 되겠군. 서류는 가지고 있는가?"

"전부 다 있어?"

다스프리는 서류를 세심하게 훑어 본 다음 주머니에 집어넣었다.

"좋아, 약속을 정확히 지켰군."

"하지만……."

"뭔가?"

"두 장의 수표는? 그리고 돈은?"

"이보게, 자네 대단한 배짱이군! 바랭, 돈을 달라고 하니 말야!"

"그럼. 당연히 내 거야."

"훔친 서류에 돈을 지불해야 한다는 건가?"

그러나 사나이는 오로지 돈밖에 모르는 것 같았다. 그는 눈에 핏발을 세운 채 분노로 몸을 떨었다.

"돈… 2만……."

그는 더듬거렸다.

"안 돼, 내가 필요하단 말야!"

다스프리가 말했다.

"돈!"

"이보게, 가당치 않는 소리는 그만두게. 그따위 공갈은 집어치워!"

그는 난폭하게 사나이의 팔을 붙잡았다. 그러자 사나이는 비명을 질렀다.

"어서 나가, 나가서 머리나 식히지. 데려다 줄까? 공터에 가서 자갈 더미를 보여주지. 그 밑에는…….

"아니야! 그건 아니라구!"

"아니긴 뭐가 아니야. 이 하트 7의 철판은 거기서 나온 거야. 루이 라콤브가 늘 몸에 지니고 있었던 거 맞잖아. 잘 기억하고 있을 테지? 너희 형제가 시체와 함께 묻어두었던 거야. 그밖에도 여러 가지 물건이 있지만, 그것들은 경찰에서 증거로 삼겠어!"

바랭은 주먹을 쥐고 얼굴을 가렸다. 그리고 이렇게 말했다.

"좋아, 내가 졌네. 더 이상 말하지 않겠어. 하지만… 한 가지는 알고 싶네."

"그게 뭐지."

"이 금고의 큰 것 쪽에 작은 상자가 있었을 텐데!"

"그래 있었지."

"6월 22일과 23일 사이의 밤 여기에 왔을 때도 있었어?"

"당연하지."

"그 안에는?"

"너희 형제가 넣어두었던 것이 모두 있더군. 다이아몬드, 진주 다 그런 것들이, 너희 형제가 여기저기서 훔쳐다 놓은 엄청난 보물들이었지."

"그걸 가져갔다는 얘기군?"

"그래, 자네가 한번 입장을 바꿔놓고 생각해 보라구."

"결국 작은 상자가 없어진 것을 보고 아우가 자살했던 거로군?"

"그런가 보지. 폰 리벤 소령은 편지만 없어졌다면 자살은 하지 않았을 거야. 하지만 작은 상자가 없어졌다면… 묻고 싶다는 게 그것뿐인가?"

"또 있어. 네 이름은?"

"복수하고 싶은가?"

"당연하지! 운이란 건 알 수 없는 거지. 오늘은 네가 이겼지만 내일은……."

"내 차례란 말이지."

"그래! 이름이 뭐냐?"

"…… 아르센 뤼팽."

"아르센 뤼팽!"

그는 마치 몽둥이로 머리를 맞은 것처럼 비틀거렸다. 이 한마디로 그의 모든 희망은 물거품이 되어버리고 만 것이다.

"여보게, 자네는 아무나 이런 연극을 할 수 있다고 생각했나? 적어도 아르센 뤼팽쯤 되지 않으면 할 수 없는 일이지. 알았으면 가서 보복의 준비나 하시지. 아르센 뤼팽은 언제든 기다리고 있을 테니까."

그는 더 이상 한마디도 하지 않고 사나이를 밖으로 밀어냈다.

"다스프리, 다스프리!"

나는 무의식중에 그 전 이름으로 그를 불렀다.

나는 벨벳 휘장을 밀어젖혔다.

그가 달려왔다.

"무슨 일이지?"

"안데르마트 부인이 매우 괴로워하고 있네."

그는 재빨리 각성제를 코에 갖다대면서 내게 말했다.

"대체 어떻게 된 일이지?"

"편지 때문이라네."

나는 말했다.

"루이 라콤브에게 보낸 편지를 자네가 안데르마트 씨에게 넘겨주었지 않은가!"

그는 이마를 쳤다.

"이런. 내가 편지를 넘겨주었다고 생각한 모양이군! 하긴 그렇게 생각할 수도 있지. 이런 내가 바보 같은 짓을 했군."

안데르마트 부인은 정신이 들자 이야기에 귀를 기울이고 있었다. 다스프리는 그 가방에서 안데르마트 씨가 가져간 것과 똑같이 생긴 조그마한 꾸러미를 꺼냈다.

"이것이 당신의 편지인가요. 부인, 이게 진짜지요."

"하지만…… 아까 주신 것은?"

"아까 드린 것은 이것과 같지만, 어젯밤 내가 베낀 것입니다. 주인께서 대용품이라는 생각은 못하고 기꺼이 읽으시겠지요. 분명히 보고 계셨으니까요."

"하지만 필적은……?"

"제가 흉내 내지 못하는 필적 같은 건 없습니다."

여인은 마치 같은 계급의 인간에게 대하는 것 같은 감사의 말로 인사를 했다. 나는 그녀가 바랭과 아르센 뤼팽이 주고받은 마지막 말을 못 들었다는 것을 알았다. 나로서는 뜻하지 않게 자신의 정체를 드러낸 이 오랜 친구에게 어떻게 말을 해야 할지 몰라 그저 지켜보고만 있었다. 뤼팽, 바로 뤼팽이었다니! 내가 알고 지내는 친구가 바로 뤼팽임에 틀림없었던 것이다. 나는 놀랄 수밖에 없었다. 그러나 그는 태연하게 말했다.

"자네는 장 다스프리에게 작별을 고하는 게 좋을 것 같네."

"뭐라고 했나?"

"그렇지, 장 다스프리는 곧 여행을 떠나네. 나는 그를 모로코로 보내기로 결심 했어. 그는 자신에게 잘 맞는 목적을 발견할 수 있을 거야. 사실은 그것이 그의 의도란 말일세."

"그러나 아르센 뤼팽은 남아 있겠지?"

"물론 이제까지 그랬던 것처럼. 아르센 뤼팽은 이제막 시작을 했을 뿐이야. 그의 생각은 어떤가?"

호기심에 나는 그를 안데르마트 부인으로부터 조금 떨어진 곳으로 끌고 갔다.

"자네는 편지 다발이 숨겨져 있던 두 번째 비밀장소를 발견했단 말인가?"

"힘든 일이었어! 어제 오후 자네가 자고 있는 동안 겨우 발견하게 됐지. 하지만 그것은 무척 간단하더라구. 사람들은 언제나 가장 쉬운 것을 전혀 생각하지 못하거든."

그는 내게 하트 7을 보여주면서 계속 말했다.

"커다란 금고를 열기 위해 이 카드를 모자이크로 된 임금님의 칼 부분에 갖다대지 않으면 안 된다는 것을 알았지."

"자네는 어떻게 그것을 알았어?"

"음, 그건 아무것도 아니었어. 누군가의 말에 의하면 6월 22일 밤 이 곳에 올 적에……."

"그렇다면 나와 헤어진 후를 말하는 건가?"

"그렇지, 나에게는 자네처럼 민감한 사람은 침대에 묶어 두고 스스로에게 자유를 허락하게 할 방법이 필요했거든."

"그렇군."

"내가 이 곳에 올 때, 비밀 자물쇠가 붙은 금고 안에 작은 상자가 숨겨져 있는 것과 하트 7이 금고의 열쇠라는 것을 미리 알고 있었지. 하트 7을 적당한 장소에 대기만 하면 풀리게 되어 있던 거야. 그러나 그것을 알아내는 데는 한 시간으로 충분했지."

"겨우 한 시간이라고!"

"저기 모자이크의 인물을 보라구."

"왕 말인가?"

"왕은 트럼프의 킹, 샤를마뉴 왕과 비슷하거든."

"맞아! 하지만 어떻게 하트 7은 큰 금고와 작은 금고를 다 열 수 있었지? 그리고 자네는 처음에 왜 큰 쪽밖에 열지 않았지?"

"그 이유는 하트7을 같은 방향으로만 갖다대려고 했기 때문이야. 나는 어제 처음으로 그것을 거꾸로, 이를테면 하트의 맨 끝을 아래로 하지 않고 위로 돌리면 하트의 배치가 바뀐다는 것을 알았다네."

"뭐라구!"

"그거야 간단하지. 하지만 생각이 거기까지 미친다는 것은 쉬운 일은 아니지."

"다만 한 가지 더, 편지 이야기는 모르고 있을 거야. 안데르마트 부인이……."

"당연히 부인이 이야기할 때까지는 모르고 있었지. 나는 금고 속에서 작은 상자 말고는 형제의 편지밖에 발견하지 못했거든. 그 편지에서 그들이 배신한 방법을 알 수 있었지."

"그렇다면 자네는 형제의 이야기를 먼저 알게 되었고, 그 다음에 잠수함의 설계도와 자료를 찾게 된 것은 우연한 일이었군?"

"그렇지."

"무슨 목적으로 그걸 찾은 거야?"

다스프리는 웃으면서 내 말을 가로막았다.

"그런데 자네는 이 사건에 왜 그렇게 관심이 많은 거야!"

"그냥 나도 모르게 열중하고 있네."

"곧 안데르마트 부인을 돌려보내야 되겠네. 그리고 에코 드 프랑스 지에 원고를 가져다주고 돌아온 후 자세한 이야기를 하기로 하지."

그는 의자에 걸터앉았다. 그리고 간결한 문장을 적었다. 이것이 전 세계에 화제가 된 것은 누구나 다 알고 있는 일이다.

아르센 뤼팽은 살바토르가 최근 제기한 문제를 해결했다. 그는 기술자 루이 라콤브의 독창적인 자료와 설계도를 찾아서 해군장관에게 전달했다. 이로 인해 그는 그 설계에 따라 건조될 수 있는 첫 잠수함을 국가에 헌납하기 위해 모금을 시작했다. 우선 자기 자신이 2만 프랑을 기부하여 모금의 시초로 삼았다.

"안데르마트 씨의 2만 프랑 수표 말인가?"

그가 그 종이쪽지를 보여주자 나는 물었다.

"그렇지, 바랭이 배신한 죄를 일부분이나마 보상하는 것은 당연하지 않겠나."

나는 이렇게 뤼팽과 알게 되었다. 알고 지내던 친구 장 다스프리가 괴도신사 아르센 뤼팽이라는 사실을 알게된 것은 이런 연유에서였다. 나는 이 위인과 극히 즐거운 우정의 관계를 맺었다. 또 그가 내게 보여주었던 신뢰 덕분에 충실하면서도 감사하는 마음을 지닌 전기 작가가 되었던 것이다.

04

앵베르부인의
금고

앵베르 부인의
금고

　새벽 3시, 베르티에 대로의 한쪽 면에 위치한 큰 집 앞에 여섯 대의 승용차가 서 있었다. 저택의 문이 열리고 여러 명의 남녀가 무리를 지어 밖으로 나왔다. 자동차들 중 네 대는 제각각 빠져 나가고 길 위에는 남자 둘밖에 남지 않았다. 그들은 쿠르셀 가의 모퉁이에서 헤어졌다. 둘 중 한 사람은 그곳에 사는 것 같았고, 다른 한 사람은 포르트 마이요를 향해 걸어갔다.

　사내는 빌리에 가를 가로질러 성벽 반대편으로 계속 걸어갔다. 그는 맑고 차가운 겨울 밤공기 속을 걷는 일이 즐거운지 숨을 깊이 들이쉬었다 내쉬기를 반복했다. 그의 발걸음 소리는 어둠 속에서 경쾌하게 울려 퍼져나갔다.

얼마 후 그는 누군가 자신을 미행하고 있는 듯한 불안한 느낌에 뒤를 돌아보았다. 그리고 나무 사이로 사라지는 사람의 그림자를 보았다. 겁쟁이는 아니었지만 가능한 한 빨리 테른의 세관소까지 도착하고자 정신없이 걸었다. 그러자 뒤따라오던 남자가 뛰어오기 시작했다.

그는 권총을 뽑아들고 상대와 맞서는 편이 낫겠다고 판단했다.

그러나 그럴 만한 시간적 여유가 없었다. 남자는 난폭하게 공격해 왔고 결국 두 사람은 인적 없는 큰길에서 싸우기 시작했다. 양팔로 상대방의 허리를 붙잡았지만 아무래도 자신에게 불리하다고 느꼈다. 누구든지 도와달라고 외치며 몸부림을 쳤다. 남자는 자갈 더미에 그를 넘어 뜨리고는 목을 졸랐고 손수건으로 입을 틀어막았다.

아무것도 볼 수가 없었고 귀는 멍해졌다. 자신을 짓누르고 있던 남자가 일어서자 그때 누군가가 나타나 지팡이로 남자의 손목을 내리쳤다. 그리고 동시에 구둣발로 그의 발목을 찼다. 그를 덮쳤던 남자는 비명을 지르더니 욕설을 퍼부으면서 절뚝거리며 도망갔다.

누군지는 모르지만 그의 구세주가 된 사람은 남자를 쫓아가지 않고 몸을 숙이며 말했다.

"다친 데는 없습니까?"

다행히도 다친 데는 없었다. 하지만 정신을 차리지 못해 그는 일어설 수가 없었다. 그때 세관소 직원 중 한 사람이 외침소리를 들었는지 급하게 달려왔고 자동차도 준비되었다. 그와 그를 구해준 사람이 함께 자리에 앉았고, 그랑다르메 가에 있는 집까지 마차로 태워주었다.

집 앞에 도착한 후에야 정신을 차린 그는 연거푸 고마움의 뜻을 전했다.

"당신은 생명의 은인이요. 당신의 은혜는 절대로 잊지 않겠소. 지금 이 시간에 자고 있을 아내를 놀라게 하고 싶지 않소. 하지만 이 사실을 안다면 아내도 당신에게 감사할 겁니다."

그리고 그는 생명의 은인을 점심식사에 초대하며 자신을 뤼도빅 앵베르라고 밝혔다.

"저-어 성함을 여쭤 봐도 되겠습니까?"

"물론이죠."

그리고 생명의 은인이 자신을 소개했다.

"아르센 뤼팽이라고 합니다."

그 당시 아르센 뤼팽이라는 이름은 카오른 사건과 상테 감옥 탈옥 등과 같은 수많은 다른 사건을 통해 명성을 얻기 전이었다. 심지어 아르센 뤼팽이라는 이름으로 불리기도 전이었다. 훗날 그토록 화려하게 빛나게 되는 이 이름은 단지 앵베르 씨를 구할 때 쓰기 위해 지어낸 것이었다.

그리고 이 사건이 바로 그의 첫 전투였다고 할 수 있다. 그때 그는 모든 것을 완벽하게 준비하고 있었으나 아직 재력이 없는데다 성공에서 오는 권위를 얻기 전이었다. 다시 말해 아르센 뤼팽은 그때만 해도 아직은 견습생 수준에 지나지 않았다.

잠에서 깨어 지난밤의 초대를 기억해냈을 때 그가 얼마나 기쁨에 떨었겠는가. 마침내 표적을 맞췄다. 그것도 자신의 역량과 재능에 어울리는 작업이었다. 아르센 뤼팽처럼 왕성한 식욕을 가진 이에게 백만장자인 앵베르 집안은 얼마나 군침이 도는 음식인가!

그는 조금 특별한 복장을 입었다. 낡은 프록코트와 닳아빠진 바지, 붉게 빛이 바랜 실크햇, 너덜너덜한 소매와 칼라 등 깨끗하기는 하지만 궁핍하게 보이는 옷차림이었다. 그러나 놀랍게도 넥타이는 다이아몬드 핀으로 장식한 검은 리본이었다.

그는 이렇게 괴상한 옷차림을 하고 몽마르트르에 있는 자기 숙소의 계단을 걸어내려 가면서, 둥그스름한 지팡이 끝으로 4층의 닫혀 있는 방문을 두드렸다. 그리고 밖으로 나와 외곽 도로에까지 이르렀다. 전차가 도착하자 곧장 올라타 자리에 앉았다. 뒤에 걸어오던 사람, 그러니까 4층의 하숙생이 그의 옆자리에 앉았다.

잠시 후 그가 말했다.

"어떻게 되었습니까, 선생님?"

"잘 됐지."

"정말요?"

"그 집에서 점심식사를 하기로 했다니까."

"점심식사를요!"

"내가 소중한 내 인생을 쓸데없이 위험에 빠뜨리는 짓을 했다고 생각하는 것은 아니겠지? 뤼도빅 앵베르 씨가 자네 손에 죽게 되었을 때 나는 그를 구해주었어. 그는 도움을 받은 것에 감사할 줄 아는 사람이지. 그래서 나를 점심식사에 초대하지 않았는가."

4층 남자는 말이 없다가 용기를 내어 다시 말했다.

"초대를 사양하지 않았다는 말이지요?"

아르센 뤼팽이 말했다.

"이보게, 그를 구해주는 데서 오는 이익을 거절할 것 같았으면 뭐하러 이런 술수를? 그날 밤 습격을 계획하고 새벽 세시에 성벽 주위에서, 하나뿐인 친구인 자네를 다치게 할 위험을 감수하면

서까지 자네 손목을 지팡이로 때리고 정강이를 발길로 차는 일을 저질렀는데?"

"그런데 그의 재산에 대해선 그다지 좋지 않은 소문이 떠돌던 데……."

"이 일을 계획하고, 조사하고, 올가미를 치고, 하인들, 채권자들, 끄나풀들에게서 정보를 모으는 등 그 부부의 그늘 속에서 산 게 벌써 6개월이야. 그러니 그 재산이 늙은 브로포드에게서 나온 것이든, 아니면 다른 데서 나온 것이든 그 재산이 실제로 존재한다는 걸 난 확신할 수 있어. 그리고 그것이 존재하는 한 이제 내 것이야!"

"젠장, 1억 프랑이나 된다니!"

"1천만, 아니 5백만 프랑 정도라도 해두지. 아무래도 좋아! 금고 안에는 두툼한 채권이 들어 있다고. 언제가 돼든 내가 그 열쇠를 손에 넣지 못한다면 오히려 이상한 일이겠지."

전차가 에트왈 광장에서 멈췄다. 남자가 속삭이듯 말했다.

"그럼 지금은?"

"지금은 특별히 할 일은 없네. 때가 되면 미리 알려주지. 아직 시간은 많아."

5분 후, 아르센 뤼팽은 앵베르 저택의 호화로운 계단을 올라가고 있었다. 뤼도빅이 그를 부인에게 소개했다. 뤼도빅의 부인 제르베즈는 작고 동글동글하며 상냥하고 몹시 수다스러운 부인이었다. 그녀는 뤼팽을 정성껏 환대했다.

"우리끼리만 있는 자리에서 생명의 은인을 모시고 싶었어요."

처음부터 그들은 '생명의 은인'을 오랜 친구처럼 대했다. 후식이 나올 때쯤 되자 세 사람은 무척 친해져서 비밀스런 얘기도 술술 털어놓았다. 아르센 뤼팽은 자신의 삶과 청렴한 사법관인 아버지의 인생, 어린 시절의 슬픔, 현재의 고충 등을 이야기했다.

제르베즈도 자신의 소녀시절과 결혼, 브로포드 노인의 친절, 그녀가 물려받은 1억의 재산과 유산 획득을 방해하고 있는 장애물들, 터무니없는 비율로 처분해야 하는 채권, 브로포드의 조카들과 끊임없는 분쟁, 지급정지와 가처분 등 결국에는 모든 것을 털어놓았다.

"생각해 보세요, 뤼팽 씨. 옆방, 남편의 사무실 안에 채권들이 들어 있어요. 그 중 한 장이라도 떼어 쓰면 우리는 전부를 잃게 돼요! 우리는 금고 안에 들어 있는 채권에 손을 댈 수 없다고요!"

그녀의 이야기를 들으며 뤼팽은 가볍게 몸을 떨었다. 하지만 뤼팽 정도의 인물이라면 분명히 이 부인처럼 순진하게 망설이거나 하지는 않으리라.

"아! 그것이 저기 있군요."

그는 목이 타서 중얼거렸다.

"예, 저기 있지요."

특별한 상황 아래 시작된 관계는 더욱 단단한 매듭으로 묶이게 마련이다. 부부가 조심스럽게 질문하자 아르센 뤼팽은 자신의 불행과 궁핍한 생활에 대해 솔직히 털어놓았다. 그러자 부부는 당장에 이 불행한 청년에게 개인비서직과 매월 1백 50프랑의 보수를 제의했다.

현재 거주하고 있는 집에서 계속 살면서, 매일 업무지시를 받으러 오기만 하면 되었고, 또 편의를 위해 3층 방중 하나를 작업실로 내주겠다는 것이었다. 그는 흔쾌히 승낙했다. 게다가 기막힌 우연으로 뤼도빅의 사무실 바로 윗방이 뤼팽의 방이 되었다.

아르센 뤼팽은 개인비서라는 자리가 정말 한직이라는 사실을 곧 알아차렸다. 두 달 동안 별 볼일 없는 편지 네장을 베껴 썼을 뿐이었다. 주인 뤼도빅의 사무실에는 단 한번 불려갔고, 그때서야 공개적으로 채권이 보관되어 있는 금고를 볼 수 있었다.

뤼팽은 이런 한직에 있는 자신이 하원의원 앙케티나 변호사회 회장 그루벨에게 소개받지 못하리라는 사실도 곧 알 수 있었다. 그런 사교 모임에 그를 초대하는 일이 없었기 때문이었다.

하지만 그는 이 점에 대해 전혀 불평하지 않았다. 오히려 어둠 속에 가려진 조촐한 자기 자리를 지키는 것이 좋았고, 혼자 떨어져 있을 때가 더 행복하고 자유로웠다. 그는 자신의 위치를 최대로 살려 시간을 낭비하지 않았다.

수차례 뤼도빅의 사무실에 몰래 숨어 들어가 금고를 살펴보았다. 멋없이 생긴 쇳덩어리 금고는 줄이나 송곳, 자물쇠를 딸 때 쓰는 작은 지렛대로도 어떻게 해볼 수 없을 정도로 굳게 닫혀 있었다. 하지만 아르센 뤼팽은 실망하지 않았다.

'힘으로 안 되는 것은 머리를 써야 한다. 중요한 것은 눈과 귀를 활짝 열어두는 것이다.'

그리고 그는 준비에 들어갔다. 뤼도빅의 사무실 바로 위에 있는 자기 방의 마루를 구석구석 조사한 다음 사무실 천장까지 닿는 납 파이프를 벽의 두 돌출부 사이에 끼워 넣었다. 파이프를 통해 소리를 듣고 안의 상황을 보기 위해서였다.

그때부터 그는 바닥에 배를 깔고 엎드려 지냈다. 파이프를 통해 앵베르 부부가 금고 앞에서 장부를 뒤적이고 서류를 만지작거리며 상의하는 모습을 종종 볼 수 있었다. 또 부부가 금고를 열기 위해 자물쇠의 번호판 네 개를 연속으로 돌릴 때마다 귀를 쫑긋 세우고 돌아가는 홈의 수를 들으려 애썼다.

뤼팽은 그들의 동작 하나하나를 유심히 들여다보았고, 그들의 대화를 염탐했다. 앵베르 부부는 열쇠를 어떻게 보관하고 있을까? 어디에 숨겨놓을까?

어느 날 뤼팽은 앵베르 부부가 금고를 잠그지 않고 방을 비운 것을 발견했다. 서둘러 내려온 그는 과감하게 사무실의 문을 열었다. 하지만 앵베르 부부는 이미 방으로 돌아온 후였다.

"아! 죄송합니다. 제가 방을 혼동했군요."

돌아가려는 그를 제르베즈가 급히 붙잡았다.

"뤼팽 씨, 들어오세요. 여기는 당신 집이나 마찬가지잖아요. 우리는 당신의 조언이 필요하답니다. 어떤 채권을 파는 것이 좋을까요? 외국채, 아니면 내국채?"

"하지만 지급정지로 되어 있지 않습니까?"

깜짝 놀란 뤼팽이 되물었다.

"아! 모든 채권이 정지된 것은 아니에요."

그녀는 금고문을 열었다. 가죽 띠로 묶인 채권들이 금고 선반 위에 쌓여 있었다. 제르베즈가 그 중 하나를 집어 들자 뤼도빅이 그녀를 가로막았다.

"아니, 안 돼, 제르베즈! 외국채를 파는 것은 어리석은 일이야. 앞으로 값이 오를 거라고. 하지만 내국채는 지금 상한가란 말이야. 어떻게 생각하시오, 친구?"

그들의 '친구'는 내국채를 희생시키는 것이 좋겠다고 권했다. 그러자 제르베즈는 손에 든 채권을 놓고 다른 뭉치를 집어 들어 하나를 꺼내 보였다. 1375프랑, 3퍼센트짜리 증서였다. 뤼도빅이 그 것을 주머니에 넣었다. 오후에 뤼도빅은 비서와 함께 증권거래소로 가서 이 증서를 4만 6천 프랑에 팔았다.

제르베즈가 뭐라고 말하건 간에 이 집은 아르센 뤼팽에게는 자기 집처럼 느껴지지 않는 곳이었다. 오히려 그는 앵베르 저택에서의 자신의 처지에 놀라고 있었다. 하인들은 그의 이름조차 모르고 있었다. 그들은 그저'선생님'이라고 부를 뿐이었다. 뤼도빅도 그를 언급할 때 항상 이렇게 말했다.

"그분에게 가서 알리도록… 그분은 도착하셨나?"

게다가 처음에 열렬히 환대했던 것과는 달리 앵베르 부부는 그에게 거의 말을 걸지 않았다. 그를 대할 때는 은인에게 갖추어야 할 예의를 다하긴 했지만 사실 그에게는 전혀 관심이 없었다. 뤼팽이 아주 괴짜라서 귀찮게 하는 것을 싫어한다고 생각하는 것 같았다.

마치 그가 홀로 떨어져 있겠다고 선언하고 고독을 즐기기라도 하는 것처럼, 그들은 그의 고독을 존중해 주었다. 한번은 그가 현관을 지나갈 때, 제르베즈가 어떤 두 신사에게 이렇게 말하기도 했다.

"저분은 정말 비사교적이에요!"

뤼팽은 이들의 이상한 태도를 이해하는 것을 포기했다. '좋아, 나는 비사교적인 사람이다.'그는 오로지 자신의 계획을 실행하는 데만 열중했다. 지난번의 경험을 통해 부주의나 우연을 기대하지 말아야 한다는 것을 확실히 알 수 있었다. 제르베즈는 금고 열쇠를 잊어버리는 법이 없었고, 게다가 열쇠를 가지고 나가기 전에 반드시 자물쇠의 숫자를 마구 돌려놓았다.

결국 그가 직접 행동을 취해야만 했다.

게다가 뤼팽의 행동을 재촉하는 한 가지 사건이 일어났다. 몇몇 신문에서 격렬하게 앵베르 부부를 '사기꾼'으로 비난하기 시작한 것이다. 이런 비난으로 사태가 급변하기 시작하자 앵베르 부부는 크게 동요하고 있었다. 뤼팽은 더 시간을 끌다가는 모든 것을 잃어버릴 것이라고 생각했다.

그는 평소처럼 여섯시 무렵에 나가지 않고 자기 방에 틀어박혀 뤼도빅의 사무실을 살폈다. 집안사람들은 그가 외출했다고만 생각하고 있었다.

그렇게 닷새가 지났지만 뤼팽이 기다리는 유리한 기회는 오지 않았다. 그는 한밤중에 안뜰로 연결되어 있는 작은 문을 통해 몰래 빠져나왔다. 미리 그 문의 열쇠를 챙겨두었던 것이다.

드디어 엿새째 되는 날, 앵베르 부부가 적들의 악의에 찬 중상에 대한 회답으로 금고를 열어 조사해 보라고 제안했다는 소식이 들려왔다. 뤼팽은 생각했다. '바로 오늘저녁이다.'

저녁식사 후에 뤼도빅은 자기 사무실로 향했다. 제르베즈도 뒤따라 들어갔다. 두 사람은 금고를 열고 장부를 훑어보기 시작했다.

두 시간이 지났을 때 뤼팽은 하인들이 자러 가는 소리를 들었다. 이제 2층에는 아무도 없었다. 자정이 다 되도록 앵베르 부부는 일을 계속하고 있었다.

"시작해야지."

뤼팽이 중얼거렸다.

그는 안뜰을 향해 나 있는 창문을 열었다. 달빛도 별빛도 없이 사방이 캄캄한 밤이었다. 그는 옷장에서 매듭지은 끈을 꺼내어 발코니에 단단히 묶고, 빗물받이 홈통을 따라 바로 아랫방 창까지 천천히 미끄러져 내려갔다. 바로 아래 두꺼운 플란넬 커튼으로 가린 뤼도빅의 사무실 창이 있었다. 뤼팽은 발코니에 서서 잠시 귀를 기울였다.

아무 소리도 들리지 않자 그는 안심하고 십자형 유리창을 가볍게 밀었다. 그가 이미 오후에 걸쇠를 돌려놓았기 때문에 창은 쉽게 열렸다. 뤼팽은 조심스럽게 살짝 열린 창을 밀었다. 머리를 들이밀 수 있을 정도로 창이 열리자 손을 멈추었다. 끝이 잘 맞지 않은 양쪽 커튼 사이로 빛이 살짝 새어나왔다. 열린 창과 커튼 사이로 제르베즈와 뤼도빅이 금고 옆에 앉아 있는 모습이 드러났다.

작업에 몰두한 부부는 작은 목소리로 몇 마디 말을 주고받을 뿐이었다. 아르센 뤼팽은 그들과의 거리를 가늠해 보았다. 그리고 자신이 취해야 할 동작을 정확히 계산했다. 사람을 부를 틈을 주지 않고 한 사람씩, 차례로 꼼짝 못하게 만들어야만 했다. 그가 막 뛰어들려고 할 때, 제르베즈가 말했다.

"조금 전부터 갑자기 방이 추워졌어요. 저는 침실로 갈래요. 당신은요?"

"일을 끝내야지."

"끝낸다고요! 밤을 꼬박 새워야 할 텐데요?"

"아니, 한 시간이면 충분해."

그녀는 방에서 나갔다. 20분, 30분이 흘렀다. 아르센 뤼팽은 창을 조금 더 밀었다. 커튼이 가볍게 움직였다. 창을 더 밀었다. 뤼도빅이 몸을 돌렸다가 바람에 부푼 커튼을 보고는 창을 닫으려고 일어섰다.

외마디 비명소리도 없이, 싸움이 일어난 것 같지도 않았다. 아르센은 정확한 동작으로 뤼도빅을 기절시킨 다음, 커튼으로 얼굴을 덮고 끈으로 묶었다. 고통을 느낄 틈도 없이 기절한 뤼도빅은 자신을 공격한 사람이 누구인지도 알아볼 수 없었다.

뤼도빅을 처리한 후 그는 민첩하게 금고를 향했다. 열린 금고에서 채권 두 뭉치를 집어낸 뤼팽은 채권을 팔 밑에 끼우고 방을 나왔다. 유유히 계단을 내려와 안뜰을 가로질러 뒷문을 열자, 길에는 자동차가 대기하고 있었다.

"우선 이것을 받게. 그리고 나를 따라와."

그가 운전사에게 말했다.

그는 다시 사무실로 돌아갔다. 이렇게 두 번 왕복하고 나자 금고는 텅 비었다. 마지막으로 아르센 뤼팽은 자기방으로 올라가 남아 있는 모든 흔적을 없앴다. 이제 모든 일이 끝난 것이었다.

몇 시간 후, 아르센 뤼팽은 동료와 함께 채권 뭉치를 면밀하게 조사했다. 이미 예상했듯 앵베르 부부의 재산은 보기보다 막대한 것은 아니었다. 몇 억이나 몇 천만은 안 되더라도 어쨌든 앵베르 부부의 채권은 상당한 재산이었다. 국채를 비롯해 철도, 파리 시, 수에즈, 북부 지방의 광산 등의 채권이 있었다. 뤼팽은 만족했다.

"물론 협상할 시기가 되었을 때 휴지조각에 지나지 않을 것들도 있겠지. 지급정지 조치를 당하기도 할 거고, 싼값에 처분해야 하는 경우도 있겠지. 그런 건 아무래도 좋아. 이 최초의 자금을 가지고 내가 원하는 대로 살 거야. 내 소중한 꿈을 실현시키면 서……."

"나머지는 어떻게 하죠?"

"태워버리지. 금고 안에 있을 때는 이 종이 뭉치가 훌륭하게 보였지만 지금 우리에게는 쓸모가 없는 것들이야. 채권은 벽장 안에 조용히 넣어두고 때를 기다리자."

모든 일을 성공적으로 마쳤기 때문에 뤼팽이 다시 앵베르 저택에 못 갈 이유는 없었다. 하지만 다음 날, 그는 신문에서 뜻밖의 소식을 접했다. 뤼도빅과 제르베즈가 사라진 것이었다.

조사를 위해 사법관이 금고 문을 열었을 때, 사법관은 그 안에서 아르센 뤼팽이 남겨놓은 것을 발견할 수 있었다. 그러니까 금고 안은 거의 비어 있었던 것이다.

훗날 나는 직접 아르센 뤼팽에게 그 이야기를 들을 수 있었다. 전과 달리 흥분한 눈빛을 비치며 그는 내 작업실을 이리저리 돌아다녔다.

내가 그에게 말했다.

"어쨌든 멋지게 성공했잖아?"

내 말에 대답하지 않은 채 뤼팽이 다시 말했다.

"이 사건에는 풀리지 않는 비밀이 있어. 여기까지 설명을 했지만 애매한 점이 여전히 남아 있단 말이야. 그들은 왜 도망갔을까? 본의는 아니지만 내가 도움을 줄 수도 있었을 텐데 왜 써먹지 않았을까? '금고 안에는 수억 프랑이 있었다. 그런데 사라졌다. 누군가가 그것을 훔쳐갔다.'라고 말하면 간단한 일인데."

"제정신이 아니었겠지."

"맞아. 제정신이 아니었던 거야. 게다가 사실⋯⋯."

"사실은?"

"아니, 아무것도 아니야."

무엇을 숨기려는 것이었을까? 분명 그가 말하지 않은 부분이 있었고, 그렇다면 그것은 말하기 싫다는 뜻이었다. 나는 부쩍 호기심이 생겼다. 이런 인물을 망설이게 만들 정도라면 뭔가 중요한 일임에 틀림없었다. 나는 내심 티를 내지 않으면서 아무렇게나 질문을 던졌다.

"그 부부를 다시 만난 적은 없나?"

"없어."

"그 불운한 사람들에게 동정심이 생기지 않아?"

"내가?"

뤼팽은 펄쩍 뛰었다. 그가 너무 격분하는 바람에 내가 더 놀랄 정도였다. 정곡을 찔렀던 것일까? 나는 계속해서 말했다.

"물론이지. 자네만 없었다면 그들은 아마 위협에 맞서 싸웠거나 적어도 주머니를 두둑하게 채워서 떠날 수 있었을걸."

"내가 양심의 가책을 느낄 거라고?"

"물론이지!"

그가 내 책상을 내리쳤다.

"내가 양심의 가책을 느껴야 한다는 말이야?"

"양심의 가책이든 후회라고 하든, 어쨌든 어떤 감정이라도⋯⋯."

"어떤 감정을 가진단 말인가?"

"자네에게 재산을 털린 사람들에 대한 감정."

"무슨 재산?"

"예를 들면… 채권 뭉치 같은…….."

"채권 뭉치! 그래, 채권 몇 뭉치를 훔쳤지. 하지만 그건 그 사람들의 유산 중 일부분이야! 그게 잘못인가? 그게 죄라구?"

"하지만… 이런! 이봐, 혹시 그 채권들이 가짜였던 것 아닌가? 그렇지?"

"맞았어. 그것들은 가짜였다네."

나는 넋을 잃고 그를 바라보았다.

"가짜라고? 그 4, 5백만 프랑이?"

그는 화가 나서 소리쳤다.

"가짜였어. 모조리 가짜였지! 파리 시 채권, 국채, 어음, 다른 채권들, 모두 가짜였어. 그냥 종이조각이었다고. 한 푼도, 단 한 푼도 건지지 못했어. 그런데 양심의 가책을 느끼라고? 그건 오히려 그 사람들이 느껴야지. 난 멍청한 바보처럼 속았어! 세상에서 가장 속이기 쉽고 어리석은 사람처럼 그들에게 당했던 거야."

그는 상처받은 자존심과 원한 때문에 정말로 분노하고 있었다.

"하나에서 열까지, 처음부터 내가 지게 되어 있는 싸움이었지! 이 일에서 내가 맡은, 아니 그들이 내게 맡긴 역할이 무엇이었는지 알겠나? 앙드레 브로포드 역이었어. 맞아, 그래. 그런데 나는 뭐가 뭔지 모르고 있었던 거야.

신문을 보고 나서, 그리고 자세한 내막을 알게 된 후에야 겨우 알아차렸어. 내가 그의 은인인 척, 악당의 손아귀에서 그를 구하기 위해 목숨을 건 신사인 척하고 있을 때, 그들은 나를 브로포드가의 한 사람으로 생각하게 만들었던 거라네!

훌륭하지 않나?

3층 방에서 생활하던 이상한 사람, 사람들이 멀리서 손가락질하던 그 비사교적인 사람은 바로 브로포드였고, 브로포드는 바로 나였지. 신용 있는 브로포드라는 이름 덕분에 은행가들이 돈을 빌려줬고, 그 부부와 거래를 하라고 공증인들이 고객들에게 권했던 거야. 나 같은 초보자에게는 아주 훌륭한 수업이었어. 아! 맹세컨대 거기서 얻은 교훈이 큰 도움이 되었다네."

그는 갑자기 말을 멈추고 내 팔을 잡으며 성난 어투로 말했다. 하지만 나는 그 어투에서 미묘한 빈정거림과 감탄을 느낄 수 있었다. 그는 어이없게도 이렇게 말했다.

"지금 이 순간 제르베즈 앵베르는 내게 1천 5백 프랑을 빚졌어."

그 말에는 웃지 않을 수 없었다. 정말 최고의 익살이었다. 그도 분명히 그 장난을 즐기고 있었다.

"맞았어. 1천 5백! 난 봉급도 한 푼 못받았고, 오히려 그녀가 1천 5백 프랑을 꾸어갔지. 내가 저축해둔 전부였는데. 왜 그랬는지 알겠나? 짐작도 못하겠지. 가난한 사람들을 위해서였어. 그런 얘기까지 하다니. 그녀가 뤼도빅 모르게 빈민을 돕고 있다는 거야. 나는 그것을 믿었어. 정말 재미있지 않나? 아르센 뤼팽이 1천 5백 프랑을 사기 당하다니. 그것도 자신이 4백만 프랑의 가짜 채권을 훔친 바로 그 부인에게. 내가 지금과 같은 성공을 거두기 위해서 얼마나 많은 계략과 노력, 기막힌 속임수들이 필요했는지 몰라. 이 얘기는 내가 평생 단 한 번 속았던 때야. 그런데 말이지, 그때는 정말 감쪽같이 속았어. 그리고 글자 그대로 큰 대가를 치렀지."

05

체포된 뤼팽

체포된 뤼팽

　참으로 별스러운 여행이었다! 처음에는 무척 순조로웠다! 솔직히 나로서는 이처럼 좋았던 여행에 대한 기억이 없었다. 프로방스호는 대서양 항로의 쾌속선으로 배에는 다양한 오락시설이 마련되어 있었고 승객들 역시 괜찮은 사람들뿐이었다. 그들은 세상을 등지고 미지의 섬에 모여든 사람들처럼, 마치 서로 다정하게 지내지 않으면 안 되는 사람들처럼 서로 쉽게 가까워졌다.

　사실이다. 우리는 의외로 쉽게 가까워졌다. 하루 전만 해도 서로 낯설고 어색했으나 끝없는 하늘과 바다, 대양의 분노 그리고 무서운 파도와 죽은 듯이 흐르는 밤바다의 음흉한 고요에 빠져들기 시작했다. 그러면서 예기치 않은 특별한 사건에 휘말려들 수도 있다는 불길한 예감에 휘말렸고, 그 때문에 사람들은 자연히 가까워질 수밖에 없게 된 것이다.

　인생의 축소판 같다고나 할까. 인생의 슬픔과 위대함, 단조로움과 복잡함이 서로 얽혀 있는… 그리하여 사람들은 시작과 끝이 눈에 보이는 여행인데도 엄청난 열정의 도가니에 자기도 모르게 빠져드는 것은 아닐까.

그런데, 몇 년 전부터 이 재미있는 여행에 한층 더 흥미를 가해주는 것이 있었다. 바다를 떠도는 이 작은 섬은 놀랍게도 우리 스스로 도망쳐온 현실세계와 연결되어 있었던 것이다.

망망대해에서 잊혀진 듯 했던 세상과의 끈은 어느새 또다시 연결되었다. 무선전신이라고 할까. 전혀 생각지도 못했던 소식들이 전해져온다. 전선 같은 건 눈에 보이지도 않지만 이제 머릿속에조차 그려볼 이유조차 없어졌다.

이는 불가사의하고 시적인 그 어떤 특별한 상상력이 아닐까! 그리하여 우리는 속삭이는 듯한 먼 나라 언어의 호위를 받으며 여행을 하는 기분이었다. 처음에 나에게는 두 명의 친구가 연락을 보내왔다. 그리고 시간이 지나면서 열 명, 스무 명이 넘는 사람들이 공간을 거슬러 아쉽고도 따뜻한 작별의 말을 보내왔다.

어느 날이었다. 폭풍우가 몰려올 것만 같은 오후, 프랑스 해안에서 5백 마일쯤 떨어져 있을 때 다음과 같은 전보 한 통이 날아왔다.

- 귀선 일등칸에 아르센 뤼팽이 타고 있음. 금발머리. 오른팔에상처. 동행자없이혼자여행중. 현재 가명은 R……

바로 그때, 어두운 하늘에서 고막을 찢는 듯한 굉음이 울렸다. 그와 함께 전파는 중단되었고, 전보의 마지막은 불통이 되고 말았다. 그 때문에 아르센 뤼팽의 가명은 머리글자밖에 알 수가 없게 된 셈이다.

다른 뉴스였다면, 무선 통신사도 수상 경찰도 선장도 신중하게 비밀을 지켰을 일이었다. 하지만 아무리 치밀하고 용의주도하다 해도 완전범죄란 없다. 어떤 경로를 통해 새어나갔는지는 모르지만, 그날부터 우리는 한 사람도 빠짐없이 그 유명한 아르센 뤼팽이 승객 중에 끼어 있다는 것을 알게 되었다.

아르센 뤼팽, 그가 배에 함께 타고 있다니! 몇 달 동안 날마다 신문에 오르내리고 있는 그 유명한 괴도가 타고 있다는 것이다! 최고의 경찰로 알려진 가니마르 노경감과 사투를 벌였던 수수께끼 같은 그 사람! 성이나 살롱만을 털어가는 이상한 도둑. 그 사나이는 어느 날 밤 쇼르망 남작의 저택에 숨어들어갔다 아무것도 훔치지 않은 채 메모 한 장만 달랑 남겨놓고 자리를 떠났다고 한다.

- 진품으로 제대로 갖춰졌을 때 다시 방문하겠소.
괴도신사 아르센 뤼팽 -

운전사, 테너 가수, 마권업자, 좋은 집안의 자제, 젊은이, 노인, 마르세유의 떠돌이, 러시아인 의사, 스페인의 투우사 등등 그 무엇으로도 모습을 바꿀 수 있다는 변신의 귀재, 아르센 뤼팽!

얼마나 놀라운 일인가 생각해 보라! 뤼팽이 판에 박힌 듯한 대서양 항로를 오고가는 이 좁은 배 안에 있다는 사실을! 일등칸 선실의

한 구석, 식당, 살롱… 아니면 흡연실, 어쩌면 이 신사일지도, 그렇지 않으면 저 신사, 혹은 식탁에서 내 곁에 앉았던 사내, 그와 선실에서 함께 지낸다는 것은 놀라운 일이 아닐 수 없다!

"도저히 참을 수 없는 일이야! 아직 5일이나 더 여행을 해야 하는데…도대체 왜 빨리 그를 체포하지 못하는 겁니까?"

전보가 도착한 다음날이었다. 넬리 언더다운 양은 말했다.

"앙드레지 씨, 선장과 아주 가까운 사이죠. 뭐 아시는 것 없으세요?"

사실 나는 할 수만 있다면 넬리양의 궁금증을 풀어주고 싶었다. 그녀는 어디를 가나 쉽게 사람들의 주목을 끄는 멋진 여자였다. 아름다운 미모뿐만 아니라 엄청난 재산의 소유자이기도 했다. 그래서인지 그녀의 주변에는 그녀의 열렬한 추종자들로 북적거렸다. 파리에서 프랑스인 어머니의 손에 자란 그녀는 지금 제를랑 부인과 함께 시카고의 대부호인 아버지 언더다운 씨를 찾아가는 중이었다.

그녀를 처음 보았을 때, 솔직히 나는 의도적으로 그녀에게 접근했다. 제한된 공간 속에서의 잦은 만남은 곧 그녀를 친밀하게 느끼도록 했다. 그녀의 커다란 눈이 나를 볼 때면 믿기지 않을 정도로 가슴이 두근거리며 방망이질을 했다.

그녀도 내가 추켜 세워주는 말에 대해 비교적 호의적으로 반응했다. 센스 있는 말을 하면 방긋 웃어 주었고, 내가 여과 없이 까발려놓는 세상 이야기에도 무척이나 흥미 있어 했다. 그녀는 나의 은근한 친밀전에 대해서도 적당히 공감을 보여주었다. 하지만 마음에 걸리는 연적 같은 녀석이 한 명 있었다.

그는 꽤 잘생겼고 점잖았으며 품위 있게 행동하는 젊은이였다.

그녀는 파리지앵 특유의 내 태도보다는 이 젊은이의 과묵한 태도에 좀더 후한 점수를 주고 있는 것 같은 눈치였다. 어찌 되었든 그녀가 내게 질문을 던졌을 때, 그 자 역시 넬리 양의 추종자 무리에 끼어 있었다.

우리는 갑판의 흔들의자에 앉아 있었다. 전날 폭우로 맑게 갠 하늘 때문인지 무척이나 상쾌하게 느껴지는 날씨였다.

"넬리양, 나도 분명하게 아는 건 그다지 없어요. 하지만 뤼팽의 숙적인 가니마르 경감이나 탐정처럼 우리가 직접 수사를 해볼 수는 있겠죠."

"어머나, 어떻게 그런 생각을 다… 그건 너무 쉽게 생각하는 거 아니에요?"

"글쎄요… 우리라고 불가능하다는 생각은 하지 않아요."

"하지만 이건 매우 복잡한 문제인 걸요."

"그건 당신이 문제 해결의 열쇠를 모르기 때문에 그렇게 생각하는 것이겠죠."

"열쇠라면?"

"첫째, 뤼팽은 현재 R…이라는 이름을 사용하고 있다는 거죠."

"그것만으로는 너무 막연하지 않은가요?"

"둘째, 혼자서 여행하고 있다."

"그것도 너무 일부인 거지요!"

"셋째, 금발이라는 것!"

"그래서요?"

"그럼 뻔하지 않나요? 선객 명부를 조사하여, 이 세 가지에 해당되지 않는 사람의 이름을 하나씩 제외시켜 나가면 되는 거 아닙니까?"

이때다 싶어 나는 주머니 속에 들어 있던 승객 명부를 꺼내 살펴보기 시작했다.

"머리글자가 맞는 사람은 모두 열세 명이군요."

"겨우 13명?"

"적어도 일등칸 승객 중에는 그래요. 또 이중 아홉 사람은 부인과 아이들 또는 하인을 동반하고 있습니다. 혼자서 여행하는 사람은… 이제 넷뿐이군요. 우선 라베르당 후작……."

"대사관의 서기관이시죠. 제가 잘 알고 있는 분입니다."

넬리 양이 말참견을 했다.

"그럼 로슨 소령……."

"저의 숙부입니다."

누군가가 또 끼어들었다.

"리볼타 씨……."

"접니다!"

한 사람이 대답했다. 그는 얼굴이 새까만 수염 속에 파묻혀 있는 이탈리아인이었다.

넬리 양이 웃음을 터뜨렸다.

"이분은 금발이 아니잖아요!"

"그렇다면… 범인은 마지막 사람이라고 결론 내릴 수 밖에 없겠군요."

"그렇다면?"

"그렇습니다. 로젠느씨입니다. 누구 로젠느 씨를 아시는 분 계십니까?"

아무도 대답이 없었다.

그러자 넬리 양이, 늘 그녀를 따라다니면서 나로 하여금 질투를 느끼게 했던 과묵한 젊은이에게 이렇게 말했다.

"로젠느 씨, 왜 대답을 하지 않으시는 거죠?"

순간 사람들의 시선이 일제히 그에게로 쏠렸다. 게다가 그는 금발이었다. 나는 충격을 받았다. 모두들 짓눌린 듯 잠자코 있는 것을 보면 다른 사람들도 나와 같은 충격을 받았음에 틀림없었다. 그러나 그것은 우습기 짝이 없는 일이었다. 왜냐하면 이 신사는 어느 한 구석도 의심받을 만한 점이 없었기 때문이다.

"어째서 대답하지 않냐고요? 나는 이미 이런 조사를 혼자 해보았었는데… 이름이 나와 같겠다, 혼자서 여행하고 있다, 게다가 머리카락 색깔로 근거로 범인을 따지고 들면 지금의 결론과 별다르지 않더라 이 말이오. 그렇다면 당신들이 나를 체포하면 되지 않겠소?"

그는 이상한 태도를 취하고 있었다. 두 개의 직선처럼 얇은 입술은 한층 더 가늘어졌고 파랗게 질려 있었다. 그러나 그의 표정과 태도는 인상적이었다. 넬리 양은 부드럽게 물었다.

"다치진 않으셨지요?"

"그렇소. 부상은 입지 않았소."

그는 신경질적으로 소매를 걷어 올리고 팔을 내밀어 보였다. 순간 나는 흠칫 놀랐다. 그리고 넬리 양의 눈을 마주 보았다. 그는 왼쪽 팔을 보였던 것이다. 하지만 내가 그것을 말하려고 한 바로 그 순간, 우연히도 우리의 관심이 다른 곳으로 쏠리게 하는 일이 바로 일어났다.

넬리 양의 친구인 제를랑 부인이 달려온 것이었다.

그녀는 매우 당황한 얼굴이었고 사람들은 그녀 주위로 몰려들었다. 숨을 고르면서 그녀는 간신히 입을 열었다.

"내 보석, 내 진주들!… 다 없어졌어요!"

나중에 안 사실이지만 모두 훔쳐간 것은 아니었다. 도둑은 그중에서 특별히 좋은 것만 골라서 가져갔다!

별 모양의 브로치에 달린 다이아몬드, 목걸이에 달린 루비 메달, 뜯겨진 목걸이나 팔찌에서 가장 큰 보석이 아니라 귀중한 것, 무게는 나가지 않지만 값이 비싼 것만 훔쳐갔다. 테이블 위에는 거미발을 남겨두고 있었다.

우리는 모두 아름다운 꽃잎이 떨어진 꽃처럼 보석을 빼간 볼품없는 장신구를 멍청히 바라보았다. 이런 짓을 하기 위해서는 제를랑 부인이 차를 마시고 있는 낮 동안, 사람 왕래가 많은 복도에서 선실 도어를 비틀어 열고 들어가 모자 상자 바닥에 감추어 두었던 손가방을 찾아내어 보석을 고르지 않으면 안 되었을 일이다!

모두 놀라서 입을 닫지 못했다. 도난사건이 알려지자 승객들은 하나같이 이것은 아르센 뤼팽의 짓이라고 생각했다. 사실 그것은 바로 뤼팽의 손길이 많이 간 불가사의 하고도 조리에 맞는 전형적인 수법이었다.

왜냐하면 보석 모두라면 부피가 커서 감추기 어렵겠지만, 여기저기에서 뽑아낸 진주나 에메랄드나 사파이어 같은 자잘한 것들이라면 훨씬 편할 것이기 때문이었다.

그 일이 있은 뒤 저녁식사 때, 로젠느의 양옆에는 두 사람이나 자리가 비어 있었다. 그리고 그날 밤, 그가 선장에게로 불려갔다는 것을 알았다.

　모두 사람들은 로젠느가 체포된 것이라고 믿고 그제야 겨우 숨을 돌렸다. 그리하여 그날 밤은 한껏 놀이를 즐겼다. 춤도 추었다. 그중에서도 넬리 양은 매우 쾌활한 얼굴이어서 로젠느를 향했던 관심들이 이젠 모두 사라진 것이라고 믿었다. 물론 그녀의 우아함에 나는 더욱 더 도취되고 말았다. 밤이 깊었을 때, 밝은 달빛 아래에서 그녀에게 정열적으로 내 평생을 바치겠다고 맹세했다. 그녀도 싫지는 않은 모양이었다.

　그러나 다음날 로젠느가 증거불충분으로 풀려났다는 것을 알게 되었을 때, 사람들은 어이가 없었다. 그는 굉장한 보르도 포도주 상인의 아들로서, 완벽하게 갖추어진 서류를 제출하였다. 뿐만 아니라 그의 양쪽 팔에서는 상처자국 같은 것은 전혀 찾아볼 수가 없었다.

　"서류라니? 출생증명서는?"

　로젠느를 미워하는 사람들은 아우성이었다.

　"아르센 뤼팽이라면 그런 것쯤은 얼마든지 거짓으로 만들 수 있어. 부상 같은 건 입지도 않았거나, 아니면 상처자국을 지워버렸을 거야."

　그러나 도난이 있었던 그 시간 로젠느가 갑판을 산책중이었다는 사실이 밝혀졌다.

　"설마, 그 유명한 아르센 뤼팽이 현장에 직접 들어가 물건을 훔쳤겠어?"

　이런 말이 나오자 또다시 사람들은 웅성거렸다. 여하튼 이런 모든 문제를 제쳐놓더라도, 사람들로서는 그가 뤼팽이 아니라고 주장할 수 없는 한 가지 사실이 있었다. 그것은 로젠느 말고, 혼자 여행하며 금발인데다가 머리글자가 R인 사람은 없다는 것이었다.

전보로 지명한 사람이 로젠느가 아니라면 또 누구란 말인가? 점심식사가 시작되기 전 로젠느가 태연하게 우리 쪽으로 다가왔다. 넬리 양과 제를랑 부인이 벌떡 일어나 다른 곳으로 자리를 옮겼다. 분명히 거부의 표시였다.

한 시간 뒤 필기된 회람이 배의 사무원과 선원, 각 선실의 승객들의 손에서 손으로 건네졌다. 루이 로젠느 씨에게서 아르센 뤼팽의 누명을 벗겨주거나, 또는 도둑맞은 보석을 가지고 있는 사람을 발견한 이에게는 1만 프랑의 현상금을 준다는 내용이었다. 또한 로젠느는 선장에게 이렇게 장담했다.

"그 누구도 나에게 협력해주지 않는다고 해도, 난 그를 반드시 붙잡아 여러분들에게 보여드릴 것을 약속합니다."

아르센 뤼팽 대 로젠느라기 보다는, 오히려 모든 사람의 소문처럼 아르센 뤼팽 대 아르센 뤼팽이니, 그 경쟁은 매우 흥미로운 것이었다.

로젠느의 수사는 이틀 동안 지속되었다. 그는 이곳저곳 돌아다니며 캐묻고 다녔다. 밤에도 이곳저곳을 돌아다니는 그의 그림자를 그리 어렵지 않게 볼 수 있었다. 선장도 할 수 있는 다양한 방법을 다 동원하여 수색을 했다. 그야말로 프로방스 호의 위에서 아래까지 구석구석 살피지 않은 곳이 없었다.

그의 핑계는 그만한 타당성이 있었고, 간단했다. 범인은 자기 선실이 아닌 어딘가 다른 곳에 훔친 물건을 숨겨 두었을 것이다. 그러니 예외 없이 모든 것을 살펴보아야만 한다는 것이었다. 그럴듯한 말이었다.

넬리양이 내게 넌지시 물었다.

"뭔지 몰라도 반드시 찾아내겠지요? 아무리 마술쟁이라 하더라도 다이몬드며 진주를 보이지 않게 감출 순 없을 테니까요."

"맞아요. 그래도 나오지 않는다면 모자 속이나 웃옷 안감 등 우리 몸에 붙이고 있는 모든 것을 조사해야겠지요."

나는 그녀의 갖가지 포즈를 찍은 9×12 사이즈의 코닥 카메라를 보이면서 말했다.

"아마도 이렇게 작은 카메라라고 해도 제를랑 부인의 보석을 모두 감출 수는 있을 겁니다. 사진 찍고 있는 척하면 그 누가 알겠어요."

"무언가 단서를 남기지 않는 도둑은 없다고 하던데……."

"한 사람 있습니다… 그가 바로 아르센 뤼팽이죠."

"어떻게 가능할까요?"

"어떻게라뇨? 아르센 뤼팽은 범행뿐만 아니라, 자신에 대한 어떤 정체도 드러내지 않으니까요."

"당신은 자신 있어 하지 않았나요?"

"글쎄요. 그 후에야 나는 그의 수법을 알았거든요."

"그게 무슨 말인가요?"

"이 수사는 시간낭비라는 생각이죠."

실제로 수사는 아무런 성과도 없었다. 적어도 이 경우에만은 성과가 노력에 따라 보답되는 것이 아니었다. 이번에는 선장의 시계가 없어졌던 것이다.

선장은 몹시 화가 나서 날뛰었고, 이미 몇 번이나 추궁했던 로젠느의 주위를 더욱 철저하게 감시했다. 그런데 다음날 아이러니컬하게도 그 시계가 부선장의 양복칼라 사이에서 발견되었다.

마치 기적과도 같은 일로, 사람들을 희롱하는 아르센 뤼팽의 수법 그대로였다. 뤼팽은 도둑이기는 했으나 동시에 풍류가였다. 도둑질은 그의 천직이자 취미였다. 마치 그것은 자기 작품을 상연시켜 놓고, 무대 뒤에서 자신의 재치며 극중 장면 같은 것을 지켜보며 기분 좋게 웃고 있는 그런 사람이었다.

그는 분명 독특한 아티스트였다. 말이 없고 고집스러운 로젠느를 관찰해볼 때 그리고 이 기괴한 인물이 1인 2역 연극을 하고 있는 것에 내해 생각해 몰 때 나는 감탄하지 않을 수 없었다.

이틀 전 밤에 당직 경비원은 갑판의 가장 후미진 곳에서 신음소리를 들었다. 그는 그곳으로 다가갔다. 두꺼운 회색 천으로 머리를 감싼 한 사내가 손목을 끈으로 묶인 채 쓰러져 있었다. 묶여 있는 끈을 풀고 일으켜 세운 다음, 정성 들여 치료를 했다. 그 사나이는 바로 로젠느였다.

- 로젠느의 현상금 1만 프랑을 고맙게 받아감.
아르센 뤼팽 -

그때 로젠느의 지갑에는 1천 프랑 지폐 스무 장이 들어있었다. 물론 나는 범인 자신이 연극한 것이 아닌가 하는 생각을 했다. 하지만 스스로 자신을 그렇게 묶는다는 것은 불가능한 일이었고, 명함의 필적이 로젠느의 글씨체와 전혀 달랐다. 배 안에 있는 낡은 신문에서 본 뤼팽의 필적과 똑같았다.

그리하여 로젠느는 아르센 뤼팽이 아니라는 결론에 이르렀다. 로젠느는 로젠느다.

보르도 상인의 아들인 것이다. 그리고 아르센 뤼팽이 이 배 안에 있다는 것이 다시 한 번 확인된 셈이었다. 이 가공할 사건으로 말미암아 사람들은 공포에 떨었다. 사람들은 이제 선실에서 혼자 있을 수도, 그리고 떨어진 장소에 혼자 가는 일 같은 건 더욱 할 수 없게 되었다. 승객들은 서로 믿을 수 있는 사람들끼리 그룹을 만들었다.

그러나 본능적인 경계심은 친하고 다정한 사람들까지도 분열시켰다. 위협은 고립된 개인에게서 나오는 것이 아니었기 때문이다. 이제야말로 아르센 뤼팽… 그러니까 누구나 다 아르센 뤼팽이 되고만 셈이다.

우리의 흥분된 상상력은 기적적인 힘을 뤼팽에게 부여하고 있었다. 그는 존경할 만한 로슨 소령으로도, 점잖은 라베르당 후작으로도, 뿐만 아니라 처자나 심부름꾼을 거느린 사람으로도 둔갑할 수도 할 수 있다고 믿게 되었다. 그래서 머리글자 정도로 뤼팽을 찾아내는 것은 믿을 수 없다고 생각하게 되었다.

첫번째 무전으로는 아무것도 알 수 없었다. 선장 또한 우리에게 아무것도 알려주지 않았다. 이런 침묵이 우리를 더욱 불안하게 만들었으며 그래서인지 마지막 날은 몹시 지루하게 느껴졌다. 사람들은 늘 불행을 두려워하며 하루를 보내곤 했다.

"이번에는 도난 같은 것은 아닐 것이야, 단순한 습격 역시 아닐 것이야. 흉악한 범죄! 살인일지도 몰라."

아르센 뤼팽이 이런 좀도둑질 두 번만으로 얌전히 있을 리 없다.

당국이 아무런 힘을 발휘할 수 없는 이 배의 절대적인 지배자는 아르센 뤼팽이다. 그는 무엇이든지 하고 싶은 대로 할 수가 있다. 생명이든, 재산이든, 모두 다 자유롭게 제 마음대로 말이다.

솔직히 이번 여행은 내게 있어서 아주 즐거웠다. 그동안 넬리 양이 나를 의지하게 되었기 때문에 더욱 그랬다. 선천적으로 조심성이 많은 그녀는 이번 사건 때문에 겁을 잔뜩 먹고 나에게 보호와 안전을 요구하게 되었다.

나는 그녀에게 도움을 주는 것이 매우 즐거웠다. 마음속으로 나는 아르센 뤼팽을 응원하고 있었다. 우리 두 사람을 가깝게 만들어 준 것은 바로 그가 아니던가? 내가 가장 아름다운 꿈에 젖어들 권리를 얻은 것도 그의 덕분이 아니던가?

사랑의 꿈과 좀더 현실성이 있는 꿈 - 앙드레지 집안은 포와트 지방의 명문이지만 그 가문이 얼마쯤 빛을 잃었으므로, 그 잃어버린 빛을 되찾으려는 것이 귀족에게 어울리지 않는 일로 여겨지지는 않았다. 그리고 이 꿈이 넬리에게 있어서 조금도 불유쾌한 것이 아님을 나는 느끼고 있었다.

그녀의 상냥한 눈은 나에게 그 꿈을 지닐 것을 허용해 주었다. 그녀의 목소리에서 느껴지는 부드럽고 다정함은 나에게 희망을 가지라고 말해주는 것 같았다. 우리는 마지막 시간까지 난간에 팔꿈치를 괴고 바싹 붙어 있었다. 미국 해안이 우리의 눈앞에 펼쳐지고 있었다.

수신도 끊겼다. 사람들은 일등실로부터 이민자들이 우글거리는 삼등실에 이르기까지, 풀리지 않는 수수께끼가 겨우 풀릴 수 있는 마지막 순간을 기다리고 있었다. 아르센 뤼팽은 과연 누구일까? 그 유명한 아르센 뤼팽은 어떤 이름, 어떤 가면 아래 숨어 있는 것일까?

그리고, 그 마지막 순간이 왔다!

나는 백 년을 더 산다 해도 그때의 사건을 아주 보잘것없는 조그마한 점까지 잊어버릴 것 같지 않았다.

"넬리 양, 몹시 창백해 보이는군요?"

녹초가 된 듯이 내 팔에 기대어 있는 그녀에게 물었다.

"당신도 처음과는 많이 다른 것 같은데요!"

"생각을 좀 해보십시오. 이 순간이야말로 정말로 저에게는 극적입니다. 이 순간 당신과 함께 있다는 것이 정말로 기쁩니다. 넬리 양, 나는 당신과의 추억을 잊지 못할 겁니다."

그러나 그녀는 몹시 지친 사람처럼 내 말은 하나도 듣지 않고 있었다. 이윽고 트랩이 내려졌다. 그러나 우리들이 내리기 전에 세관 직원, 제복을 입은 경관, 짐꾼들이 먼저 배 위로 올라왔다. 넬리 양이 중얼거렸다.

"아르센 뤼팽이 항해 중에 도망쳐버렸다고 해도 나는 놀라지 않아요."

"하긴 그는 불명예보다는 죽음을 택할 위인입니다. 아마도 그랬다면 대서양으로 뛰어들었을 걸요."

"농담은 그만두세요."

그녀가 가볍게 웃으며 대꾸했다.

그때 갑자기 내가 숨을 멈추고 한곳을 주시하자 그녀는 뭔가 궁금해 하는 듯 했다.

"트랩 끝에 서 있는 저 키 작은 노인 보입니까?"

"우산을 들고, 올리브색 프록코트를 입은 사람 말인가요?"

"그가 바로 가니마르입니다."

"가니마르?"

"네, 유명한 경찰관으로 아르센 뤼팽을 자기 손으로 잡아 보이겠노라고 선언한 사나이입니다. 그러고 보면 미국 측에서도 아르센 뤼팽에 대해 아무런 정보가 없는 것 같네요. 하지만 가니마르가 이곳에 와 있다는 건 좀 뜻밖인데요. 그의 일처리 스타일이 그렇긴 합니다만……."

"그럼 이제 아르센 뤼팽은 붙잡히는 건가요?"

"그건 알 수 없지요. 가니마르도 뤼팽이 변상한 모습밖에는 몬 일이 없다고 했다니까요. 뤼팽이 현재 사용하고 있는 가짜 이름을 알지 못하는 한 조금은 힘들 것 같은데요."

"아아! 아르센 뤼팽이 붙잡히는 걸 제 눈으로 꼭 보고 싶어요."

그녀는 여자들에게서도 쉽게 찾아 볼 수 있는 조금 잔혹한 호기심으로 눈을 반짝이며 말했다.

"기다려 보면 알게 되겠죠. 아마도 아르센 뤼팽은 벌써 적이 이곳에 있다는 것을 눈치 챘을 겁니다. 그러니 저 노인의 눈이 지쳐 있을 때를 노렸다가 맨 나중에 배에서 내리지 않을까요?"

사람들이 배에서 내리기 시작했다. 가니마르는 우산에 기댄 채한가한 모습으로 난간 사이를 서로 밀고 밀리며 내려가는 사람들을 무표정한 눈빛으로 쳐다보았다. 그들에게는 전혀 관심조차 없는 듯했다. 자세히 보니 그의 뒤쪽에 승무원 한 사람이 달라붙어 있었다.

라베르당 후작, 로슨 소령, 이탈리아인 리볼타가 내려갔다. 그리고 드디어 로젠느가 모습을 나타냈다. 가엾은 로젠느! 그는 아직도 자신에게 닥쳐왔던 불운의 후유증을 극복하지 못한 것 만 같았다.

"틀림없이 저 사람이에요. 어떻게 생각하시죠?"

넬리 양이 속삭였다.

"나는 가니마르와 로젠느가 함께 있는 것을 사진 찍으면 재미있을 거라고 생각합니다. 난 짐이 많아서 두 손을 다 움직일 수가 없으니까 당신이 좀 찍어 봐요."

나는 카메라를 그녀에게 주었으나 그것을 사용하기에는 이미 너무 늦어버렸다. 로젠느가 이미 지나쳐버린 것이다. 사관이 가니마르의 귀에 속삭였다. 가니마르는 슬쩍 목을 움츠렸다. 그리고 로젠느는 가버렸다. 그렇다면 아르센 뤼팽이 대체 누구란 말인가?

"그가 아니면 누구죠?"

이제 스무 명 정도밖에 남아 있지 않았다. 그녀는 스무 명 속에 뤼팽이 있지 않을까 하여 막연한 불안을 느끼며 한사람 한 사람을 살펴보았다.

"이제 우리도 내려가죠."

그녀는 앞장서서 걷기 시작했다. 나는 그녀의 뒤를 따랐다. 그러나 채 열 발자국도 걷기 전에 가니마르가 우리 앞을 가로 막고 섰다.

"뭡니까?"

나는 따지듯이 소리쳤다.

"잠깐 기다려 주시오. 바쁘신가요?"

"나는 이 아가씨와 일행입니다."

"그래도 잠깐만 기다리시오!"

그의 목소리가 명령적으로 변했다. 그는 빤히 내 얼굴을 바라보다가 정색하며 다시 말했다.

"어허, 아니 이거 아르센 뤼팽 아니시오!"

나는 웃음을 터뜨렸다.

"잘못 보셨네요. 나는 베르나르 앙드레지입니다."

"베르나르 앙드레지는 3년 전에 마케도니아에서 사망했소."

"베르나르 앙드레지가 죽었다면, 내가 이 세상에 있을 리가 없지요. 그렇지 않습니까? 자아, 이것이 제 서류입니다."

"그 서류는 분명 진짜요. 어떻게 해서 당신이 이것을 지니게 되었는지는 내가 설명해 드릴 수 있는데……."

"당신 정신이 돈 것 아니오? 아르센 뤼팽은 R이라는 가명으로 배에 탔단 말입니다!"

"그것도 자네의 수법이었지. 그렇게 해서 자신의 정체를 감추었던 거야. 어쨌든 놀라운 솜씨였어. 하지만 이번이야말로 마지막이야. 자아, 뤼팽, 팔을 보여주겠나!"

나는 순간 머뭇거리지 않을 수 없었다. 그러나 이미 늦었다. 그가 갑자기 내 오른팔을 손으로 내리쳤다. 나는 심한 고통에 외마디 비명을 내질렀다. 상처는 아직 완전히 나은 상태가 아니었다.

이젠 어쩔 수 없는 상황이 되었다. 나는 넬리 양에게로 시선을 던졌다. 그녀는 파랗게 질린 얼굴로 금방이라도 쓰러질 것 같은 모습이었다. 그녀의 눈과 내 눈이 어느 순간 부딪쳤다. 그런 후 그녀는 내가 준 카메라 위로 시선을 떨구었다. 그녀의 태도를 보아 이미 모든 것을 알았다는 것을 눈치 챘다. 아니, 확신을 가졌다.

그렇다! 내가 가니마르에게 잡히기 전에 그녀의 손에 맡긴 조그마한 물건! 검은 상자 속에는 로젠느의 1만 프랑과 제를랑 부인의 진주와 다이아몬드가 들어 있었던 것이다!

아, 맹세하건대 지금 이 순간, 가니마르와 그의 두 부하가 나를 둘러싸고 있는 이 순간에도 나는 그런 것 따위에는 조금의 관심조차 없었다. 나의 체포나, 사람들의 적개심 어린 시선, 그 모든 것도. 다만 나는 넬리 양의 선택이 중요했다. 내가 맡긴 물건을 그녀가 어떻게 처리하느냐 하는 것 말이다.

나는 움직일 수 없는 증거를 압수당하는 것쯤은 조금도 두렵지 않았다. 다만, 넬리 양의 마음이 문제였다. 그들에게 넘겨줄 것인가?

나는 그녀에게 배신당할 것인가? 파멸당할 것인가? 그녀는 나를 용서할 수 없는 적으로서 경멸할 것인가? 그렇잖으면 추억을 지닌 여자로서 얼마쯤의 너그러움과 얼마쯤의 무의식적인 동정을 가지고 행동할 것인가?

그녀는 아무 말 없이 내 앞을 지나갔다. 나 역시도 정중하게 머리 숙여 그녀에게 인사했다. 그녀는 다른 여행자들 사이에 섞여, 내 카메라를 든 채 트랩 쪽으로 발걸음을 옮겼다. 어쩌면 그녀는 조금 시간이 지난 뒤 그 물건을 가니마르에게 넘겨줄 지도 모른다. 지금 당장은 사람들의 시선 때문에 꺼려하는지도 모르기 때문이다.

그런데 그게 아니었다. 그녀가 트랩 중간쯤에 이르자 그녀는 잘못하여 발을 헛디딘 사람처럼 삐끗거리더니 선창의 암벽과 배의 동체 사이의 물 속으로 카메라를 은근슬쩍 떨어뜨렸다. 그리고 점점 멀어져 갔다. 그녀의 아름다운 모습이 군중 속에 감추어졌다가 다시 나타났다가 다시 보이지 않게 되었다. 마지막, 정말로 영원한 마지막이었다.

나는 한동안 잠자코 군중 속으로 시선을 떨구고 있었다. 슬픈 동시에 숙연해진 느낌이었다. 다시 나는 한숨을 뱉어냈다.

"아무튼 이번 일은 유감이오, 가니마르 경감."

아르센 뤼팽은 어느 겨울날 밤, 그가 체포된 경위를 나에게 이렇게 이야기해 주었다.

우연한 일 - 그 이야기를 나는 언젠가 쓸 작정이지만 - 이 우리를 끈끈하게 묶어주었다. 우정이라고 할까? 그렇다! 아르센 뤼팽은 나에게 신의를 가지고 친구로서 대해 주었다고 믿는다.

그가 갑자기 우리 집 서재에 밝고 명랑한 모습으로 나타나 열정과 행운을 타고난 사나이의 유쾌함을 드러내는 것 역시 그것에 대한 증거라고 생각한다. 그의 생김새? 어떻게 그의 모습을 그릴 수 있을까? 나는 여러 차례 뤼팽을 만났으나 그때마다 그는 늘 다른 사람처럼 보였다.

아니, 그 보다는 각각 다른 거울이 있어서 같은 인간의 다른 영상을 반사하는 듯싶었다. 그때마다 그는 이색적인 눈, 신선한 얼굴, 독특한 몸짓, 그리고 그만의 특유한 모습과 성격을 지니고 있었다.

그는 내게 말했다.

"나 자신조차도 이제 내가 누구인지 전혀 알 수가 없습니다. 거울을 보아도 내 자신을 알 수 없게 되었단 말이오."

물론 농담이겠지. 그러나 그를 만나는 사람들 - 그의 무한한 비책과 그의 인내, 그의 변장술, 얼굴 모양을 바꾸고 얼굴의 조작된 부분사이의 모습까지도 변화시키는 그의 놀라운 능력을 모르는 사람들에게는 그것이 진실이고 진리일 것이란다.

그는 또한 이렇게 말하기도 했다.

"무엇 때문에 같은 모습을 갖고 있어야 하냐구요? 왜 늘 같은 성격으로 살아가야 하느냐 이 말입니다. 내가 저지른 행위만으로도 나라는 것을 알 수 있지 않을까요?"

그런 다음 조금 자랑스러운 듯이 그가 내게 말했다.

"바로 이 사람이 아르센 뤼팽이다, 라고 아무도 단언할 수 없다는 건 참으로 즐거운 일입니다. 다만, 이런 놀라운 일은 아르센 뤼팽이 아니고서는 불가능한 일이라고 사람들에게 인식되는 것이겠지요."

나는 그가 저지른 기막힌 일들을 재구성하여 사람들에게 털어놓을 생각이다. 겨울날 밤, 나의 조용한 서재를 찾아와 숨김없이 털어놓은 그 이야기들, 이를테면 모험담을 말이다.

06

흑진주

흑진주

요란한 초인종 소리가 한밤중 오슈 가 9번지를 뒤흔들었다.

잠에서 깨어난 관리인은 한밤중의 불청객에게 문을 열어주며 투덜거렸다.

"다들 들어온 줄 알았는데, 벌써 새벽 세시라고!"

"의사를 찾아왔겠지."

불청객은 툴툴거리는 관리인 남편의 말에 신경 쓰지 않고 물었다.

"아렐 선생님은 몇 층에 계시죠?"

"4층 왼쪽입니다. 하지만 밤에는 왕진을 안 하실 텐데요."

"오늘은 예외가 될 겁니다."

현관으로 들어선 남자는 계단을 오르기 시작했다. 그러나 그는 아렐이 사는 4층에서 멈추지 않고 6층까지 단숨에 올라갔다. 6층의 한 방 앞에서 그는 열쇠 두 개를 꽂아 돌려보았다. 자물쇠와 안전 빗장은 쉽게 열렸다.

남자가 중얼거렸다.

"놀랄 정도로 일이 간단해졌군. 하지만 일을 시작하기 전에 먼저 도망갈 구멍을 만들어 두어야지. 지금쯤이면 의사 집 초인종을 누르고 쫓겨날 만한 시간이 됐을까? 아니야. 좀더 기다려보자."

십여 분이 지난 후 그는 계단을 내려왔다. 의사에 대한 불평을 늘어놓으며 그는 경비실 창유리를 두드렸고, 문이 열리자 일부러 큰 소리가 나게 문을 닫았다. 하지만 문은 잠기지 않은 상태였다. 유사 시에 도망칠 수 있도록 재빨리 쇳조각을 끼워 빗장이 걸리지 않도록 한 것이었다.

그리고 그는 관리인 부부가 눈치 채지 못하도록 조용히 다시 건물 안으로 들어갔다. 살금살금 6층으로 다시 올라간 그는 열어둔 방에 들어갔다. 그는 등불 빛에 의지해 외투와 모자를 의자 위에 올려놓고 다른 의자에 앉아 신고 있는 장화에 펠트 천을 감았다.

"휴! 이젠 됐어. 얼마나 쉬운 일인가! 왜 사람들이 강도라는 편한 직업을 택하지 않는지 모르겠단 말이야. 잔꾀와 사고력만 있으면 이보다 더 좋은 직업은 없는데 말이지. 너무 간단해서 지루해지기까지 하지만."

그는 매우 상세하게 표시된 아파트 배치도를 펼쳐들었다.

"지금 위치가 어디쯤일까? 내가 있는 현관이 바로 여기군. 통로 쪽을 향해서 응접실과 안방, 그리고 식당이 있고. 여기서 시간을 낭비할 필요가 없겠군. 값비싼 골동품이 없는 걸 보니 백작부인은 취향이 형편없는 것 같아. 바로 목표로 향해야겠군. 이쪽이 침실로 이어지는 복도를 나타내는 선이고, 3미터 근처에 백작부인의 방으로 연결되는 옷방 문이 있군."

그는 배치도를 다시 접고 등불을 끈 후, 거리를 재며 복도를 걸어 갔다.

"자, 문이 나타난다. 모든 게 순조로워. 아! 문에 걸린 빗장은 아주 작고 단순하군. 게다가 마루에서 1.43미터 떨어져 있다는 사실도 이미 알고 있지. 홈을 파기만 하면 쉽게 풀 수 있고."

주머니에서 필요한 도구를 꺼내던 그가 무슨 생각이 들었는지 갑자기 행동을 멈추었다.

"혹시 이 빗장이 열리지 않는다면… 하여튼 일단 해보자. 모든 일에는 수고가 필요한 법이니까."

그리고 그는 자물쇠의 손잡이를 돌렸다. 문이 사뿐히 열렸다.

"좋았어, 뤼팽. 언제나 운명은 나의 편이야. 이미 이곳의 배치와 백작부인의 흑진주 위치도 알고 있겠다, 이제 침묵보다 조용하고 어둠보다 눈에 띄지 않게 움직이기만 하면 되겠군."

아르센 뤼팽이 방 쪽으로 나 있는 유리문, 즉 두 번째 관문인 문을 여는 데는 30분이 걸렸다. 설사 백작부인이 깨어 있다고 해도 그녀의 신경을 거스르는 어떤 소리도 들리지 않을 정도로 조심스러운 행동이었다.

그가 가진 배치도에 따르면 저 기다란 의자 둘레를 따라가기만 하면 되었다. 그러면 안락의자, 그리고 침대 옆에 놓인 작은 탁자가 나온다. 탁자 위에는 편지함이 있고 바로 그 상자 안에 목표인 흑진주가 들어있는 것이다.

어둠 속에서 그는 양탄자가 깔린 바닥에 엎드린 채 희미하게 윤곽만 보이는 긴 의자를 따라 움직였다. 목적지에 거의 도착했을 때 갑자기 그의 심장이 심하게 뛰어 움직임을 멈춰야만 했다. 물론 겁을 먹은 것은 아니었지만, 조용한 공간에서 느껴지는 불안감은 그로서도 극복하기 힘든 것이었다.

지금 그에게는 어떤 위험도 없었다. 그런데 왜 갑자기 심장의 고동이 빨라지는 것일까? 백작부인이 가까운 곳에 있다는 생각 때문에……?

그는 조용히 귀를 기울였다. 어둠 속에서 잠자고 있을 백작 부인의 규칙적인 숨결이 귓가에 들리는 것만 같았다. 마치 곁에 든든한 친구가 있는 것처럼.

안락의자를 찾은 그는 손을 뻗어 어둠 속을 더듬으며 탁자를 향해 조금씩 기어갔다. 드디어 오른손이 탁자의 한쪽 다리에 닿았다.

이제 일어서서 진주를 집어 들고 이 집을 나가기만 하면 된다. 이 모든 것이 무사히 끝나기를! 다시 그의 심장이 불안하게 요동치기 시작했다. 꼭 심장 고동 소리가 백작부인을 깨울 것만 같았다.

그는 다시 마음을 다져 먹었다. 다시 일어서려고 하는 순간, 양탄자 위에 있는 물건이 그의 왼손에 닿았다. 어둠 속에서도 금방 촛대임을 알 수 있었다. 그리고 촛대 옆에는 가죽 덮개로 싸인 여행용 시계가 놓여 있었다.

뭐지? 그는 이런 물건들이 왜 바닥에 있는지 도무지 이해할 수 없었다. 제자리에 놓여있어야 할 촛대와 시계. 이 짙은 어둠 속에서 무슨 일이 벌어진 걸까?

그는 자신도 모르게 갑자기 비명을 내질렀다. 그의 손끝에 무언가가 닿았기 때문이었다. 두려움 때문에 혼란해진 그는 잠깐 동안 움직이지 않았다. 등허리에 식은 땀이 흘렀다. 아직도 생생한 감촉

이 그의 손에 남아 있었다.

냉정을 되찾은 그는 다시 팔을 뻗었다. 그 물체가 무엇인지 알아보려 한 것이다. 그의 손끝에 스친 것은 차디차게 식은 사람의 얼굴과 머리카락이었다.

아무리 끔찍한 상황이라도, 아르센 뤼팽 같은 사람은 상황만 파악하면 현실을 통제할 수 있었다. 그는 곧 등불을 켰다. 바닥에는 피투성이가 된 한 여자가 누워있었다. 목과 어깨에는 심한 상처가 나 있었다. 고개를 숙여 자세히 살펴본 그는 그녀가 이미 죽었다는 것을 확인했다.

"죽었군."

미동도 보이지 않는 눈과 틀어져 있는 입, 창백해진 피부, 양탄자 위로 흘러내린 피. 그녀의 피는 이미 검게 굳어 있었다.

그는 다시 일어서서 방안을 환하게 밝혔다. 방안에는 심한 몸싸움의 흔적이 남아 있었다. 침대의 시트와 덮개는 벗겨진 상태였고, 바닥에는 11시 20분에 멈춘 시계와 촛대가 놓여 있었다. 그 뒤에는 의자가 쓰러져 있었고 방안 곳곳에 핏자국이 얼룩져 있었다.

"그럼 흑진주는?"

물론 편지함은 제자리에 있었고, 뤼팽은 재빨리 그것을 열어보았다. 그러나 상자는 빈 상태였다.

"이런! 아르센 뤼팽, 자신의 행운에 너무 자만했어. 백작부인은 살해당했고 흑진주는 사라졌다. 상황이 무척 안 좋군. 얼른 도망가지 않으면 모든 죄를 덮어쓰겠는걸."

그러나 그는 움직이지 않았다.

"도망? 그래, 다른 사람이라면 벌써 도망쳤겠지. 그러나 아르센 뤼팽이라면 더 나은 일을 하겠지. 어쨌든 나야 양심에 걸릴 것 없으니 천천히 살펴보자. 그리고 경찰서장처럼 꼼꼼히 조사해 보는 거야. 그러려면 내 머리처럼 우수한 두뇌가 필요하지."

그는 안락의자에 앉아 달아오른 이마에 손을 괴었다.

오슈 가 살인 사건은 요즘 가장 주목 받는 사건이었다. 아르센 뤼팽이 이 사건과 관계되어 그 진상이 밝혀지지 않았더라면 나는 특별히 이 사건을 거론하지는 않았을 것이다. 물론 그가 이 사건과 연관되어 있을 거라고 생각하는 사람은 거의 없었다. 결론적으로 이 사건의 진실을 확실하게 아는 사람은 아무도 없었다.

불로뉴 숲에서 레오틴 잘티를 만난다면 첫눈에 그녀를 알아보지 못하는 사람은 없을 것이다. 그녀는 한때 잘 나가던 가수였고 백작부인이며 미망인이었다. 이십여 년 전 잘티의 화려함은 파리 전체를 빛나게 했고, 그녀를 본 사람들은 그녀가 은행의 금고와 호주의 금광 회사를 온몸에 걸치고 다닌다고들 했었다. 훌륭한 기술을 가진 보석세공사들은 더 이상 왕과 왕비를 위해서 일하지 않았다. 그들은 잘티를 위해서만 일했다.

지금도 모든 사람들이 그녀의 수많은 재산을 송두리째 삼켜버린 재앙을 기억하고 있다. 그녀가 가진 엄청난 은행 금고와 금광들, 이 모든 것이 깊은 늪에 빠져 들어가고 말았다. 그녀의 훌륭한 수집품들은 전부 경매인이 처분하였고, 그녀에게 남은 유일한 귀금속은 그 유명한 흑진주뿐이었다. 흑진주! 그녀가 이 흑진주를 처분하려고만 했다면 금방 큰 재산을 다시 얻을 수 있었다.

그러나 그녀는 그렇게 하지 않았다. 값으로 따질 수 없는 이 귀한 보석을 처분하는 것보다 하인과 요리사를 한 명씩만 데리고 평범한 아파트에 살며 씀씀이를 줄이는 것을 택했다. 그녀에게는 꼭 그 래야만 하는 이유가 있었다. 그녀의 흑진주는 황제가 친히 선물한 것이었기 때문이었다. 거의 모든 재산을 잃어버린 후에도 그녀는 지 난날의 화려함을 간직한 동반자를 꿋꿋이 지켜나갔다.

간혹 그녀는 이렇게 말하곤 했다.

"내 눈에 흙이 들어가기 전에는 흑진주를 그 누구에게도 주지 않 을 거야."

그녀는 아침부터 저녁까지 항상 그 목걸이를 걸고 지냈다. 그리 고 밤이 되면 자신만의 비밀 장소에 넣어 보관하였다.

신문에 보도된 이런 사실들은 많은 사람들의 호기심을 자극하기 충분했다. 그러나 이 외에도 사람들의 관심을 끄는 이상한 점이 계 속 나타났다. 살인 용의자가 체포되면서 이 사건은 더 불가사의한 사건이 되었고, 사람들의 호기심은 더욱 커져만 갔다. 사건이 일어 난 지 3일 후, 다음과 같은 기사가 신문에 실렸다.

　- 앙디요 백작부인의 살해 용의자로 빅토르 다네그르가 체 포되었다. 그는 백작부인의 하인으로 현장에서 그의 범행을 증명할 증거들이 발견되었다. 지붕 밑 방의 매트리스 사이에 서 발견한 하인복의 무명 소매에서 혈흔이 확인되었고 그곳 에 천으로 싸인 단추 하나가 떨어져 있었다. 치안국장 뒤듀 씨는 이 단추가 사건 조사 초기 피살자의 침대에서 발견된 것과 동일한 것이라고 발표했다.

　그의 추리에 따르면 범행 당일 저녁식사를 끝낸 후 다네그 르는 지붕 밑 방으로 올라가지 않고 옷방 속에 숨어 있었으며 유리문을 통해 부인이 진주를 숨기는 것을 지켜보았다는 것이다.

그러나 뒤듀씨의 가정을 뒷받침해줄 증거는 지금껏 나오지 않고 있다. 다네르그의 알리바이도 확실하다. 오전 일곱 시에 다네르그가 쿠르셀 가에 있는 담배가게에 갔었다는 사실을 관리인 여자와 담배가게 주인이 증언한 것이다.

또 복도 끝 방에서 자는 백작부인의 요리사와 몸종이 일어난 오전 여덟시에 문간방과 부엌의 문은 두 번씩 돌려져 잠겨 있었다고 한다. 20년 간 백작부인을 위해 일한 두 사람에게는 혐의점을 찾을 수 없었다. 그렇다면 다네르그가 아파트에서 어떻게 나갔을지에 대한 의문이 남는다. 다른 열쇠가 있었던 것일까? 앞으로 열릴 예비심리에서 이러한 문제들이 밝혀질 것이다.

하지만 예비심리에서는 그 어떤 것도 밝혀지지 못했다. 빅토르 다네르그가 싸움을 전혀 겁내지 않는 전과자에 술고래였으며 난봉꾼이었다는 사실만 드러났을 뿐이다. 조사가 거듭될수록 사건은 점점 더 미궁 속으로 빠져들어 갔다.

백작부인의 사촌으로 유일한 상속인인 생클레브 양은 사건이 발생하기 한 달 전, 흑진주가 어디에 있는지 자신에게 솔직하게 털어놓은 편지를 받았다고 증언했다. 그런데 그 편지는 받은 다음날 감쪽같이 사라졌다고 한다. 과연 누가 그랬을까?

또 관리인 부부는 그날 밤 의문의 사람에게 문을 열어주었으며, 그가 의사 아렐의 집까지 올라갔다고 했다. 그러나 증인으로 소환된 의사는 그날 밤 아무도 자신의 집 초인종을 누르지 않았다고 증언했다. 그 사람은 또 누구였을까? 혹시 공범이었을까?

언론 매체와 대중들은 그 의문의 사람이 공범이라는 가설을 믿기 시작했다. 나이 많은 형사 가니마르 역시 그 가설을 믿었는데, 거기에는 그럴 만한 이유가 있었다.

"여기에는 뤼팽이 관련돼 있어요."

가니마르 형사의 말을 들은 예심판사는 코웃음을 쳤다.

"말도 안 돼요. 언제나 당신은 뤼팽을 들먹이는군."

"그렇죠. 어디, 그리고 무슨 일이든 뤼팽은 관련돼 있습니다."

"뭔가 석연치 않은 문제가 있을 때마다 뤼팽 탓을 하는군. 이 사건에는 뚜렷한 사실이 있어요. 현장에 있던 시계가 증명하고 있듯이 범행은 밤 11시 20분경에 일어났소. 그런데 관리인의 말에 의하면 방문객이 찾아온 시간은 새벽 3시예요."

종종 법원에서는 사건을 다룰 때 한 가지 증거를 둘러싸고 사건의 사실들을 퍼즐처럼 맞춰 나가는 경우가 있다. 예심판사는 알콜 중독자에 전과자이며 난봉꾼인 빅토르 다네그르의 과거에 크게 영향을 받았다. 초기 수사에서 발견된 두세 가지 증거들을 확고하게 하는 새로운 정황은 나타나지 않았지만, 이런 사실도 그의 믿음을 흔들지는 못했다. 예심이 끝난 몇 주 후 첫 공판이 시작되었다.

재판은 매우 불확실하고 따분한 과정의 연속이었다. 특별한 열의 없이 재판을 진행하는 재판장, 성의 없이 공격하는 검찰관까지, 이런 식의 재판은 다네그르의 변호를 맡은 변호사에게 힘이 되었다. 그는 물적 증거가 전혀 없다는 점을 들어 고소 자체가 불가능하다고 주장하고나섰다.

과연 누가 새로운 열쇠를 만든 것일까? 열쇠가 없다면 다네그르는 어떻게 아파트를 나오며 문을 잠글 수 있었을까? 그 열쇠를 본 사람이 있는가? 그리고 열쇠는 현재 어디에, 어떻게 있을까? 또 그녀를 죽인 칼을 본 사람은 누구이며 그 칼은 어디에 있을까?

"제 의뢰인이 살인을 했다는 증거를 제시해 주십시오. 그리고 새벽 3시에 건물에 들어왔던 의문의 인물이 절도와 살인을 저지르지 않았다는 증거를 대보시오. 그리고 멈춰버린 시계만으로 범행이 이루어진 시간을 확증할 수 있습니까? 시계는 항상 원하는 대로 시간을 바꿀수 있는 거 아닙니까?"

변호사는 이러한 의문을 제시하며 변론을 마쳤다. 이러한 변호사의 노력으로 빅토르 다네그르는 무죄로 석방되었다.

그는 금요일 오후에 감옥에서 나왔다. 이미 6개월 동안의 감옥생활로 건강을 해친 뒤였다. 예비심사와 고독, 재판, 배심원단의 회의 등 모든 것들이 그를 병적으로 예민하게 만들었다. 그는 끔찍한 악몽과 교수대에 서 있는 자신의 환영을 보며 고열과 고통에 시달려야만 했던 것이다.

다네그르는 아나톨 뒤푸르라는 이름으로 몽마르트 언덕에 조그마한 방을 얻었다. 그리고 무슨 일이든 닥치는 대로 하며 생계를 유지했다. 불쌍한 인생! 그는 세 번이나 일자리를 얻었지만 그의 정체가 밝혀지자마자 곧 해고당했다.

그는 항상 경찰로 보이는 사람들이 자기를 미행하고 있는 것을 느꼈다. 아니, 그렇다고 믿고 있었다. 더 나아가 경찰이 아직도 자신을 함정에 빠뜨리려 한다는 망상에 사로잡혀 있었다. 그리고 누군가의 손이 자신의 멱살을 거칠게 잡고 조이는 듯한 답답함을 느꼈다.

어느 날 저녁 무렵, 다네그르가 집 근처 음식점에서 저녁을 먹고 있을 때 맞은 편에 어떤 남자가 와서 앉았다. 깔끔하다고 할 수 없는 검은 프록코트를 입은 40대가량의 남자였다. 그 남자는 수프와 야채, 그리고 포도주 한 병을 주문했다.

음식이 나오자 스프를 먹던 남자는 눈을 들어 오랫동안 다네그르를 응시했다. 다네그르의 얼굴은 백지장처럼 창백해졌다. 분명 몇 주일 전부터 그를 뒤쫓던 사람중한명이었다. 나에게 대체 무엇을 원하는 걸까? 그는 그 자리를 피하려고 했다. 그러나 갑자기 그의 다리가 말을 듣지 않아 자리를 피할 수 없었다.

남자는 자기 잔과 다네그르의 잔에 포도주를 따랐다.

"자, 건배합시다."

더듬거리며 다네르그가 대답했다.

"예, 그렇게 하죠… 건배!"

"건배, 빅토르 다네그르를 위해!"

그는 소스라치게 놀랐다.

"난… 맹세코, 절대로 아닙니다!"

"무엇을 그렇게 극구 부인하는 겁니까? 당신 자신을? 아니면 백작 부인의 하인이었다는 것?"

"하인이라니요? 난 뒤푸르요. 못 믿겠다면 주인에게 직접 물어보시오."

"아나톨 뒤푸르. 주인에게는 그렇겠죠. 하지만 법원에서는 다네그르지요. 빅토르 다네그르!"

"아니, 아닙니다. 누군가 당신에게 거짓말을 했군요."

남자는 주머니에서 명함을 꺼내 다네그르 앞에 내밀었다. 명함에는 이렇게 써 있었다.

- 그리모당. 전직 치안국 형사. 사설탐정.

다네그르는 몸이 떨려오는 것을 느꼈다.

"경찰인가요?"

"물론 지금은 아닙니다. 하지만 그 직업을 좋아하죠. 그래서 돈을 더 벌 수 있는 방법으로 이 일을 계속하고 있는 겁니다. 간혹 큰 돈벌이를 찾기도 하니까요. 바로 당신 사건처럼……."

"내 사건이요?"

"그렇소, 당신 사건. 이건 아주 특별한 돈벌이지요. 당신이 조금만 도와준다면 말이지요."

"내가 그러지 않는다면?"

"꼭 그렇게 하셔야 할 겁니다. 당신은 그 어떤 것도 거절할 수 없는 상황이니까."

빅토르 다네그르는 뭔지 모를 불안감을 느끼고 그에게 물었다.

"무슨 사연인지 말씀해 주시오."

"좋아요, 간단하게 처리합시다. 나는 생클레브 양의 부탁을 받고 왔습니다."

사설 탐정이 말했다.

"생클레브?"

"앙디요 백작부인의 유일한 상속인 말이오."

"그래서요?"

"생클레브 양은 당신에게서 흑진주를 돌려받기 원합니다."

"흑진주라니요?"

"당신이 훔친 것이죠."

"나에게는 그런 물건은 없어요."

"분명 당신이 가지고 있을 텐데요."

"흑진주가 내게 있다면 난 살인자가 되는 것이군요."

"물론 당신은 살인을 했지."

다네그르는 미소를 지으려고 애썼다.

"탐정 선생, 다행히 재판소의 생각은 달랐어요. 당신도 알고 있듯이 배심원들은 모두 나의 무죄를 인정했습니다. 양심이 있는 사람이라면, 그 누구든 정직한 사람들 열두 명의 결정을……."

사설탐정이 그의 팔을 잡았다.

"쓸데없는 말은 그만 두시지. 그리고 내가 하는 말을 잘 새겨듣고 신중하게 생각하도록 해. 그럴 만한 가치는 충분할 테니까. 살인이 있기 3주일 전에, 당신은 부엌에서 뒷문 열쇠를 몰래 훔쳤어. 그리고 오베르캄프 가 2441번지의 우타르라는 열쇠공에게 비슷한 열쇠를 만들게 했지."

"아니야, 그 열쇠를 본 사람은 아무도 없어. 그리고 그런 건 세상에 존재하지 않아."

빅토르가 중얼거렸다.

"그 열쇠는 지금 여기 있어."

잠시 침묵한 후 그리모당이 다시 말했다.

"또 당신은 백작부인을 죽이기 위해 열쇠를 만든 그날 자선 시장에 들러 칼을 하나 구입했지. 세모꼴의 칼날에 세로로 홈이 패어 있는 칼을……."

"모두 거짓말이오! 전부 당신이 아무렇게나 지어낸 말이에요. 그 칼을 본 사람 역시 아무도 없어요."

"물론 그 칼도 여기 있어."

빅토르 다네그르는 움찔 뒤로 한걸음 물러났다. 전직 형사이자 사설탐정인 그리모당이 계속 말을 이어나갔다.

"위쪽은 녹이 슬어 있지. 왜 그렇게 되었는지도 설명해 줄까?"

"그래서… 당신이 갖고 있는 열쇠와 칼이 내 것이었다는 증거가 있나요?"

"우선 열쇠를 만들어 준 열쇠공이 있지. 그리고 당신에게 칼을 판 상인. 그들은 그날 일을 똑똑히 기억하고 있어. 그들이 당신을 보면 바로 당신이 열쇠와 칼을 샀다고 말해 주겠지."

그는 무뚝뚝하고 냉정하게, 그리고 끔찍이도 정확하게 말하고 있었다. 다네그르는 두려워서 정신이 혼미해졌다. 예비심사 판사도, 중죄 재판소의 재판장도, 차장검사도 그를 이렇게 바짝 추적하지는 못했다.

심지어 이제는 자기 자신도 똑바로 구분할 수 없는 사소한 사항까지 정확하게 알고 있었던 것이다. 그래도 그는 애써 태연한 척 물었다.

"증거라는 게 고작 그겁니까!"

"그것 말고 또 있지. 당신은 범죄 후 왔던 길로 다시 돌아갔어. 공포와 겁에 질린 당신은 몸 중심을 잃고 옷방 중간에서 벽에 기댔지."

"어떻게 당신이 그 일을……?"

다네그르가 말을 더듬었다.

"세상 그 누구도 알 수 없는 걸 어떻게?"

"법원에서도 몰랐을 거야. 검찰관들 중 누구도 촛불을 켜고 벽을 조사할 생각은 하지 못했을 테니까. 만약 조사했다면 하얀 회벽에서 살짝 묻어 있는 붉은 얼룩을 발견했을 테고 피로 얼룩진 당신의 엄지손가락의 지문을 얻어냈겠지. 인체측정방식에서는 이런 종류의 물적 증거가 범인을 식별하는 중요한 방법 중 하나라는 것을 몰랐나 보군."

빅토르 다네그르는 새하얗게 질려버렸다. 이마와 등에는 땀방울이 흘러내렸다. 그는 넋이 나간 눈으로 이 이상한 남자를 쳐다보았다. 이 남자는 는 마치 숨어서 모든걸 지켜본 목격자처럼 자신의 범죄를 생생히 떠올리게 해주었다.

그는 힘없이 고개를 숙이며 패배를 인정했다. 몇 달전부터 그는 세상 모든 사람들에게 대적해 싸워왔다. 하지만 알지 못하는 이 남자 앞에서 아무것도 할 수 없었다.

그가 더듬더듬 입을 열었다.

"만약 진주를 준다면 얼마를 줄 거요?"

"한 푼도 줄 수 없소."

"뭐요! 농담하는 거요? 수천, 수십만 프랑의 값어치가 있는 물건을 내놓는데 내게 돌아오는 게 하나도 없다고?"

"아니, 그건 아니지. 당신 목숨을 살려주는데."

다네그로는 몸서리쳤다. 그런 모습을 지켜보던 그리모당이 부드럽게 덧붙였다.

"다네그로, 당신에게는 그 진주가 아무런 가치가 없어. 그걸 처리하지 못하면서, 가지고 있다고 해도 무슨 소용이 있겠나?"

"장물아비들…… 언젠가는, 얼마를 받든지……."

"언젠가라… 너무 늦지 않을까?"

"왜?"

"아마 그때는 법원이 다시 당신을 체포할 테니까. 내가 칼, 열쇠,
지문에 대한 정보 모두를 법원에 넘길 거고 그러면 당신은 끝장
이지."

빅토르는 두 손으로 얼굴을 가리고 신중하게 생각했다. 사실 승
부는 이미 결정이 났고, 다시는 돌이킬 수 없는 상태였다. 그는 깨달
음과 동시에 엄청난 피로감에 휩싸였다. 온통 모두 포기하고 싶은
마음뿐이던 다네그로는 중얼거리며 물었다.

"언제 필요한가요?"

"오늘 밤. 한시 전에."

"만약 안 된다면?"

"그렇다면 바로 우체국에 가서 이 편지를 부칠 거야. 생클레브
양이 당신을 검사에게 고발하는 내용이 들어있지."

두 잔의 포도주를 연이어 마신 다네그로는 자리에서 일어나며
말했다.

"음식값이나 치르고 갑시다. 이놈의 사건은 이제 생각하기도 싫
어요."

밤이 찾아 왔다. 두 남자는 르픽 가를 내려와 외곽도로를 따라
에투알 광장 방향으로 향했다. 그들은 아무 말도 없이 그냥 걷기만
했다. 빅토르는 몹시 지쳐 보였다.

몽소 공원에 도착하자 빅토르가 말을 꺼냈다.

"그 집 쪽이에요."

"그렇군! 체포되지 전 당신은 담배 가게에만 들렀으니."

"이제 거의 다 왔습니다."

다네그르가 조용한 목소리로 말했다.

그들은 공원의 철책을 따라 길을 건넜다. 모퉁이에 담배 가게가 있었고, 몇 걸음을 더 간 다네그르는 그 자리에 멈춰 섰다. 그가 다리를 심하게 떨더니 벤치 위에 주저앉아 버렸다.

그리모당이 물었다.

"다음은?"

"여기예요."

"여기라고? 무슨 말이야?"

"여깁니다. 바로 우리 앞에."

"우리 앞이라. 제대로 말해봐."

"여기에 있다고 말했잖소."

"어디에 있단 말이지?"

"두 포석 사이에."

"어느 포석에?"

"당신이 찾아봐요."

"도대체 어떤 것을?"

그리모당이 되물었다.

빅토르는 더 이상 대답하지 않았다.

"좋아, 나를 기다리게 하겠다는 건가?"

"아니… 이제 나는 불행해 죽을 지경이오."

"그래서 지금 망설이고 있는 건가? 자, 내가 분위기를 좀 바꿔보지. 얼마가 필요한가?"

"미국으로 가는 3등 선실 표를 살 수 있을 돈이 필요해요."

"알겠어."

"그리고 필요한데 쓸 1백 프랑짜리 지폐 한 장도."

"두 장을 주지. 어서 말해 봐."

"저기 있는 하수도 오른쪽 포석 중 열두 번째와 열세번째 사이를 보시오."

"저 도랑 안에?"

"그래요. 인도 아래쪽에 있소."

그리모당은 주위를 살피기 시작했다. 전차가 지나가고 사람들도 지나다녔다. 하지만 그 누구도 눈치를 채지 못할 것이었다.

그는 작은 칼을 주머니에서 꺼내 열두 번째와 열세 번째 포석 사이에 꽂았다.

"이 안에 없다면?"

"내가 이곳에 묻는 모습을 본 사람이 없다면 여기에 그대로 있겠지요."

여기에 그대로 남아 있을까? 진흙탕 속에 던져진 흑진주는 누구든 제일 먼저 찾아 낸 사람이 임자일 테니까.

흑진주… 그 값비싼 보물!

"어느 정도 깊이지?"

"약 10센티미터 정도 될 거요."

그는 축축한 모래를 파 들어갔다. 칼끝에 무언가 닿았다. 그는 손가락을 넣어 구멍을 넓혔다. 드디어 흑진주가 모습을 드러냈다.

"여기 이백 프랑이네. 그리고 미국행 표도 보내주지."

다음날, 에코 드 프랑스 지에는 다음과 같은 짧은 기사가 실렸고 전 세계 신문들이 이 소식을 알렸다.

  - 유명한 흑진주는 어제부터 아르센 뤼팽이 갖고 있다. 그는 앙디요 백작부인의 살해범에게서 그것을 되찾아왔으며 곧 이 귀중한 보물의 모사품을 런던과 상트페테르부르크, 캘커타, 부에노스아이레스, 뉴욕에서 전시할 예정이다. 또 아르센 뤼팽은 거래를 원하는 사람을 기다리고 있는 중이다.

"죄에는 벌이, 덕에는 보상이 따르는 것이 인생의 이치지."

나에게 사건의 이면을 알려주면서 아르센 뤼팽은 이렇게 글을 마무리 했다.

"이렇게 해서 운명의 여신이 전직 형사 그리모당의 이름으로 자네를 택하고, 간악한 죄악에서 얻은 이익을 그 죄인에게서 찾아오도록 했던 것이군."

"그렇지. 사실 이 사건은 내가 가장 흐뭇하게 생각하는 것 중 하나야. 백작부인의 죽음을 확인한 후 그 아파트에서 보낸 40여 분의 시간이 내 생에서 가장 놀랍고 또 가장 어려운 순간이었지. 실타래처럼 엉켜서 도저히 풀리지 않을 상황에 빠진 나는 40여 분 동안 범죄를 재구성하고, 몇 가지 실마리를 통해서 백작부인의 하인이 범인이란 것을 알아냈던 거야. 그래서 내가 일부러 단추를 떨어뜨려 놓았고, 그의 유죄를 증명할 명백한 증거를 숨겨야 한다고 생각했지. 그래서 그가 양탄자 밑에 떨어뜨리고 간 칼을 들고 나왔고, 자물쇠에 꽂아놓고 간 열쇠를 빼낸 후 문을 잘 잠가 놓았지. 그리고 옷방 벽에 남은 손가락 자국도 지웠던 거야. 그때 내가 생각한 번득이는 아이디어는……."

"가히 천재적이었군."

내가 끼어들었다.

"천재적이라. 그렇게 말해도 좋지만, 누구나 그렇게 빛나는 일은 아니니까. 상반되는 두 가지 문제-체포와 석방에 대해 잠시 생각해 보게. 법원은 기막힌 도구를 이용해서 그가 이상해지도록, 다시 말해 바보가 되도록 만들어 놓은 거야. 일단 풀려나면 자신이 쳐놓은 좀 어설픈 덫에 걸려들 수밖에 없는 정신 상태가 되도록 말이지."

"좀 어설픈? 많이 어설프다고 해야겠지. 사실 그에게는 전혀 위험이 없었으니까."

"당연히 아무런 위험도 없었지. 그에게 내려진 최종 판결은 무죄였으니까."

"불쌍하군, 빅토르 다네그르! 그가 살인자라는 생각은 하지 않나? 만일 흑진주가 그자의 것이 되었다면 이 시대의 도덕은 완전히 사라지는 거야. 그는 살아 있어. 생각해 보게, 다네그르는 지금도 이 세상 사람이야!"

"흑진주는 자네 것이 되었고 말이지."

그는 가방 속에 숨겨진 주머니에서 그것을 꺼내 들여다보고 손과 눈으로 어루만지며 한숨을 쉬었다.

"어떤 부자가, 아니면 어떤 멍청하고 허세를 떠는 왕이 이 보물을 소유하게 될까? 앙디요 백작부인, 레오틴 잘티의 하얀 목을 장식했던 이 화려하고 아름다운 보물은 이제 미국의 억만장자의 소유가 될지도 모르지."

07

한 발 늦은 홈즈

한 발 늦은 홈즈

"벨몽 씨, 당신 아르센 뤼팽과 정말 많이 닮았어요!"

"뤼팽을 잘 알고 계시나 보군요?"

"다른 사람들처럼 사진으로밖에 못 봤지요. 그의 사진은 모두 달라 보이긴 해도 공통된 느낌이 있긴 해요. 그런데 바로 당신이 그런 느낌을 갖고 계시는군요."

이 말에 오라스 벨몽이 약간 발끈하며 말했다.

"그럴지도 모르죠, 드반 씨. 다른 사람들도 그렇게 말하더군요."

드반은 신이 난 듯 오히려 한술 더 떴다.

"만일 내 사촌 에스트반이 당신을 소개해 주지 않았다면, 그리고 당신이 내가 좋아하는 바다 그림을 그리는 유명한 화가가 아니었다면 벌써 난 디에프에 뤼팽이 나타났다고 경찰에 신고했을지도 모를 일이죠.”

드반의 농담에 사람들이 웃음을 터트렸다. 티베르메닐 성의 널찍한 식당에는 은행가 조르주 드반과 그의 모친의 초대를 받은 벨몽과 마을의 신부인 젤리스, 근처에서 훈련을 하고 있는 연당장교 10여 명이 환담을 나누고 있었다. 그 중 한 사람이 외쳤다.

“아르센 뤼팽은 파리 발 르 아브르 특급열차 사건 이후 종적을 감춘 것 같은데요. 지금까지 이 해안에서 그를 보았다는 사람이 아무도 없어요.”

“그렇죠. 그 사건은 벌써 3개월 전 일이고, 나는 사건이 일어난 그 다음 주일 카지노에서 훌륭한 신사인 벨몽씨와 알게 되었지요. 벨몽 씨는 그 뒤로 몇 번이나 저를 방문해 주셨어요. 아마 얼마 후면, 아니 좀 더 빠른 시일안에 한밤중의 은밀한 방문을 받게 될 지도 모르겠군요.”

자리에 있던 모든 사람들이 또 다시 크게 웃었다. 사람들은 곧 천장이 높고 무척 넓은 방으로 자리를 옮겼다. 기음탑 바로 아래 위치한 이 방은 원래 위병실이었지만, 지금은 몇 세기동안 티베르메닐 영주들이 수집한 보물을 모아두고 있었다.

돌벽에는 훌륭하게 조화를 이룬 벽걸이가 걸려 있었고, 상자들과 찬장, 장작을 패던 받침대와 촛대 등이 방을 장식하고 있었다. 납으로 테두리를 붙인 유리가 아치모양을 이루고 있는 네 개의 창 앞에는 의자가 놓여 있었다. 문과 왼쪽 창 차이에는 황금빛 글씨로‘티베르메닐’이라고 새겨진 르네상스 식 책장이 장식되어 있었다. 황금글자 아래에는‘네가 원하는 바를 하라’는 가훈이 적혀 있었다.

참석자 모두가 시가를 한 대씩 입에 물자 드반이 계속 밀을 이어

나갔다.

"빨리 시작하지 않으면 안 될 겁니다. 오늘 밤이 당신이 활약할 수 있는 최후의 밤이니까요."

"무슨 특별한 일이 있습니까?"

화가가 그 말을 농담이라고 생각하며 물었다.

그의 어머니는 대답하려는 드반을 말렸지만, 흥분한 그는 아랑곳하지 않고 손님의 흥미를 계속 끌고 싶어 했다.

"상관없어요, 어머니! 이제는 이야기해도 괜찮아요. 별로 조심할 필요도 없으니까요."

그의 말을 들은 사람들은 점점 호기심이 발동해 그의 주변으로 다가와 앉았다. 사람들의 주목을 받고 있다는 것을 안 드반은 중요한 소식을 발표하듯 목에 힘을 주고 말하기 시작했다.

"내일 오후 4시 영국의 명탐정 셜록 홈즈가 저의 집에 오기로 되어 있습니다. 무엇이든 꿰뚫어 보는 눈을 가진 위대한 영국 탐정인 그에게 수수께끼란 없어요. 소설 속에서나 상상할 수 있는 바로 그런 인물이 이곳에 온다는 말입니다."

여기저기서 감탄사와 질문이 쏟아져 나왔다. 홈즈가 티베르메닐에 온다고? 정말입니까? 아르센 뤼팽은 정말 이 곳에 있을까요?

"아르센 뤼팽과 그 일당은 아직 멀리 가지는 않았을 겁니다. 카오른 남작 사건은 말할 것도 없고 몽티니와 그뤼세, 크라스빌의 강도 사건까지 아르센 뤼팽과 같은 국민적 괴도가 아니면 그 누구도 할 수 없는 일 아닙니까?"

"카오른 남작 사건 때처럼 예고가 왔나요?"

"같은 수법으로 두 번은 성공할 수 없지요."

"그렇다면?"

"즉, 이런 겁니다."

그는 일어서더니 책장 위에 있는 두 권의 큰 책 사이의 틈을 손가락으로 가리켰다.

"여기에《티베르메닐 연대기》라는 16세기의 책이 있었습니다. 그 책은 로마인의 성채였다가 롤롱 공이 세운 이 티베르메닐 성의 역사를 담고 있지요. 여기에는 세 장의 도판이 함께 들어 있었습니다. 한 장은 영지 전체의 조감도, 또 한 장은 건물의 평면도지요. 그리고 세 번째는… 이 부분이 중요합니다… 지하도의 설계도예요. 지하도의 출구 중 하나는 성벽 바깥으로 연결되어 있고, 반대편 출구는 바로 여기, 그렇죠, 우리들이 있는 이 방으로 통하게 되어 있었습니다. 그런데 지난 달 이 책이 없어진 겁니다."

"저런, 좋지 않은 일의 서막이로군요. 하지만 셜록 홈즈를 부를 이유로서는 약한 것 같은데요."

벨몽이 말했다.

"물론 그렇죠. 하지만 또 다른 중요한 사실이 있습니다. 국립 도서관에도 이 책이 한권 더 있어요. 그러나 이 두 권의 책은 가장 중요한 지하도 설계도에서 차이가 납니다. 국립 도서관에 있는 책은 인쇄본이 아니라 잉크로 적혀 있고 여러 곳이 지워져 있습니다. 물론 나는 이 사실을 알고 있지요. 사실 정확한 평면도를 얻으려면 이 두 도면을 면밀하게 비교하지 않으면 알 수 없습니다. 그런데 내 책이 없어진 그 다음 날 국립 도서관에서 책이 대출된 채 돌아오지 않았다는 겁니다."

방안이 술렁이기 시작했다.

"큰일이군 그래."

드반이 다시 말을 이었다.

"그래서 놀란 경찰들이 양쪽을 모두 조사해 보았습니다. 하지만 전혀 단서를 찾지 못했어요."

"아르센 뤼팽의 사건은 모두 그렇지요."

"네, 그래서 나는 셜록 홈즈에게 도움을 구했던 겁니다. 홈즈는 아르센 뤼팽을 상대하는 일이라면 꼭 해보고 싶다고 대답해 주었습니다."

"아르센 뤼팽에게는 영광이군요!"

벨몽이 말했다.

"그러나 뤼팽이 티베르메닐에 대해 계획을 꾸민 게 아니라면 홈즈도 지루해 하지 않을까요?"

" 홈즈의 관심을 끌 수 있는 일이 또 있습니다. 바로 지하도의 발견이죠."

"지하도의 입구 하나는 성 밖으로, 하나는 이 방으로 통한다고 하지 않았습니까?"

"어디요? 이 방안의 어디를 말하는 겁니까? 도면의 지하도는 T.G.라는 머리글자가 적힌 조그만 원으로 연결되어 있어요. T.G.는 기욤 탑을 의미하는 것이 틀림없습니다. 그러나 기욤탑은 둥글기 때문에 어떤 점과 연결되어 있는지 누구도 알 수가 없답니다."

드반은 두 번째 시가에 불을 붙이고 베네딕티는 술을 한 잔 따랐다. 사람들의 관심을 끄는 데 성공한 드반은 즐거운 미소를 띠고 쏟아지는 질문을 듣고만 있었다. 마침내 그가 입을 열었다.

"결국 비밀은 사라져 버렸습니다. 전 세계에서 이 비밀을 아는 사람은 그 어디에도 없어요. 소문에는 영주들이 죽기 직전에 자손 대대로 그 비밀을 전수했다고 합니다. 그러나 최후의 조프루아 영주는 대혁명 2년째인 테르미도르 7일에 19살의 어린 나이로 단두대의 이슬로 사라졌습니다."

"그래도 1세기 이상 그 비밀을 찾았을 텐데요?"

"모두 실패했지요. 내가 국민회의 의원 르리부르의 자손에게 이 성을 구입했을 때 즉시 조사를 시작했지만 모두 허사였어요. 이 탑은 주위가 물로 둘러싸여 있고 단 한곳만 성과 연결되어 있습니다. 따라서 지하도는 연못 아래를 지나고 있다고 생각할 수 있죠. 국립도서관에 보관되어 있던 도면에 나온 지하도에는 넷이나 되는 계단에 도합 48단으로 그려져 있습니다. 길이만 10미터 이상이 될 것 같습니다. 다른 도면에 있는 축척으로는 거리가 2백 미터라고 적혀 있어요. 문제는 여기 이 바닥과 천장, 이 벽입니다. 그렇다고 부숴버릴 수도 없지 않습니까!"

"전혀 방법이 없나요?"

"네."

젤리스 신부가 반대하고 나섰다.

"하지만 드반 씨, '두 개의 인용구'를 믿어야만 합니다."

드반은 신부를 쳐다보며 가볍게 미소 지었다.

"신부님은 고대문서 연구가로서 옛 기록들을 많이 보셨겠지요. 그리고 티베르메닐에도 무척 관심이 많으셨고요. 그러나 신부님이 말씀하시는 설명은 문제를 더 복잡하게 할 뿐입니다."

"그렇지만……."

"여러분들도 관심이 있으시죠?"

"그럼요."

"그렇다면 말씀드리지요. 신부님이 지금까지 연구하신 것에 의하면 프랑스의 국왕 두 사람이 이 수수께끼의 열쇠를 가지고 있다고 합니다."

"두 국왕이라면 누구누구인가요?"

"앙리 4세와 루이 16세입니다."

"굉장하군요. 어떻게 신부님이 그 사실을 아시게 된 겁니까?"

"의외로 간단합니다."

잠시 쉬었다가 드반이 계속 말을 이어나갔다.

"아르크의 전쟁이 발발하기 이틀 전, 앙리 4세가 이 성에서 묵었던 적이 있습니다. 밤 11시가 되자 에드가르 공이 아름다운 미녀 루이즈 드 탕카르빌을 지하도를 이용해 성으로 들게 했죠. 그때 에드가르 공이 이 집의 비밀을 알려 주었다고 합니다. 그 후 앙리 4세가 대신인 쉴리에게 가르쳐 주었고, 쉴리는 자신의 저서 《왕실 재정》속에 그 일화를 소개하며 주석도 달지 않은 채 이해할 수 없는 문장을 적어 놓았습니다. '도끼가 선회하고 공기는 떤다. 그리고 날개가 펼쳐져, 사람들은 하나님께 날아간다'."

모두 침묵을 지키자 벨몽이 비웃었다.

"잘 정리되어 있다고 할 순 없군요."

"아무래도 그렇지요? 신부님은 쉴리가 글을 받아 쓴 서기에 의해 비밀이 누설될까봐 수수께끼 같은 말을 했다고 하십니다만……"

"흥미로운 가정이군요."

"그렇긴 하지만 선회하는 도끼며, 펼쳐진 날개는 대체 무슨 뜻일까요?"

"알 수 없는 걸!"

벨몽이 계속 말을 이었다.

"그렇다면 루이 16세가 여인의 방문을 받기 위해 지하도를 뚫었다는 겁니까?"

"물론 그건 알 수 없습니다. 단지 확실한 것은 루이 16세가 1787년 티베르메닐에 머물렀고, 루브르에서 발견된 유명한 철제 장롱 속에서 루이 16세가 쓴 '티베르메닐, 2-6-12'라는 문구가 적힌 종이쪽지가 발견되었다고 한 보고가 있다는 것뿐입니다."

오라스 벨몽이 웃음을 터뜨렸다.

"브라보! 비밀은 이제 확실히 밝혀졌군요. 그건 2 곱하기 6은 12입니다!"

"당신이 아무리 비웃는다 해도……."

신부가 말을 이었다.

"이 두 가지 인용구가 비밀의 열쇠라는 건 변함없는 사실이오. 그리고 언젠가는 누군가가 이 비밀을 풀겠죠."

"그렇다면 셜록 홈즈가 비밀을 풀 가능성이 높군요."

도비느가 끼어들었다.

"아르센 뤼팽이 선수를 치지 않는 한 말입니다. 벨몽씨는 어떻게 생각하시나요?"

의자에서 일어나던 벨몽은 드반의 어깨에 손을 얹으며 대답했다.

"두 책에 기록된 내용에서는 가장 중요한 점이 빠져 있었지만, 당신이 친절하게 그 부분을 잘 가르쳐 주셨군요. 감사합니다."

드반이 반문했다.

"그래서 어떻다는 거죠?"

"도끼가 선회하고, 공기가 떨며, 날개가 펼쳐지고, 2-6-12인 이상, 나는 이제 떠나야겠어요."

"지금 당장이요?"

드반이 다시 물었다.

"그렇습니다. 셜록 홈즈가 도착하기 전인 오늘 저녁에 당신의 성에 침입해야 하니까요."

"빨리 서둘러야겠군요. 배웅해 드릴까요?"

"디에프까지?"

"당신을 디에프까지 바래다 드리고, 야간열차로 이곳에 도착하는 당드롤 부부와 딸을 마중 나갈 생각입니다."

그리고 드반은 장교들을 향해 덧붙여 말했다.

"자 여러분, 내일도 점심시간에 여기로 모여 주십시오. 당신들의 연대가 내일 11시 이 성을 포위할 것을 기대하겠습니다."

이 초대는 곧 받아들여졌고 모두들 뿔뿔이 헤어졌다. 잠시 뒤 한 대의 에트왈 20~30 승용차가 드반과 벨몽을 태우고 디에프 가 도로를 달려갔다. 드반은 화가를 카지노 앞에서 내려주고 다음 역으로 향했다.

한밤중이 되어서야 드반의 친구들은 기차에서 내렸다. 그들이 티베르메닐에 도착한 것은 12시 반이었다. 1시에 살롱에서 가볍게 야식을 즐긴 다음 그들은 각기 자신의 방으로 돌아갔다. 그리고 서서히 성의 불이 꺼져갔다. 어두운 밤의 깊은 침묵이 시작된 것이다.

구름 속에 가려진 달이 얼굴을 내밀며 살롱의 두 개의 창 가득 하얀 빛을 쏟아 부었다. 하지만 그것은 잠시 뿐이었다. 달은 곧 그늘 속으로 숨어버렸고 금세 어두워졌다. 밤의 고요함은 짙은 어둠 속으로 더욱 무겁게 내려앉았다. 간혹 가구들의 삐걱거리는 소리나 담벼락 끝의 연못에서 갈대가 일렁이는 소리가 들려왔다.

괘종시계가 두 번 크게 울리며 두시를 알렸다. 소리가 잦아들자 무거운 밤의 정적 속으로 초를 세는 초침 소리만이 조용히 울려 퍼졌다. 그리고 다시 3시를 알리는 종소리가 울렸다.

그 순간 열차 신호 같은 소리가 밤의 정적을 깨트렸다.

화살 같은 불빛이 살롱 이곳저곳을 비추기 시작했다. 오른쪽 책장의 장식기둥 사이 홈에서 시작된 빛은 맞은편 벽 위에 원을 그리며 밝게 빛나고 있었다. 이윽고 불안에 떠는 사람의 시선처럼 불빛은 사방으로 움직였다. 그러는 동안 책장의 한쪽이 크게 회전하며 둥근 천장처럼 생긴 큰 통로가 나타났다.

한 남자가 전등을 손에 들고 통로에서 걸어 나왔다. 뒤이어 두 명의 남자가 다양한 도구를 가지고 나타났다. 첫 번째 사내가 방안을 둘러보며 말했다.

"모두들 불러."

동료로 보이는 여덟 명의 사내가 지하도에서 올라왔다. 어깨가 넓고 몸집이 큰 장정들은 곧 짐을 나르기 시작했다. 그들은 매우 빠르게 움직였고 아르센 뤼팽은 여기저기를 돌아다니며 물건들을 검토했다. 물건의 크기와 예술적 가치에 따라 지나치기도 하고"가지고 나가."라고 명령하기도 했다. 그의 명령에 따라 물건들은 억센 남자들의 손에 들려 마치 터널로 빨려 들어가듯 땅 밑으로 사라졌다.

이렇게 해서 루이 15세 풍의 의자 6개와 오뷔송 융단 몇 점, 구티에르라는 이름이 새겨진 촛대, 그리고 프라고나르의 그림 두 점, 나티에 한 점, 우동의 작품인 흉상 한 점 등 여러 조각상들이 옮겨졌다. 간혹 뤼팽은 훌륭한 가구나 뛰어난 그림 앞에 멈추어 서서 아쉬운 한숨을 내쉬었다.

"이건 너무 무겁고, 이건 또 너무 커… 정말 아쉬운걸!"

그러고는 계속 다른 물건들을 감정해 나갔다.

40여 분이 지난 후 살롱 안은 뤼팽의 말처럼'깨끗하게 정리'되었다. 그가 선택한 물건들은 모두 아무 소리도 내지 않고 신속하게 지하도로 옮겨졌다. 뤼팽은 부울의 서명이 있는 장식 궤를 가지고 나가는 마지막 사내에게 이렇게 말했다.

"더 이상 올라올 필요 없다. 트럭에 물건들을 싣는 즉시 로크포르에 있는 창고로 바로 가라."

"그럼 두목은 어떻게 하실 겁니까?"

"모터사이클 한 대 남겨두도록 해."

남자가 지하도로 사라지자 그는 홀로 남아 책장을 원래대로 밀어 놓은 다음, 책장을 옮긴 자리와 발자국을 모두 지웠다. 그리고 창문 커튼을 들어 올려 탑과 성 사이에 있는 진열실로 들어갔다. 중간에 있는 유리 상자를 조사하기 위해서였다.

그 상자는 시계며, 담배상자, 반지 같은 장신구와 화려한 세공으로 된 축소 모형이 담겨 있는 무척 놀라운 것이었다. 그는 핀셋으로 자물쇠를 열고 안에 들어있는 금은 제품이며 정교한 소 미술품을 만지며 즐거워했다.

그는 우연히 얻은 희귀한 물건을 집어넣기 위한 커다란 자루를 어깨에 메고 있었다. 금세 자루가 가득 차자 그는 자신의 바지며 저고리 주머니에도 물건들을 가득 채웠다. 그리고 마지막으로 옛 사람들이 무척 소중하게 여겼고 지금까지도 패션계에서 주목하고 있는 진주 머리 장신구 뭉치에 손을 뻗었다. 그때 희미하지만 분명한 소리가 귓전을 때렸다.

그는 자신의 귀에 온 신경을 곤두 세웠다. 소리는 뚜렷하게 들렸고 그가 잘못 들은 것은 아니었다. 순간 그의 머릿속에 생각이 스쳤다. 진열실 끝에는 오늘 밤 드반이 디에프로 마중 나갔던 아가씨들이 머물고 있는 방으로 연결된 계단이 있었던 것이다.

그는 곧 손에 들고 있던 전등을 껐다. 그가 창가에 닿기 전 계단 위의 문이 열리고, 희미한 빛이 방안에 스며들었다. 누군가 위에서 조심스럽게 내려오는 것 같았다. 그는 커튼 그늘에 몸을 숨기고 있었기 때문에 모습이 드러날 염려는 없었다. 방 안으로 들어선 사람은 방안을 둘러보는 듯하다가 곧 비명을 질렀다. 깨어져 있는 유리 상자와 비어 있는 내부를 본 것이다.

뤼팽은 냄새로 방안에 들어온 사람이 여자라는 것을 알았다. 그녀의 옷이 그가 숨어 있는 커튼에 거의 닿아 있었던 것이다. 여자의 심장 박동이 들릴 것 같이 가까운 거리였다. 여자도 자신의 뒤쪽 아주 가까운 곳에 사람이 있다는 것을 느꼈다.

뤼팽은 이렇게 생각했다. '여자는 무척 두려워하고 있고 곧 사라질 것이다.' 그러나 그녀는 돌아가지 않았다. 그녀가 손에 들고 있던 촛불의 떨림도 멈추었다. 뒤로 돌아선 여자는 잠시 머뭇거리며 무거운 침묵을 지키더니 별안간 커튼을 열어 젖혔다.

두 사람은 서로 얼굴을 마주쳤다. 아르센 뤼팽은 순간 무척 놀라 중얼거렸다.

"아가씨…… 당… 당신은."

그녀는 넬리 언더다운이었다.

넬리 양! 대서양 항로의 여성 승객, 그 잊을 수 없는 항해 도중 젊은이의 가슴을 뛰게 했던 바로 그 여자! 그가 체포된 장면을 지켜보고 있었으며, 그를 배신하기보다 그가 보석과 지폐를 숨겨둔 코닥 카메라를 바다 속으로 던져 버린 훌륭한 선택을 했던 여자였다. 넬리 양! 감옥에서 무료할 때마다 그 모습이 떠올라 그를 가슴 아프게 했던 진정 사랑스러운 여자!

우연이라고 하기에는 정말 기막힌 우연이었다. 이 성에서, 그것도 이 깊은 밤 정면으로 마주칠 줄이야. 두 사람은 꼼짝도 하지 않고 불현듯 나타난 상대방에 대해 놀랄 뿐이었다.

뜻하지 않은 만남에 흥분한 넬리 양은 비틀거리며 의자에 주저앉았다. 그는 물건을 집어넣어 터질 듯 부풀어 오른 주머니를 본 그녀가 무슨 생각을 할지 몹시 난감해하며 그대로 서 있었다. 현장에서 잡힌 도둑의 모습으로 서있는 자신을 생각하니 얼굴이 붉게 물들었다. 일이 앞으로 어떻게 진행되던, 그녀에게 있어서 그는 남의 호주머니를 털고 남의 집에 몰래 들어가는 도둑으로 인식될것이다.

시계 하나가 융단 위로 굴러 떨어졌다. 다른 물건들도 우수수 떨어질 것 같아 불안해진 그는 어떻게 할지 몰라 안절부절못했다. 마침내 그는 결심을 한 듯 물건의 일부를 의자 위에 내려놓고 주머니와 자루도 모두 털어 냈다.

마음의 부담을 던 듯한 기분으로 그는 넬리 양에게 말을 걸기 위해 다가섰다. 그러나 그녀는 뒤로 한걸음 물러났다. 그리고는 겁이 나기 시작했는지 갑자기 일어나 빠른 움직임으로 살롱을 향했다. 그는 재빨리 그녀를 뒤쫓았다. 여자는 당황해하며 떨고 있었다. 여자의 눈은 다 털린 넓은 방을 겁먹은 표정으로 응시하고 있었다.

이윽고 그가 입을 열었다.

"내일 3시까지 모두 전처럼 돌려놓겠습니다."

여자는 대답하지 않았지만 그는 반복하여 말했다.

"내일 3시까지, 꼭 약속을 지키겠습니다. 정확히 내일 3시까지 말입니다."

어느 누구도 깨뜨릴 수 없는 침묵이 둘 사이에 흘렀다. 떨리는 여자의 모습은 그에게 괴로움을 주었다. 그는 조용히 아무 말도 하지 않고 그녀에게서 멀어져 갔다.

"제발 나를 두려워하지 마세요."

여자는 갑자기 떨기 시작하면서 더듬거리며 말했다.

"잘 들어보세요. 발소리가… 누군가 걸어오는 발소리가 들려요."

그는 놀라 그녀를 바라보았다. 그녀의 얼굴에는 위험이 다가오고 있는 것처럼 당황한 빛이 역력했다.

"저는 아무 소리도 듣지 못했습니다만."

"아니요. 지금 달아나지 않으면… 빨리 이 자리를 피하세요."

"달아나다니…… 어째서?"

"달아나지 않으면… 지금 여기 계시면 안 돼요."

그녀는 바로 진열실 한쪽으로 달려가 귀를 기울였다. 아무도 없었다. 어쩌면 소리는 밖에서 났을지도 모른다. 그녀는 잠시 기다리고 있더니 마음을 진정시킨 후 돌아왔지만, 아르센 뤼팽은 이미 사라진 뒤였다.

성이 도둑질당한 것을 안 드반은 속으로 이렇게 생각했다. 이 일을 저지른 것은 벨몽이며, 벨몽은 아르센 뤼팽이 틀림없다. 그러면 모든 것이 설명되고, 다른 답은 나올 수 없었지만, 이런 생각은 그의 머릿속에서 잠깐 스치고 지나갔을 뿐이었다. 그만큼 벨몽은 유명한 화가이며 그의 사촌동생인 에스트반의 친구이자 동료라고 믿고 있었던 것이었다. 그래서 드반은 헌병대 대장이 왔을 때도 자신의 어리석은 생각을 대장에게 이야기할 생각조차 하지 못했다.

오전 내내 티베르메닐 성은 혼돈에 빠져 있었다. 헌병과 시골 보안대, 디에프의 경찰서장, 그리고 마을 사람들까지 성 내부의 복도며 뜰, 성 주변을 서성이고 있었다. 근처에서 훈련 중인 부대가 내는 총소리가 이러한 모습을 더욱 호화롭게 했다.

첫 조사로는 아무런 단서도 얻을 수 없었다. 창문도 부서지지 않았으며 문도 부서지지 않은 점을 보면 분명 비밀 출구로 물건을 실어낸 것이 확실했다. 그리고 융단위에서도 아무런 흔적도 발견할 수 없었고, 벽에도 이상이 없었다.

다만 한 가지 생각지도 못한 사실, 아르센 뤼팽의 독특한 수법을 나타내주는 단 한 가지 증거가 나타나 있을 뿐이었다. 그것은 바로 그 문제의 16세기 연대기가 원래의 자리로 돌아와 있고, 그 옆에는 그것과 비슷한 국립도서관에서 분실되었던 책이 함께 있다는 사실이었다.

장교들은 11시가 되자 성에 모습을 나타냈다. 드반은 기분 좋게 그들을 맞이했다. 그는 예술품을 도둑맞아도 기분이 상하지 않을 만큼 많은 재산을 소유하고 있었던 것이다. 뒤이어 당드롤의 친구들과 넬리도 내려왔다.

모든 사람의 소개가 끝나자 한 사람이 부족하다는 것이 금방 드러났다. 오라스 벨몽, 그가 아직 오지 않았던 것이다. 만약 그가 나타나지 않았다면 드반은 벨몽에게 혐의를 두었을 것이지만, 벨몽은 12시 정각에 성에 나타났다.

드반은 약간은 과장되게 그를 맞이했다.

"만세! 잘 왔소."

"정확하게 시간을 지켰지요?"

"과연 그렇군. 그러나 정확하게 시간을 지키지 못했을지도 모르지. 그런 소동이 있었던 다음날이니까! 소식은 들었겠지요?"

"무슨 소식 말입니까?"

"이 성을 자네가 털었다는……."

"아니 그런 일이……."

"사실이오. 하지만 우선 언더다운 양과 함께 식탁에 앉아주세요. 아가씨, 이쪽으로……."

드반은 그 아가씨가 난처해하는 모습을 보고 놀라서 말을 멈추었다. 그리고 갑자기 무언가 생각난 듯 말을 이었다.

"그러고 보니 당신은 이전에… 아르센 뤼팽이 체포되기 전에 그와 함께 여행을 했다고 하셨지요? 벨몽이 그와 꼭 닮아서 깜짝 놀란 모양이지요?"

그녀는 아무런 대답도 하지 않았다. 벨몽은 미소 띤 얼굴로 아가씨에게 팔을 내밀었고 그녀는 그의 팔을 잡고 식탁으로 향했다. 벨몽은 그녀를 자리로 안내한 후 맞은편 자리에 앉았다.

식사를 하는 동안 모든 화제는 아르센 뤼팽과 성에서 사라진 가구, 지하도에 관한 내용, 셜록 홈즈에 대한 이야기였다. 식사를 끝낼 무렵 다른 화제로 이야기가 옮겨갔을 때 벨몽이 대화 속으로 끼어들었다. 그는 농담 같은 진담을 열렬히 이야기하며 익살을 부리고 있었다. 그의 말은 모두 아가씨의 흥미를 끌기 위한 것처럼 보였다. 그러나 그녀는 자신만의 생각에 빠져 이야기를 듣지 않는 것 같았다.

식사를 마친 사람들은 건물의 정면 곁에 있는 테라스에서 커피를 마셨다. 테라스에서 내려다보이는 정원 한가운데에서 군악대의 연주가 시작되었고, 농민들과 군인들이 뜰의 샛길로 하나 둘 모여들기 시작했다.

그 와중에도 넬리는 아르센 뤼팽의 약속을 생각하고 있었다.

"정확히 3시에는 모두 원래 상태로 돌려놓겠습니다. 꼭 약속 하겠습니다."

3시! 성의 오른쪽을 장식하는 큰 시계의 바늘이 2시 40분을 가리키고 있었다. 그녀는 자신도 모르게 계속 시계의 바늘만 바라보고 있었다. 그 다음 편안한 흔들의자에 앉아 평온하게 몸을 흔들고 있는 벨몽을 바라보았다.

2시 55분…… 아가씨는 안타까움과 초조함에 가슴을 움켜쥐고 있었다. 정말 기적 같은 일이 벌어질까? 정확한 시간을 지킬 수 있을까? 성과 벽, 그리고 뜰에도 사람들로 가득 차 있는데, 그리고 지금 눈앞에는 검사며 예심판사가 조사를 진행하고 있는데 과연 약속이 지켜질까?

아르센 뤼팽은 너무도 당당하게 약속을 했던 것이다. 그녀는 이 사나이가 가지고 있는 위엄과 자신감, 그리고 힘에 압도되어 그가 말한 대로 진행될 것이라고 믿었다. 그리고 그것은 기적이 아닌 자연스런 결과처럼 생각되었던 것이다.

순간 잠시 두 사람의 눈빛이 마주쳤다. 그녀는 얼굴을 붉히며 고개를 돌려버렸다. 3시를 알리는 종이 울렸다. 오라스 벨몽은 회중시계를 꺼내보고 주머니에 집어넣었다. 몇 초 후 잔디밭에 둘러 있는 사람들은 정문으로 들어오는 두 대의 마차가 지나가도록 자리를 비켜 주고 있었다.

두 마리의 말이 끄는 마차 두 대는 연대 뒤에서 장교들의 고리짝이며, 군인들의 짐을 나르는 수송마차였다. 마차는 계단 앞에 멈춰 섰다. 보급 담당 중사 한 사람이 차에서 내려 드반 씨에게 면회를 요청했다.

드반은 급히 계단을 내려갔다. 마차의 덮개천 아래 그의 가구며 미술품이 조심스럽게 쌓여 있는 것이 보였다.

중사는 질문에 답하고 난 뒤 부관에게서 받은 명령서를 보여주었다. 명령서에 씌어있는 대로 제 4대대 2중대는 아르크의 숲 알루 네거리에 놓여 있던 가구류를 티베르메닐 성의 소유주인 조르주 드반 씨에게 3시까지 전달하게 된 것이다. 서명은 보벨 대령으로 되어 있었다.

"알루 네거리에……."

중사가 덧붙여 말했다.

"모든 것이 정리되어 잔디 위에 놓여 있었습니다. 지키고 있는 사람이 아무도 없어 이상하다고는 생각했지만 명령은 어디까지나 명령이니까요."

장교 한 사람이 서명을 조사해 보았다. 아주 흡사해 보이기는 했으나 가짜였다.

군악대는 연주를 중지했고 짐들은 모두 제자리로 돌아갔다.

이러한 일련의 소동이 벌어지고 있었을 때 넬리는 혼자서 테라스의 가장자리에 남아 있었다. 그녀는 정리되지 않은 혼란으로 마음이 불안해지는 것을 느꼈다.

그때 벨몽이 그녀에게로 다가오는 것이 보였다. 그녀는 그를 만나고 싶지 않았지만 테라스의 양쪽은 난간으로 막혀있었고 오렌지며, 대나무 화분이 가득해 피할 수가 없었다. 햇살이 대 잎을 흔들면서 그녀의 금발 위에 쏟아졌다. 아주 낮은 목소리가 그녀에게 말을 건넸다.

"나는 어제의 약속을 지켰어요."

아르센 뤼팽이 그녀의 곁에 와 있었다. 주위에는 아무도 없었다.

그는 망설이는 듯 떨리는 목소리로 다시 말했다.

"나는 어제의 약속을 지켰어요."

그는 감사의 말을, 하다못해 그녀가 자신의 행동에 조그마한 관심을 보여주기를 기대하고 있었다. 그러나 그녀는 어떤 행동도 보여주지 않았다.

침묵으로 대신한 그녀의 경멸의 표시는 아르센 뤼팽을 초조하게 만들었다. 그는 동시에 그녀가 진상을 알게된 지금, 두 사람 사이의 머나먼 거리를 뼈저리게 느낄 수 밖에 없었다. 그는 자기 생활과 모험의 장대함을 보여주고 변명하고 싶었다.

그러나 그의 생각은 입밖으로 나오지 않았고 어떤 설명도 쓸모 없을 것만 같았다. 그는 눈을 감고 생각에 잠기며 슬픈 듯 혼자 중얼거렸다.

"벌써 옛날 일이군요. 프로방스 호 갑판위에서 함께 지내던 긴 시간을 잊지 않고 계십니까? 그래요, 그때도 오늘처럼 당신은 푸른 장미를 갖고 있었죠. 나는 그걸 원했지만 당신은 알지 못했던 것 같습니다. 그러나 분명 당신이 떠난 뒤에도 그 장미는 그 자리에 있었습니다. 당신이 잊었던 것이겠지요. 난 그것을 소중히 간직하고 있습니다."

여자는 아무 대답도 하지 않았다. 다른 생각에 빠져있는 것 같았다. 그는 계속해서 말을 이어 나갔다.

"그때 일을 기억하고 지금 알게 된 것을 미루어 짐작하지 말아주십시오. 현재에 과거를 묶어 두십시오. 나를 어젯밤 봤던 사람이 아니라 예전의 그 사람으로 생각해 주세요. 한순간이라도 좋으니 예전처럼 나를 바라봐 주십시오. 부탁입니다. 나는 이제 예전의 내가 아닙니다."

그제서야 여자는 눈을 들어 그를 바라보았다. 그리고 아무런 말 없이 뤼팽의 손에 끼어진 반지에 손을 가져갔다. 손등에는 금속 링밖에 보이지 않았지만 손바닥 안쪽에는 훌륭한 루비가 감춰져 있었다.

뤼팽은 얼굴이 달아올랐다. 반지는 조르주 드반의 반지였다. 그는 쓴웃음을 지을 수밖에 없었다.

"당신의 생각이 옳았습니다. 세살 버릇 여든까지 간다는 옛말이 있듯이 뤼팽은 뤼팽일 수밖에 없습니다. 그리고 당신과 뤼팽 사이에는 그 어떤 추억도 있을 수 없겠지요. 용서해 주세요. 당신 곁에 내가 있다는 것만으로도 당신에게 모욕이 될 뿐이라는 것을 이제야 알게 되었군요."

그는 모자를 손에 들고 난간을 따라 걸음을 옮겼다. 넬리가 그의 앞을 지나갔다. 그는 그녀에게 매달려 애원이라도 하고 싶은 마음이었지만 용기를 낼 수 없었다. 예전에 그녀가 뉴욕 부둣가를 거닐 때처럼 눈으로만 그녀의 뒤를 쫓았다. 그녀는 문으로 연결된 계단을 올라갔다. 잠시 날씬한 뒷모습이 현관 사이로 보였으나 곧 사라져버렸다.

구름이 해를 가리면서 날씨가 흐려졌다. 뤼팽은 그 자리에 가만히 서서 모래 위에 남겨진 그녀의 흔적만 바라보고 있었다. 순간 그는 몸이 떨려오는 것을 느꼈다. 그녀가 서있던 자리 옆 화분, 대나무 밑에 그가 그렇게 원하던 그녀의 장미가 떨어져 있었다.

그러나 분명 이 장미도 그녀가 잠시 잊은 것이리라. 그러나 혹시 일부러 두고 간 것은 아닐까, 아니면 정말잊고 놓고 간 것일까?

그는 조심스럽게 그것을 집었다. 꽃잎이 흩어졌고, 그는 흩어진 꽃잎 하나하나를 정성껏 주웠다. 그리고 그는 이렇게 생각했다.

'이제 여기서는 그 어떤 일도 할 수 없겠군. 더군다나 셜록 홈즈가 도착한다면 모든 일은 더 악화될 뿐이겠지.'

뜰에 있던 모든 사람들이 사라졌다. 그러나 입구에 세워져 있는 정자 옆에는 헌병부대가 있었다. 그는 숲 속으로 들어가 담을 기어올라 가장 가까운 역으로 가기 위해서 밭 가운데 나 있는 샛길을 걸어갔다.

10여 분을 걸어가자 양쪽 제방에 낀 듯 길이 점점 좁아졌다.

그가 그 좁은 길로 들어섰을 때 기골이 장대하고 수염이 없는, 옷차림으로 봐서는 외국인인 듯한 사람이 서있었다. 그는 손에 지팡이를 들고 목에는 가방을 메고 있었다.

두 사람은 그냥 스치듯 지나쳤다. 외국인은 영어식의 발음으로 그에게 물었다.

"말씀 좀 물어보겠습니다. 성으로 곧장 가려면 어떤 길로 가야하나요?"

"이 길로 똑바로 가서 담이 나오면 왼쪽으로 돌아가면 됩니다.

많은 사람들이 기다리고 있을 겁니다."

"예?"

"네. 친구인 드반이 어젯밤에 당신이 곧 이곳으로 오신다는 것을 알려주었습니다."

"드반 씨는 입이 가볍군요."

"누구보다도 당신과 먼저 인사를 나눌 수 있어서 나로서는 영광입니다. 나보다 셜록 홈즈의 열렬한 숭배자는 없을 테니까요."

그의 목소리는 약간 빈정거리는 말투가 섞여있었다. 하지만 그는 곧 후회했다. 셜록 홈즈가 그를 머리끝부터 발끝까지 훑어보고 있었고, 그의 날카로운 눈빛이 자신의 정체를 정확하게 꿰뚫고 있는 것처럼 보였기 때문이었다.

'나를 알아보았군.' 그는 생각했다. '이 사나이에게는 정체를 감출 필요조차 없다. 정말 나라는 걸 알았을까?'

두 사람은 인사를 했다. 그때 뒤에서 발소리가 들렸다. 금속이 서로 부딪치는 소리와 함께 말발굽 소리가 들려왔다. 헌병대가 오고 있었다. 두 사람은 제방의 풀숲으로 뛰어 들어 말에게 채이지 않도록 몸을 피해야만 했다. 무척 긴 대열의 헌병대가 지나갔다. 뤼팽은 생각했다.

'모든 것은 바로 여기에 달려 있다. 그는 과연 나를 알아봤을까? 만일 그렇다면 그는 그것을 이용하겠지. 문제가 심각해졌다.'

마지막 헌병의 말이 지나가자 셜록 홈즈는 일어나서 아무 말 없이 옷의 먼지를 털어 냈다. 가방의 가죽 끈에 가시덤불이 붙어 있었다. 뤼팽은 그것을 조심스럽게 털어주었다. 그들은 다시 한 번 서로 상대를 유심히 살폈다.

만약 누군가가 이 광경을 보았다면 이 두 강적의 첫 대면을 훌륭한 구경거리로 삼았을 것이었다. 특별한 능력을 가지고 막상막하의 힘으로 맞붙도록 운명지어진 두 사람!

영국인이 말했다.

"정말 고맙습니다."

"별 말씀을."

뤼팽이 대답했다. 그렇게 두 사람의 첫 만남은 끝이 났다. 뤼팽은 정거장으로, 셜록 홈즈는 성으로 갔다.

예심판사와 검사는 수사에서 아무런 결과도 얻지 못하고 돌아가야만 했다. 셜록 홈즈에 대한 무성한 이야기를 들은 사람들은 호기심과 기대로 그를 기다리고 있었지만, 그의 모습이 기대했던 것보다 너무 평범했기 때문에 약간 실망한 눈치들이었다.

그에게서는 소설의 주인공 같은 점은 물론 그의 이름에서 연상되는 수수께끼 같은 악마의 모습 같은 것은 전혀 보이지 않았다. 그러나 드반만은 힘을 얻은 것처럼 소리쳤다.

"선생님, 와주셨군요! 고맙습니다. 정말 고맙습니다. 오랫동안 기다리고 있었습니다. 나는 이제까지의 사건을 다행이라고 생각할 정도랍니다. 선생님이 이 사건 때문에 이곳까지 직접 와 주셨으니 말입니다. 참, 무엇을 타고 오셨나요?"

"기차로 왔습니다만."

"이런, 유감이군요. 부두로 자동차를 보냈는데요."

"너무 환대해 주시는군요. 뿐만 아니라 대대적인 선전까지. 일하기 쉽게 하는 방법이지요."

영국인은 볼멘소리를 했다.

그의 이러한 말투에 드반은 약간 당황했으나 분위기를 바꾸기 위해 가볍게 말하려고 애를 썼다.

"다행히 말씀드렸던 것 보다 일이 쉽게 끝났습니다."

"왜요?"

"범행은 어젯밤에 있었으니까요."

"당신이 내가 온다는 것을 미리 알리지 않았다면 범행은 어젯밤에 일어나지 않았을 겁니다."

"그렇다면 언제 했을까요?"

"내일이나 아니면 그 후에 했겠지요."

"그렇다면?"

"뤼팽은 함정에 빠지게 되었을 테고."

"그러면 내 가구는?"

"도난당하지 않았겠지요."

"가구들은 모두 여기에 있습니다."

"그래요?"

"3시에 다시 돌아왔습니다."

"뤼팽이 돌려보냈단 말이죠?"

"아니요, 두 사람의 중사가 가지고 왔습니다."

이 말을 들은 셜록 홈즈는 모자를 고쳐 쓰고 가방을 바로 했다. 곧 드반이 외쳤다.

"이제 어떻게 하실 겁니까?"

"다시 돌아가겠습니다."

"아니 왜 그러십니까?"

"가구가 모두 돌아왔다니, 그렇다면 아르센 뤼팽은 지금 여기에 없소. 내가 처리할 일은 끝났습니다."

"하지만 나는 당신의 도움이 꼭 필요합니다. 어제의 일이 다시 벌어질지도 모르는 일입니다. 그리고 가장 중요한 일을 알아 내지 못했으니까요. 그것은 뤼팽이 어떻게 그 누구의 눈에도 띄지 않고 들어왔으며 어떻게 나갔는지, 그리고 왜 물건을 돌려보냈는지 하는 것 등등……."

"그것을 아직 모르신다고요?"

해결해야할 비밀이 있다는 말에 셜록 홈즈는 마음을 바꾸었다.

"그렇다면 좋습니다. 그러나 신속하게 처리해야 합니다. 가능하면 단 둘이서만……."

분명 이 말은 방안에 있는 모든 사람들에게 들으라고 하는 말이었다. 조사가 필요하다는. 드반은 얼른 그 말뜻을 알아듣고 홈즈를 살롱으로 안내했다. 그는 무뚝뚝한말투로 미리 머릿속에 그려놓았던 것 같은 이야기를 아주 간결하게 물었다. 어제 저녁부터 있었던 일, 그리고 모인 손님들에 대해서, 그리고 성에 자주 왕래하는 사람들에 대한 질문도 했다. 그리고 그는 두 권의 연대기를 조사하고 지하도의 도면을 비교하고는 젤리스 신부가 지적한 인용 문구에 대해서 들었다. 그리고 이렇게 말했다.

"그럼 어제 처음으로 그 두 개의 인용문에 대해 이야기 했다는 거군요."

"그렇습니다. 바로 어제였습니다."

"오라스 벨몽 씨에는 그 전에 이야기하신 적이 없죠?"

"네, 절대로."

"좋습니다. 차를 한 대 준비해주십시오. 한 시간 뒤에 떠나도록 하겠습니다."

"한 시간 뒤에요?"

"뤼팽도 당신이 제출한 문제를 해결하는데 그 이상의 시간은 걸리지 않았으니까요."

"내가 문제를 냈다는 말인가요?"

"네, 아르센 뤼팽과 벨몽은 같은 사람입니다."

"나도 그렇지 않은가 의심했지요. 하지만……."

"당신은 어젯밤 10시에 뤼팽이 몇 주 동안 찾아 헤매던 그 비밀의 열쇠를 넘겨주었던 것입니다. 그래서 뤼팽은 그 비밀을 풀고 일당들과 함께 물건들을 훔쳐낼 수 있었던 것입니다. 나도 그처럼 빨리 풀 자신이 있습니다."

생각에 잠긴 그는 방안을 서성이더니 이윽고 의자에 기대어 앉아 그의 긴 다리를 꼰 후 다시 눈을 감았다.

드반은 홈즈에 말에 질린 채 가만히 서서 기다리고 있었다.

'잠자는 건가? 아니면 생각을 하는 건가?'

할 수 없이 드반은 자동차를 준비하기 위해 나갔다. 그리고 돌아와 보니 홈즈는 진열실 계단 아래 무릎을 꿇고 융단을 조사하고 있었다.

"뭔가 있나요?"

"여기를 보십시오. 촛농이 떨어진 자리가 있습니다."

"이 자국은 전에는 없었는데요."

"계단 위에도 있고, 뤼팽이 깬 이 유리상자 주위에는 더 많이 있군요. 녀석은 안에 있던 물건을 꺼내 이 긴 의자 위에 놓았던 것 같습니다."

"그래서 결론은 어떻습니까?"

"물론 아무것도 없습니다. 그러나 이것은 필시 그가 물건들을 돌려보낸 이유에 대한 설명은 되겠지요. 이럴 시간이 없군요. 중요한 것은 지하도의 도면입니다."

"당신의 생각으로는 역시……."

"단순한 생각이 아니고 이미 알고 있는 것입니다. 성에서 3백 미터 정도 떨어진 곳에 교회가 있지요?"

"허물어져 가는 교회입니다. 룰롱 공의 묘지가 있는 곳이죠."

"운전사에게 그 교회 옆에서 기다리라고 해주십시오."

"운전사는 아직 돌아오지 않았습니다. 곧 연락이 있을 겁니다. 어째서 당신은 교회와 지하도를 연관시키시는 겁니까? 어떤 근거로……?"

셜록 홈즈가 말을 막았다.

"등과 사다리를 가져다주십시오."

"네? 사다리와 등이 필요하다고요?"

드반은 어리둥절한 표정으로 벨을 울렸고 두 가지 물건은 곧 도착했다. 그런 다음 군대의 호령처럼 엄하고 정확한 명령이 순서대로 내려졌다.

"사다리를 책장에, 거지 티베르메닐이라고 적힌 글씨 옆쪽에 걸쳐두시오."

드반이 사다리를 세우자 홈즈가 말을 이었다.

"좀더 왼쪽, 이번엔 오른쪽. 이제 된 것 같소. 올라가서 보시오. 글자는 모두 돋을새김이지요?"

"그렇군요."

"H자를 자세히 보십시오. 혹시 돌아갑니까?"

"네, 그렇군요. 오른쪽으로 4분의 1만큼 돌아갑니다. 어떻게 아셨습니까?"

홈즈는 그의 말에는 대답하지도 않고 계속 이야기했다.

"R자에 손이 닿습니까? 그럼 이번엔 빗장처럼 움직여 보십시오."

드반이 R자를 움직였다. 그러자 놀라운 일이 벌어졌다. 글자가 앞으로 빠져나온 것이었다.

"이제 됐습니다."셜록 홈즈가 말했다. "다음은 사다리를 반대쪽, 티베르메닐의 끝 쪽으로 밀고 가면 됩니다. 됐습니다. 내가 잘못 짚지 않았다면 L자가 창문처럼 열리게 될 겁니다."

드반은 약간 천천히 손을 내밀어 L자를 열었다. 그러자 드반은 그만 사다리에서 떨어졌다. 책장에 있는 티베르메닐의 머리글자와 끝 글자 사이의 부분이 회전하며 입구가 열렸기 때문이었다.

홈즈는 태연하게 말했다.

"괜찮습니까?"

"네, 괜찮습니다."

드반은 자리에서 일어나며 말했다.

"다친 곳은 없지만 많이 놀랐어요. 글자가 움직이며 지하도의 입구가 열리다니."

"쉴리의 인용문과 완전히 일치하고 있지 않습니까?"

"어떻게요?"

"간단합니다. H(Hache 도끼)는 선회하지만 R(Air 공기)는 떨고, L(Aile 날개)는 펼쳐진다. 이렇게 해서 앙리 4세가 깊은 밤에 탕카르빌 양을 만날 수 있었던 겁니다."

"하지만 루이 16세는?"

"루이 16세는 훌륭한 대장장이이자 솜씨 있는 자물쇠 공이었습니다. 나는 그의 저서라고 알려진《조립식자물쇠론》을 읽은 적이 있지요. 티베르메닐이 폐하께 이 훌륭한 걸작을 보여드린다는 것은 충성을 보이기 위한 것입니다. 그러니까 티베르메닐(Thibermesnil)의 두 번째와 여섯 번째, 그리고 열두 번째 글자, 즉 H와 R과 L이 되는 겁니다."

"과연 그렇군요. 이제 이해가 가는군요. 그런데 이 방으로 어떻게 들어온 것일까요?"

홈즈는 전등을 켜고 지하도로 들어섰다.

"저기를 보십시오. 여기서 보면 이 장치는 시계의 태엽과 비슷하게 생겼지요? 글자들은 전부 뒤집혀 있고 뤼팽은 아마도 이쪽에서 움직였던 것 같습니다."

"증거는?"

"증거라고요? 여기 기름 묻은 자국을 보십시오. 뤼팽은 톱니 사이에 기름을 칠 필요가 있다는 것까지도 알고 있었습니다."

셜록 홈즈는 감탄하여 말했다.

"하지만 그가 다른 출구를 알고 있었을까요?"

"나는 이미 알고 있습니다. 따라오시오."

"지하도로 들어가시나요?"

"왜 무섭습니까?"

"아니 무섭지는 않지만… 길은 분명히 아시겠죠?"

"눈을 감고도 갈수 있소."

두 사람은 먼저 열두 단을 내려갔다. 그리고 다시 열두 단, 다시 열두 단, 그리고 기다란 복도를 걸어갔다. 벽돌로 된 벽은 여기저기 물이 스며들어 있었고 여러 번 수리한 흔적이 있었다. 바닥은 축축하게 젖어 있었다.

"지금 연못 아래를 지나고 있습니다."

드반은 불안해하며 말했다. 복도의 막다른 곳에 다시 열두 단의 계단이 있었고 또 각각 열두 단의 계단이 세 개 있었다. 두 사람은 애를 써가며 계단을 올라갔다. 거의 다 올라가자 바위를 뚫어 만든 작은 동굴이 나왔다.

그러나 길은 막혀 있었다.

"이런!"

셜록 홈즈는 중얼거렸다.

"여기서 막혀버리면 곤란한데……."

"자 돌아갑시다, 더 이상 조사할 필요는 없을 것 같습니다. 이제 모든 것을 알았습니다."

드반이 말했다.

그러나 홈즈는 그의 말에 대꾸도 하지 않은 채 머리를 들고 안도의 한숨을 쉬었다. 두 사람의 머리 위에도 입구와 같은 장치가 설치되어 있었다. 세 개의 글자를 움직이자 출구를 막고 있던 바위가 움직였다. 그 뒤에는 'THIBERMESNIL' 이라는 룰롱공의 비석이 있었다. 그리고 두 사람은 홈즈가 예상한 대로 허물어져 가는 교회안에 있었다.

"'사람들은 하느님께 날아간다.'그러니까 교회로 들어간다는 뜻입니다."

홈즈는 인용문을 설명했다.

"간단한 문장만으로도 어떻게 이걸 알아낼 수 있습니까?"

"그런 건 없어도 됩니다. 국립도서관 책의 도면에는 지하통로를 나타내는 선의 왼쪽 끝은 원으로 연결되어 있고, 오른쪽 끝은 십자가에 연결되어 있습니다. 그 십자가는 지워져서 돋보기로 봐야 알 수 있습니다. 십자가는 분명 교회를 의미하는 것이지요."

불쌍한 드반은 자기의 귀를 의심했다.

"유치할 정도로 간단하군요! 어째서 나는 이 비밀을 알 수 없었을까요?"

"몇 가지 중요한 점을 연결시킬 수 없었기 때문입니다. 다시 말해 두 권의 책과 인용문을 그 누구도 연결하지 못한 것이죠. 뤼팽과 나 말고는."

"하지만 나와 젤리스 신부도 알고 있었습니다. 당신이 알고 있는 정도는 알고 있었단 말입니다."

드반이 반박하며 말했다.

셜록 홈즈는 소리를 죽여 가며 웃었다.

"드반 씨, 수수께끼는 아무나 풀 수 있는 것은 아닙니다."

"그러나 나는 10년이란 세월을 이 비밀을 해결하기 위해 노력했습니다. 그런데 당신은 단 10여분 만에 해결하다니……."

"그 정도는 보통입니다."

두 사람은 교회를 나왔다. 홈즈가 말했다.

"자동차가 기다리고 있군요."

"내 차입니다."

"당신 차라고요? 운전사는 아직 돌아오지 않았다고 하지 않았습니까?"

"맞습니다. 이상하군요."

그들은 자동차로 다가가 운전사를 불렀다.

"에드와르, 누가 이곳으로 가라고 지시했지?"

"벨몽 씨가 말해주더군요."

에드와르가 대답했다.

"벨몽 씨라고? 그를 만났단 말인가?"

"네, 역 근처에서 만났습니다. 바로 교회로 가라고 하시더군요."

"교회로 가라고 했다고? 무슨 이유로?"

"주인님과 친구 분이 거기 있을 거라고 했습니다."

드반과 홈즈는 얼굴을 마주 보았다. 드반이 말했다.

"그 사람은 당신이 이 수수께끼를 간단히 풀 것을 알고 있었나 보군요. 아주 독창적인 칭찬입니다."

홈즈는 드반의 말에 만족스런 미소로 답했다. 칭찬이 마음에 들었던 것일까? 그는 머리를 끄덕이며 말했다.

"상당한 실력의 인물이더군요. 아주 잠깐 만나보고 알았습니다."

"만나셨다구요?"

"오전에 길에서 스쳐 지나갔지요."

"당신은 오라스 벨몽, 아니 아르센 뤼팽이 그였다는 것을 아셨다는 것입니까?"

"아니오, 그러나 그와 헤어진 후 바로 알았습니다. 그의 유머를 보고 말이죠."

"그런데 왜 도망치게 놔두셨습니까?"

"내 쪽이 유리했던 건 사실이죠. 그때 헌병이 다섯 명이나 지나 갔으니까요."

"왜 그러셨습니까? 다시 오지 않을 기회였는데?"

"바로 그런 이유 때문이었습니다."

홈즈는 기세 좋게 말했다.

"아르센 뤼팽 정도의 상대에게 우연한 기회를 이용하는 것은 허락할 수 없지요. 그를 잡을 기회를 만들어낼 뿐입니다."

이제는 돌아갈 시간이었다. 뤼팽이 일부러 자동차를 이쪽으로 보내준 것이니 이용하지 않는다면 실례를 범하는 것이 된다. 드반과 홈즈는 편안한 자동차 안으로 들어가 등을 기대고 출발했다. 들판과 나무, 숲이 뒤로 사라졌다. 그리고 들판의 완만한 경사가 갑자기 그들의 눈앞에서 평평해졌다. 드반의 시선은 영장통에 들어 있는 작은 꾸러미에 머물렀다.

"이게 뭘까? 이 꾸러미는 당신 것이로군요."

"내 것이라고요?"

"읽어보십시오. 셜록 홈즈 귀하, 그렇다면 뤼팽에게 온 것인가?"

홈즈는 꾸러미를 받아 포장지를 풀었다. 그 안에는 회중시계가 있었다.

"어떻게 이럴 수가?"

그는 분노로 몸을 떨면서 말했다.

"시계가…… 어째서 여기에?"

드반이 말했다.

"어쩌면……."

홈즈는 대답하지 않았다.

"당신의 시계로군요. 뤼팽은 당신의 시계를 돌려주었군요. 허나 돌려주었다는 것은 곧 그 물건을 훔쳤다는 이야기가 되는군요.

당신의 시계까지 말입니다. 아르센 뤼팽이 셜록 홈즈의 시계를 훔치다니 이 얼마나 재미있는 일입니까! 미안하지만 웃음을 참을 수 없군요."

드반은 정말 마음껏 웃었다. 그리고 확신에 찬 말투로 말했다.

"정말 대단한 인물이로군요."

홈즈는 조금도 움직이지 않았다. 그는 디에프에 도착할 때까지 지평선에 시선을 고정한 채 한마디도 말하지 않았다. 기분 나쁜 침묵은 아니었지만 그 어떤 분노보다 맹렬하고 강한 침묵이었다.

부두에 도착하자 모든 것을 잊은 듯 홈즈는 이렇게 중얼거렸을 뿐이었다.

"그렇군요. 그 사람은 뛰어난 인물입니다. 드반 씨, 내가 이 손으로 어깨를 붙들고 싶은 인물입니다. 언젠가는 아르센 뤼팽과 내가 다시 만날 날이 있을 겁니다. 세상이란 그리 넓지 않으니 우리는 반드시 다시 만날 수밖에 없을 겁니다. 그리고 그날에는 꼭……!"

08

수상한 여행자

수상한 여행자

　자동차는 이미 어제 르왕에 가져다 놓았다. 나는 기차를 타고 세느 강변에 살고 있는 친구들에게 갈 계획이었다. 기차가 파리를 막 떠나려고 할 무렵, 7명의 신사들이 내가 탄 열차 칸에 올라탔다. 그들 중 다섯 명은 담배를 피우고 있었다. 특별 급행이었기 때문에 여행 시간은 짧았지만 이런 친구들과 함께 여행을 한다는 것은 생각하기도 싫은 일이었다. 차가 구식인데다가 복도도 없었기 때문에 더욱 내키지 않았다.

　결국 나는 외투와 신문, 시간표 등을 들고 옆 칸으로 옮겨버렸다. 그 칸에는 한 부인이 있었는데 나를 보자 난처한 표정을 지었다. 그리고 그녀는 계단에 서 있는 신사-틀림없이 역으로 전송하러 나온 남편이리라-쪽으로 몸을 돌렸다.

　그 신사는 나를 관찰하는 듯한 눈빛을 보냈지만 곧 내가 안심할 수 있는 사람이라 생각한 모양이었다. 신사는 싱글벙글한 표정으로 두려워하고 있는 부인을 마치 아이 달래듯 부드러운 목소리로 달랬던 것이다.

그러자 그녀도 갑자기 싱긋 웃으며 나에게 다정한 눈길을 던졌다. 내가 2평방 미터의 좁은 열차 칸에서 두 시간 동안이나 마주보고 있어도 아무 걱정이 없는 아주 점잖은 신사라고 생각하게 된 모양이었다.

남편이 그녀에게 말했다.

"나쁘게 생각지 말아요. 급히 만나지 않으면 안 될 사람이 있어서 시간을 더 이상 지체할 수 없어요."

사나이는 다정하게 그녀를 껴안은 다음 사라졌다. 부인은 창에서 키스를 보내며 손수건을 흔들었다. 그러자 기적소리가 울리고 열차가 움직이기 시작했다. 바로 그때, 역원이 가로막는 것도 뿌리치며 한 사나이가 내가 있는 칸으로 들어왔다.

선반의 짐을 정리하고 있던 부인은 갑자기 공포에 질린 외마디 비명을 지르며 의자에 쓰러지고 밀았나. 나는 겁쟁이는 아니었지만 솔직히 말해서 차가 막 떠날 시간에 이런 식으로 모르는 사람이 뛰어 들어온다는 것은 역시 기분이 나빴다. 부자연스럽고 섬뜩했다. 뭔가 있음에 틀림없다. 그렇지 않고서야……

하지만 새로 들어온 사람의 모습이나 태도는 섬뜩한 기분을 지울 만큼 좋은 인상을 주었다. 고상한 취미의 넥타이, 깨끗한 장갑, 정력적인 얼굴… 어디선가 본 적이 있는 것 같은 얼굴이었다. 그렇다. 틀림없이 본 적이 있다.

그의 사진은 여러 번 봤어도 실물은 본 적이 없음이 분명한 인상이었다. 그와 동시에 그가 누구인지 생각해 내려고 애써 봐야 아무 소용이 없으리라는 생각이 떠올랐다. 그만큼 내 기억은 아주 희미한 것이었다.

그러나 부인 쪽으로 눈을 돌렸을 때 나는 파리하고 당황한 그녀의 얼굴을 보고 깜짝 놀랐다. 그녀의 옆에 앉은 사나이-그들은 같은 쪽에 앉아 있었다-를 두려워하는 표정으로 쳐다보고 있었다. 그녀의 한쪽 손이 부들부들 떨리면서 20센티미터쯤 떨어진 의자 위에 놓인 손가방 쪽으로 미끄러져 다가가는 것이 보였다. 그녀는 이윽고 그 손가방을 잡고 초조하게 끌어당겼다.

부인과 나의 눈이 마주쳤고, 나는 그녀의 눈에서 불안과 공포를 읽을 수 있었다. 나는 그녀에게 말을 걸었다.

"기분이 좋지 않으신가요, 부인? 창문을 열어 드릴까요?"

그녀는 대답도 하지 않고 옆에 앉은 사나이를 불안스러운 듯이 바라보았다. 나는 그녀의 남편이 했던 것처럼 목을 움츠리고 미소를 지으며'걱정할 필요 없다, 내가 있고 게다가 이 사람은 위험하지 않은 것 같다'는 표정을 지어 보였다.

그러자 남자는 우리를 차례로 훑어 본 다음, 의자 구석에 몸을 웅크리고 꼼짝도 하지 않았다. 침묵이 계속되었다. 부인은 필사적으로 짜내는 것처럼 거의 알아들을 수 없는 목소리로 내게 말했다.

"그 사람이 이 열차에 있다는 걸 알고 계세요?"

"누구 말입니까?"

"그… 그 사람 말이에요… 정말이에요!"

"누굽니까, 그사람이?"

"아르센 뤼팽 말이에요!"

그녀는 옆의 남자에게 눈을 떼지 않은 채 이 섬뜩한 이름을 말했다. 남자는 모자를 코 위까지 끌어내렸다. 불안을 감추기 위한 것이었을까, 그냥 잠을 자려고 그랬던것일까?

나는 그녀의 말에 반대했다.

"아르센 뤼팽은 어제 궐석 재판으로 20년의 징역을 선고받았어요. 그러니 당장 오늘 얼굴을 내놓고 다니는 그런 바보 같은 짓은 하지 않을 겁니다. 그리고 신문에도 그 남자가 라 상테를 탈출한 후, 이번 겨울을 터키에서 지낸다고 기사가 정확히 나지 않았습니까."

"그는 이 열차에 타고 있어요."

부인은 마치 그 남자가 들으라는 듯 되풀이 말했다.

"제 남편은 형무과 차장인데, 역의 공안관이 아까 우리들에게 아르센 뤼팽을 쫓고 있는 중이라고 말했어요."

"하지만 그렇다고 해서……."

"파페르듀의 홀에서 그를 본 사람이 있다고 했어요. 르왕 행 일등 차표를 샀다는 거예요."

"그럼, 거기서 붙잡으면 좋았을 것을 왜 그렇게 못했죠?"

"순식간에 자취를 감추었던 거예요. 개찰 담당이 말하기를 개찰구에서는 못 보았지만, 교외선 플랫폼을 지나 이 차보다 10분 늦게 출발하는 급행을 탄 것 같다고 이야기하더군요."

"그렇다면 거기서 붙잡았겠지요."

"하지만 만일 그 기차가 출발하기 직전에 거기서 뛰어나와 여기이 열차에 올라탔다면… 틀림없이 그랬을 거예요. 분명해요!"

"그렇다면 여기서 붙잡힐 겁니다. 열차에서 열차로 옮겨 타는 것을 역원이나 경관이 보았을 테니까, 르왕에 도착하면 반드시 검거될 겁니다."

"그 남자가 잡힌다고요? 이번에도 도망가고 말 거예요."

"그렇다면 우리는 안전하지요."

"하지만 이 열차가 도착할 때까지 무슨 짓을 할지 알 수 없어요."

"무슨 짓을 한다는 말입니까?"

"그걸 알 수 있나요? 무슨 일을 저지를지 아무도 모르는 걸요!"

부인은 몹시 흥분해 있었다. 사실 이러한 상황에 처하고 보면 이 신경질적인 흥분도 어느 정도는 당연한 일이었다. 나는 무의식중에 말했다.

"분명히 우연히 그렇게 될 수 있지요… 하지만 안심하셔도 됩니다. 아르센 뤼팽이 이 열차에 타고 있다 하더라도 얌전하게 있을 겁니다. 또다시 말썽을 일으키기보다는 눈앞에 닥친 위험을 피하는 것만을 생각할 거예요."

그래도 그녀는 마음을 놓지 못하는 모양이었다. 이윽고 그녀는 너무 무례했다고 생각했는지 입을 다물어버렸다. 나는 신문을 펼쳐 들고 아르센 뤼팽 사건의 기사를 읽었다. 기사는 특별히 새로운 것도 없어 재미가 없었다.

특별히 새로운 것은 없었으므로 아무 재미도 없었다. 더욱이 나는 잠도 부족해서 지친 상태였다. 서서히 눈꺼풀이 내려오면서 머리가 수그러졌다.

"아니, 잠드시면 안 돼요!"

부인은 내 신문을 낚아채더니 화가 난 듯 나를 노려보았다.

"잠들지 않겠습니다. 정말입니다. 저는 솔직히 잠을 자고 싶지 않군요."

나는 이렇게 대답할 수밖에 없었다.

"주무신다면 그것이야말로 부주의한 짓이에요."

"물론이죠."

나는 부인의 말에 대꾸했다. 나는 창 밖의 경치며 하늘에 떠가는 구름 같은 것을 바라보며 몰려오는 잠과 싸웠다. 그러나 시간이 흐를수록 차츰 시야는 흐려지고 있었다. 흥분해 있는 부인도, 웅크리고 있는 신사도 의식에서 사라져가고 나의 내부에는 깊은 잠의 침묵만이 남게되었다.

짤막짤막하게 이어진 꿈속에서는 계속 뤼팽이 등장했다. 그는 귀중한 물건을 걸머지고 지평선을 방황하는가 하면, 담을 뛰어넘고 호화로운 저택을 털었다. 그러다가 갑자기 이 남자의 모습이 뚜렷해졌다.

그는 이미 아르센 뤼팽이 아니었다. 그는 내가 있는 쪽으로 다가오며 차츰차츰 커지더니 믿을 수 없을 정도로 재빨리 열차에 뛰어올라 내 가슴으로 쓰러졌다. 심한통증… 날카롭게 외치는 커다란 비명소리… 나는 잠에서 깨어 눈을 떴다.

한 남자가 한쪽 무릎으로 내 팔을 누르고, 나의 목을 죄고 있었다. 눈에서 피가 흘러나와 나는 그를 뚜렷이 볼 수 없었다. 의자 한 구석에서 부인이 겁에 질려 몸부림치고 있는 것이 희미하게 보였다. 나는 저항하려고도 하지 않았다. 그럴 힘이 없었던 것이다. 관자놀이가 윙윙 울렸고, 숨이 막혔다. 숨이 찼다… 이렇게 1분만 더 있었더라면 나는 그대로 질식해 죽었을 것이다.

남자도 그것을 알아챘음에 틀림없다. 그는 조이던 손의 힘을 늦추었다. 그러나 손은 떼지 않고 재빠른 동작으로 고리를 만든 끈으로 내 두 손목을 묶어버리고 말았다. 나는 눈 깜짝할 사이에 꽁꽁 묶였고, 재갈을 문 채 꼼짝도 할 수 없게 되어버렸다. 남자는 이 일을 순식간에 해치웠다. 절도나 범죄 전문가, 또는 대가라고 할 만한 솜씨였다. 한마디도 하지 않고 손도 떨리지 않는 냉정함과 대담함! 나는 의자 위에 미라처럼 묶여 있었던 것이다. 아 내가! 이 아르센 뤼팽이 말이다!

정말이지, 우스꽝스럽기 이를 데 없는 일이었다. 나는 심각한 상황 속에서도 이 일이 얼마나 웃기는 일인가 생각하고 있었다. 아르센 뤼팽이 신출내기처럼 이렇게 당하고 말다니! 마치 풋내기처럼 모조리 벗겨 가도 꼼짝 못하고 있다니! 물론 나는 지갑도 가방도 모두 빼앗긴 상태였다. 아르센 뤼팽이 계략에 걸려들었을 뿐 아니라 패배한 것이다. 이 얼마나 뜻밖의 일인가!

남자는 부인을 쳐다보지도 않고 바닥에 떨어져 있는 손가방을 주웠다. 남자가 보석이며 지갑, 금은 세공품들을 빼내는 것을 부인은 한쪽 눈만 뜨고 공포에 질린 채 바라보았다.

그녀는 그의 수고를 덜어주려는 것처럼 공포에 질린 채 반지를 빼서 남자에게 내밀었다. 남자는 반지를 받더니 그녀를 쳐다보았고 그녀는 정신을 잃고 말았다.

그러자 남자는 아무 말 없이 조용히 아까 웅크리고 있던 자리로 돌아가 담배에 불을 붙였다. 그리고 우리 두 사람은 쳐다보지도 않은 채 손에 넣은 귀중품들을 매우 조심스럽게 조사하기 시작했다. 그는 아주 만족스러운 표정이었다.

그러나 나는 전혀 만족스럽지가 않았다. 부당하게 빼앗긴 1만 2천 프랑은 생각할 것도 못되었다. 지금만 잠깐 참으면 금방 내 손으로 돌아올 돈이었다. 가방에 들어 있는 귀중한 서류도 마찬가지다.

서류에는 계획 견적, 참고, 연락할 상대방의 목록, 위험한 편지 등이 있었다. 이것들 외에 당장 절실한 걱정이 나를 괴롭히고 있었다. 앞으로 어떻게 될 것인가?

내가 생 라자르 역을 지나왔기 때문에 소동이 벌어질 것은 보지 않아도 알 만한 일이었다. 나는 기욤 베를라라는 가명으로 교제하고 있던 친구들에게 초대받았기 때문에-그들은 나를 아르센 뤼팽과 닮았다고 하면서 놀려대곤 했다-마음대로 변장을 할 수가 없었다. 그리고 내 존재는 이미 은밀히 경찰에게 알려져 있었다.

뿐만 아니라 한 남자가 급행에서 특급으로 훌쩍 뛰어 옮겨 타는 것을 본 사람이 있었다. 그 사나이야말로 아르센 뤼팽이 아니고 누구겠는가?

당연한 일이겠지만 르왕의 경찰서장은 전보로 통지를 받자마자 상당한 수의 경찰관을 동원하여 열차가 도착하기를 기다릴 것이었다. 수상한 승객을 심문하는 한편, 열차를 조심스럽게 수색할 것이다. 나는 이미 이런 일들을 예상하고 있었다. 그러나 그런 일은 아무것도 아니었다. 르왕의 경찰이 파리의 경찰보다 더 훌륭한 감식력이 있을 리도 없거니와, 나는 잘 빠져나갈 자신이 있었기 때문이다.

생 라자르 역의 개찰 담당을 속아 넘긴 것처럼 시치미 뚝 떼고 대의원 명함을 보이기만 하면 끝날 일이었다. 그러나 사태는 지금 돌변하고 있었다. 나는 이미 신체의 자유를 뺏겼고, 여느 때의 수법을 사용하는 것은 불가능했다.

르왕의 서장은 운 좋게도 열차 안에서 손발을 묶인 채 염소새끼처럼 순하게 체념하고 있는 아르센 뤼팽을 발견하게 될 것이다. 사냥에서 잡은 동물이나 과일, 야채 바구니처럼, 역에 유치하는 수화

물처럼 그냥 받기만 하면 되는 것이다.

이러한 저주받을 결과를 피할 방법이 묶여있는 내게 있을 리가 없었다. 더구나 특급은 베르농 역이나 생 피에르 역에서는 멈춰 서지도 않고, 단 하나의 정차역인 르왕을 향해 달리고 있었다.

하지만 지금 당장 나를 괴롭히는 문제는 다른 것이었다. 직접적으로는 나와 그다지 관계 없는 일이었지만 내 직업적 흥미를 자극했던 것이다. 과연 저 사나이의 목적은 무엇일까? 저 남자 혼자뿐이라면 르왕 역에서 천천히 내려도 괜찮았다. 하지만 부인이 가만있을 리가 없었다. 마구 설치며 큰 소리로 구원을 요청할 것이었다. 이것역시 내겐 생각지도 못한 문제였다.

어째서 저 여자도 나처럼 움직일 수 없게 하지 않았을까? 그렇게 하면 아무도 몰래 유유히 모습을 감출 수 있을 텐데? 사나이는 부슬부슬 빗방울이 비스듬히 뿌려지기 시작하는 하늘을 꼼짝 않고 지켜보면서 여전히 담배를 피우고 있었다.

그리고 고개를 한 번 돌리고서 내 시간표를 집더니 그것을 살펴보기 시작했다. 부인은 적을 안심시키기 위해 아직 실신해 있는 것처럼 꾸미고 있었다. 하지만 금방 담배연기 때문에 기침을 하는 바람에 그녀의 거짓은 금방 들통이 났다.

몸 마디마디가 아프고 답답해졌지만 나는 골똘히 생각에 잠겨서 방법을 궁리하고 있었다.

퐁 드 라르슈, 오아셀… 열차는 속도에 취한 것처럼 쾌속을 유지하고 있었다. 퐁 에티엔느… 그때 사나이는 일어서더니 우리 쪽으로 두어 걸음 다가왔다. 그러자 부인은 이내 비명을 울리고 이번에는 정말로 기절해버리고 말았다.

도대체 이 사나이의 목적은 무엇일까?

그는 우리가 있는 쪽 유리창을 닫았다. 그의 거동으로 보아 레인코트도 외투도 가지고 있지 않아 곤란한 모양이었다. 그는 선반을 쳐다보았다. 그곳에는 부인의 양산이 있었고 그는 그것을 집어들고 내 외투를 입었다. 열차는 세느 강을 지나가고 있었다.

그는 바짓가랑이를 걷어올리고 몸을 굽히더니 문의 바깥쪽 고리를 벗겼다. 철로 위로 뛰어내릴 작정일까? 이렇게 속력을 내고 있으니 지금 뛰어내리면 틀림없이 죽을 것이다. 열차는 생 카트리느 해안의 터널로 들어섰다. 사나이는 문을 절반쯤 열고 발로 승강구 계단을 찾았다. 미친 짓이다! 어둠, 연기, 소음! 이런 데서 뛰어내린다는 것은 완전히 미친 짓이었다.

그런데 열차가 갑자기 천천히 달리기 시작했다. 제동기가 바퀴의 회전을 늦춘 것이다. 속도가 갑자기 보통으로 떨어지더니 다시 한층 더 늦춰졌다. 보강공사 중이었기 때문에 속도를 늦춘 것이었다. 이 남자는 분명히 이 보강공사 계획을 이미 알고 있었음이 틀림없었다.

그는 한쪽 발을 한쪽 발을 승강구의 계단에 내려놓고 고리를 제자리로 돌려서 문을 닫은 다음 태연하게 뛰어 내렸다. 그가 자취를 감추자마자 차 안이 밝아지면서 흰 연기가 보였다. 열차가 골짜기 사이로 나온 것이다. 또 하나의 터널을 지나면 르왕에 닿을 것이었다. 그 순간 부인은 의식을 되찾아 곧 보석을 잃어버렸다고 불평하기 시작했다.

나는 눈으로 그녀에게 부탁했다. 그녀는 금방 내 뜻을 이해하고 재갈을 벗겨주었다. 그녀는 내 손도 풀어주려고 했지만 나는 그것을 막았다.

"아닙니다. 경찰에게 현장을 보여줄 필요가 있습니다. 수법을 알도록 해주어야 합니다."

"비상벨을 울리면 어때요?"

"이미 늦었습니다. 내가 당하고 있을 때 눌러야 했습니다."

"그렇게 했더라면 전 죽었을 거예요! 보세요, 그 사나이가 이 기차에 타고 있다고 말씀드렸잖아요. 사진을 보았기 때문에 금방 알 수 있었다고요. 그가 제 보석을 가지고 달아나버렸어요."

"곧 붙잡힐 겁니다. 걱정할 필요 없습니다."

"아르센 뤼팽이 붙잡히다니요! 여간해서는 그런 일이……."

"부인, 그건 당신에게 달려 있습니다. 제 말을 들어주십시오. 소란을 떨면 경관이나 역무원이 달려올 겁니다. 그러면 당신이 본 것을 그대로 이야기하십시오. 내가 기습당했던 일이며 아르센 뤼팽이 달아난 상황을 간단하게 말입니다. 그의 인상, 스프트 모자, 양산-이건 당신 겁니다만-그리고 외투에 대한 이야기도."

"당신 외투잖아요?"

여자가 반문했다.

"아닙니다. 그의 것이에요. 나는 외투 같은 건 가지고 있지 않았습니다."

"그 남자가 탔을 때는 외투를 입지 않은 것 같았는데요."

"아니, 입고 있었습니다. 어쩌면 누군가가 선반에 잊어버리고 갔는지도 모릅니다만, 어쨌든 내릴 때는 입고 있었습니다. 이것이 중요한 점입니다. 회색빛의 기다란 외투입니다. 생각나시지요?

아! 그리고 맨 처음 우선 당신의 이름부터 말하세요. 남편 분의 직업을 알면 경관들도 힘을 낼 테니까요."

열차가 역에 닿자마자 그녀는 출입구 쪽으로 나가기 시작했다. 나는 약간 힘을 주어 거의 명령조로, 내 말을 그녀의 머리에 새겨놓아 주기 위해서 분명하게 말했다.

"그리고 내 이름도 말해 주십시오. 기욤 베를라입니다. 만일 괜찮다면 나와 아는 사이라고 말해 주십시오. 그렇게 하면 시간이 절약될 거예요. 그렇지 않으면 예비조사를 해야 하니까요. 중요한 것은 아르센 뤼팽을 추적하는 일입니다. 당신의 보석도… 아시겠지요? 당신 남편의 친구 기욤 베를라입니다."

"알겠어요… 기욤 베를라 씨."

그녀는 벌써 사람을 부르며 손짓을 하고 있었다. 열차가 멈춰 서기도 전에 한 신사가 몇 사람의 부하를 데리고 차로 들어왔다. 위태로운 시간이 가까워졌다. 부인은 숨을 헐떡이면서 소리쳤다.

"아르센 뤼팽이에요… 우리는 습격당했어요… 보석을 훔쳐갔답니다. 저는 형무관 차장 르노의 아내입니다. 이 사람은 제 동생이에요. 르왕 은행장 조르주 아르델… 아시겠지요?"

그녀는 우리가 있는 곳으로 온 젊은 사나이를 포옹했고 울면서 이야기를 계속했다.

"네, 그래요. 아르센 뤼팽이었어요… 이 분이 자고 있을 때 목을 졸랐어요… 이 분은 베를라 씨로, 남편의 친구에요."

서장이 물었다.

"그런데 아르센 뤼팽은 어디 있습니까?"

"세느 강을 건넌 다음 터널 속에서 뛰어내렸어요."

"틀림없습니까?"

"틀림없어요! 확실히 보았어요. 게다가 생 라자르 역에서도 본 사람이 있었으니까요. 소프트 모자를 쓰고……."

"아니… 이것과 똑같이 생긴 단단한 펠트 모자입니다."

서장은 내 모자를 가리키면서 정정했다.

"소프트였어요. 게다가 기다란 회색 외투!"

르노 부인이 되풀이해서 말했다.

"물론 그렇지요. 검은 벨벳 깃이 달린 기다란 회색 외투… 전보에도 그렇게 적혀 있었어요."

서장이 중얼거렸다.

"검은 벨벳 깃… 네, 맞아요!"

르노 부인은 의기양양하게 외쳤다. 나는 숨을 몰아쉬었다. 아, 이 여인은 얼마나 기특한 내 편인가! 그 동안 경관들은 나를 묶고 있던 새끼줄의 매듭을 풀어주었다. 나는 입술을 깨물었고 그 자리에서 피가 흘러나왔다. 나는 오랫동안 부자유스러운 자세로 묶여 있었던 사람답게 구부정하게 몸을 굽히고 손수건을 입에 댄 채 피를 흘리면서 힘없는 목소리로 서장에게 말했다.

"서장님, 아르센 뤼팽임에 틀림없습니다… 빨리 서두르면 잡을 수 있습니다… 나도 얼마쯤 도움이 되리라고 생각합니다."

조사를 위해 차량은 따로 떼어졌고 열차는 르아브르를 향해 출발했다. 우리는 플랫폼을 메우고 있는 떠들썩한 구경꾼들의 사이를 비집고 역장실 쪽으로 안내되었다.

나는 망설였다. 무엇인가 구실을 만들어 그 자리를 떠나, 자동차를 세워둔 곳으로만 가면 도망칠 수가 있었다. 기다리는 것은 위험하다. 무엇인가 있다면… 가령 파리에서 전보라도 온다면 나는 파멸이다. 하지만 내 물건과 돈을 빼앗아간 강도는? 나 혼자 힘만으로는 강도를 붙잡아낼 가망이 없었다.

"괜찮아! 운은 시험해 봐야 하니까! 이대로 있어 보자. 이기기는 어렵지만 이 승부는 아주 재미있겠는걸. 더구나 내기에 건 돈은 그만한 가치가 있는 법이니까."

진술을 계속하라고 했을 때 나는 소리쳤다.

"서장님, 아르센 뤼팽은 도주중입니다. 내 자동차가 구내에서 기다리고 있습니다. 만약 괜찮으시다면 우리가 추적해 보겠습니다만……."

서장은 웃었다.

"그 생각도 나쁘지는 않지요… 이미 그렇게 하고 있거든요."

"그래요!"

"그렇소. 부하 두 사람이 자전거로 출발했습니다… 벌써 오래 전에 말입니다."

"어디로 말입니까?"

"터널의 출구로 갔습니다. 그곳에 가면 단서를 잡아 아르센 뤼팽을 추적할 수 있을 겁니다."

나는 목을 움츠리지 않을 수 없었다.

"당신의 부하는 단서를 발견할 수 없을 겁니다."

"그럴 리가!"

"아르센 뤼팽이 터널에서 나가는 것을 볼 수 없을 겁니다. 첫 번째 길로 나와 그곳에서……."

"그곳에서 르왕으로 간 다음, 거기서 붙잡히겠지요."

"르왕에는 가지 않을 겁니다."

"그럼 부근에 있다면 한층 더 붙잡힐 게 확실하겠지요."

"부근에도 있지 않을 겁니다."

"아니, 뭐라고요! 그렇다면 대체 어디에 숨어 있다는 말입니까?"

나는 시계를 꺼내 보았다.

"이 시간이라면 아르센 뤼팽은 다르네탈 역 언저리를 서성거리고 있을 겁니다. 10시 50분, 그러니까 22분 뒤에는 르와의 북 정류장에서 아미앵 행 열차를 탈 것입니다."

"정말입니까? 어떻게 알고 계시지요?"

"아주 간단한 일입니다. 차 안에서 아르센 뤼팽은 내 기차 시간표를 조사했습니다. 무엇 때문이었을까요? 그가 자취를 감춘 장소 가까이에 다른 선이나 역, 그리고 그 역에서 열차가 있을까요? 나는 지금 시간표를 조사해 봤고, 그래서 알게 된 것입니다."

"과연 그렇겠군! 훌륭한 추리입니다. 놀라운데요!"

서장은 감탄했다.

내가 깊은 생각 없이 수완을 보인 것은 무척 서투른 짓이었다. 그는 놀라서 나를 쳐다보았다. 그의 머릿속에 어떤 의문이 스쳐간 모양이었지만 아주 잠깐 동안이었다. 서장이 알고 있는 아르센 뤼팽의 사진은 전부 불완전한 것이었고, 지금 눈앞에 보이는 사람과 전혀 달랐기 때문이었다.

서장은 나의 정체를 알아채지는 못했지만 불안감을 느끼면서 말이 끊어졌다. 뭔가 애매하고 불확실한 감정이 우리의 입을 다물게 했던 것이다.

나 자신도 몸이 떨렸다. 정세가 불리하게 되는 것일까? 나는 불안한 감정을 누르면서 웃었다.

"그냥 뭐 도둑맞은 가방을 찾고 싶다고 말씀드리면 이해해 주시겠지요? 만일 부하 두 사람만 빌려 주신다면 내가 문제없이……."

"부탁드리겠어요. 서장님. 베를라 씨가 말씀하시는 대로 해주세요. 네?"

르노 부인이 외쳤다. 나의 훌륭한 여자친구의 발언은 결정적인 것이었다. 유력자의 아내인 그녀의 입에서 이런 부탁이 흘러나오자 베를라는 정말로 내 이름이 되어 버렸으며, 절대로 신분을 의심할 수 없게 되었다. 서장이 자리에서 일어섰다.

"베를라 씨, 당신이 나서 주신다면 참으로 감사하겠습니다. 저 역시 당신처럼 아르센 뤼팽을 체포하고 싶습니다."

그는 나를 자동차가 있는 곳까지 안내해 주었다. 그가 소개해준 두 형사, 오노레 마솔과 가스통 들리베가 함께 차에 올랐고 네기 운전대를 잡았다. 얼마 뒤 우리는 역에서 떠났다.

나는 구원된 것이다.

아아! 솔직히 이 노르망디의 낡은 거리를 둘러싼 큰길로 35마력의 모로 렙튼을 당당하게 몰고 지날 때는 얼마쯤 의기양양해지지 않을 수 없었다.

모터는 기분 좋게 움직이고 길 오른편에 가로수가 뒤로 달리고 있었다. 위험에서 탈출하여 자유롭게 된 나는 국가권력의 착실한 대표자인 두 사람의 협력 아래 나의 조그마한 개인적 용무를 해결하기만 하면 되었다. 아르센 뤼팽이 아르센 뤼팽을 잡으러 가는 것이다.

사회질서의 충실한 기둥인 가스통 들리베와 오노레 마솔이여!

자네들의 도움은 내게 있어 얼마나 귀중한 것이었는지! 당신들이 없었다면 나는 네거리에서 몇 번이나 길을 잘못 들었을지 모른다. 자네들이 없었다면 아르센 뤼팽은 실패했을 것이고, 또 하나의 아르센 뤼팽은 달아나버렸을 것이다.

그러나 모든 것이 끝난 것은 아니었다. 끝나가기는커녕 이제부터 시작이었다. 나는 먼저 그 인물을 붙들어야 했고 그 다음 그 사나이에게 도둑맞은 서류를 되찾지 않으면 안 되었다. 어떤 일이 있더라도 이 두 형사들이 서류에 대한 것을 알아서는 안 되었다.

서류를 압수당하거나 보게 해서도 안 된다. 그들을 이용하지만 그들이 모르게 행동해야 한다는 것이 내가 노리는 바였다. 하지만 결코 쉬운 일이 아니었다.

다르네탈에 도착한 것은 열차가 지나고 나서 3분 뒤였다. 검은 벨벳 깃이 달린 기다란 회색 외투를 입은 사나이가 아미앵 행 차표를 가지고 2등차를 탔다는 것을 알게 되자 마음이 편안해졌다. 들리베가 내게 말했다.

"그 기차는 급행이니까 아마 19분 뒤 몬테로리에 뷔시에서 멈출 것입니다. 이쪽이 뤼팽보다 빨리 가 닿지 않으면 녀석은 아미앵까지 간 다음 거기서 디에프나 파리로 향할 것입니다."

"몬테로리에까지의 거리는?"

"23킬로미터입니다."

"23킬로미터를 19분으로… 우리가 먼저 도착하겠군요."

나의 충실한 모로 렙튼은 열심히 규칙적으로 나의 초조함에 호응해 주었다. 나는 이 차에 레버라든가 운전대의 중개 없이 직접 내 의사를 전달한 것 같은 느낌이었다. 차는 나와 희망을 같이했고 내

집요함에 동의했다. 차는 그 아르센 뤼팽이라는 녀석에 대한 나의 증오를 이해해 주었다.

사기꾼! 배신자! 나는 녀석을 혼내줄 수 있을까? 녀석은 또다시 당국의 눈을 피해 달아날 것인가? 내가 대표하고 있는 이 당국을?

"오른쪽으로!"

들리베가 소리쳤다.

"왼쪽으로, 똑바로."

우리는 지면에서 뛰어올라 공중으로 날고 있는 것처럼 질주했다. 차도와 인도 사이에 있는 돌들은 마치 겁많은 작은 짐승처럼 우리의 차가 다가서자마자 사라져 버렸다. 그때 갑자기 길가의 구부러진 길모퉁이에서 연기가 솟아올랐다.

북부선의 급행열차에서 뿜어 나오는 연기였다. 1킬로미터쯤 되는 거리를 계속 나란히 달렸고 기차는 점점 뒤로 밀려나기 시작했다. 우리는 3초 동안에 2등차 앞의 플랫폼으로 떠내려갔고 곧 일자의 문이 열렸다. 너덧 사람이 내렸지만 도둑은 나오지 않았다. 열차를 샅샅이 수색해도 그는 발견되지 않았다.

"제기랄! 나란히 달리고 있을 때 내가 자동차 안에 있는 것을 보고 뛰어내린 모양이군."

차장이 나의 추측을 확인해 주었다. 그는 역에서 2백미터쯤 떨어진 곳에서 둑을 따라 한 사나이가 굴러 떨어지는 것을 보았다고 말했다.

"저기, 저겁니다. 건널목을 지나고 있지요?"

나와 두 형사는 마구 뛰기 시작했다. 아니, 한 명이라고 해야 옳을 것이다. 왜냐하면 마솔은 굉장히 잘 뛰는 편이어서 속력이 굉장히 빨랐기 때문에 나보다 앞서 달려갔던 것이다. 그와 도망자 사이에 벌어졌던 거리는 순식간에 좁혀졌다.

문제의 남자는 그가 쫓아오는 것을 눈치 채고 울타리를 넘어 둑 쪽으로 재빨리 달아나 기어 올라갔다. 남자가 작은 숲 속으로 도망치는 것이 보였고 우리가 숲에 다다르자 마솔이 기다리고 있었다. 더 이상 쫓아가 보아야 길을 잘못 들어 헛수고가 되리라고 판단했던 것이다.

"그것으로 됐소! 그렇게 달리면 그 사나이도 틀림없이 숨이 찼을 거요. 곧 잡힐 겁니다."

나는 그에게 말했다. 나는 나 혼자서 사나이를 붙잡을 방법을 궁리하면서 부근을 수색해 보았다. 나한테서 훔쳐간 것을 내 손으로 찾아내고 싶었기 때문이었다. 경찰에서는 멋대로 실컷 조사하고 난 다음이 아니면 돌려주지 않을 것이 뻔했다. 나는 두 사람이 있는 곳으로 돌아왔다.

"아주 쉬운 일입니다. 마솔, 당신은 왼쪽을 지키고 있고 들리베 당신은 오른쪽을 지켜요. 그리고 숲의 뒤쪽을 지키고 있으면 그 녀석이 나오는 것을 볼 수 있을 겁니다. 그 다음은 이 골짜기뿐인데, 이쪽은 내가 망을 보지요. 녀석이 나오지 않는다면 내가 들어가서 당신들이 있는 곳으로 쫓아내겠소. 그러니까 당신들은 그저 기다리고 있기만 하면 됩니다. 아, 그리고 긴급한 경우에는 총을 쏘기로 합시다."

마솔과 들리베는 각각 자기가 맡은 장소로 갔다. 두 사람의 모습이 보이지 않게 되자 곧 나는 보이지도 들리지도 않도록 세심한 주의를 기울이면서 숲 속으로 들어갔다. 그곳은 사냥을 위해 보호되고 있는 곳이었기 때문에 몸을 굽히지 않으면 걸어갈 수 없을 정도로 좁은 샛길이었다. 그 샛길 가운데 하나를 따라 들어가자 빈터가 나왔다. 젖은 풀이 사람이 지나간 것을 말해주고 있었다.

나는 서 있는 나무 사이를 누비면서 몸을 감추고 조심스럽게 그 자국을 쫓았다. 얼마쯤 발자국을 따라가니 조그만 언덕 위에 쓰러질 듯이 보이는 석회벽 움막집이 보였다. 나는 생각했다.

'틀림없이 저기에 있을 것이다! 썩 좋은 전망대를 골랐단 말이야.'

나는 움막집 바로 곁에까지 기어갔다. 희미한 소리가 들리고, 사람이 있는 기척이 느껴졌다. 창문가에서 그 남자의 등이 보였고, 나는 그에게 달려들었다. 그는 손에 들고 있던 권총을 내게 돌리려고 했다. 나는 그에게 여유를 주지 않고 넘어뜨려서 두 팔을 몸 아래로 밀어 넣어 깔고 무릎으로 가슴을 눌렀다. 나는 사나이의 귀에다 대고 속삭였다.

"이봐, 잘 들어. 나는 아르센 뤼팽이야. 내 가방과 그 여자의 손가방을 돌려주시지? 그렇게 하면 너를 경찰의 손에서 달아나게 해주고, 내 동료로 삼아주지. 그럴 텐가, 아니면 거절할 텐가?"

"그러겠소."

그가 중얼거렸다.

"좋아! 오늘 아침 일은 훌륭했어. 사이좋게 지내세."

나는 일어섰다. 그는 주머니에서 커다란 칼을 꺼내더니 나를 찌르려고 했다.

"바보 같은 녀석!"

나는 외쳤다.

나는 한 손으로 칼을 막고 다른 한 손으로 상대방의 동맥을 강하게 쳤다. 그는 정신을 잃고 쓰러졌다.

가방 속에는 서류도 지폐도 그대로 있었다. 나는 호기심에서 그의 가방을 열어보았다. 그에게로 온 편지봉투에 그의 이름이 쓰여 있었다. 피에르 옹프레! 나는 등골이 오싹했다. 오퇴이유의 라 퐁텐느 가의 살인범 피에르 옹프레! 델보아 부인과 두 딸을 목 졸라 죽인 피에르 옹프레! 나는 그의 얼굴을 들여다보았다.

그렇다! 열차 안에서 그를 본 것 같은 느낌이 들었던 건 바로 그 때문이었다. 하지만 생각을 하고 있기에는 시간이 부족했다. 나는 한 장의 봉투 속에 1백 프랑짜리 지폐 두 장을 넣고 다음과 같은 말을 적은 명함을 넣어두었다.

- 선량한 동료 오노레 마솔과 가스통 들리베에게 감사의 표시로 전합니다.

아르센 뤼팽 -

나는 이것을 잘 보이도록 한가운데 놓았다. 그 옆에는 르노 부인의 손가방을 놓았다. 나를 도와준 기특한 여인에게 그녀의 물건을 돌려주지 않을 수 없었다. 그리고 옹프레의 처리가 남아 있었다. 어떻게 할까? 나에게는 그를 구해줄 의무도 처벌할 자격도 없었다. 나는 그의 무기를 집어 들어 공중을 향해 권총을 쏘았다.

'그 두 사람이 곧 이쪽으로 오겠지! 다음 일은 그들에게 맡기자. 일은 운명대로 되어 가겠지.'

그런 다음 나는 골짜기의 길을 지나 멀어져 갔다. 20분 뒤 아까 추적하면서 도중에 보아두었던 지름길을 지나서 자동차가 있는 곳으로 돌아왔고 4시에 르왕의 친구들에게 전보를 쳤다. 뜻하지 않은 사고 때문에 방문을 다음 기회로 미루겠다고.

지금쯤 그들은 진상을 알았을 것이었기 때문에 사실상 이 방문은 무기한 연기될 수밖에 없었다. 나는 릴, 아당, 앙지앙, 비노를 지나 6시에는 파리에 돌아왔고 그날 저녁 피에르 옹프레가 체포되었다는 기사를 읽었다.

다음날, 에코드 드 프랑스 지는 사회면에 센세이셔널한 기사를 싣고 있었다.

- 어제 뷰우 시 부근에서 아르센 뤼팽은 수많은 사건을 거친 다음 피에르 옹프레를 체포했다. 라 퐁테느 가에서 살인을 저지른 이 범인은 파리와 르 아브르 사이의 열차 안에서 형무과 차장 르노 씨 부인의 소지품을 강탈했던 것이다.

아르센 뤼팽은 보석을 넣어두었던 손가방을 찾아 르노 부인에게 돌려주는 한편 이 극적인 체포에 임하여 그를 도와주었던 경관 두 사람에게 충분한 사례금을 지불해 주었다.

09
뤼팽이 탈출

뤼팽의 탈출

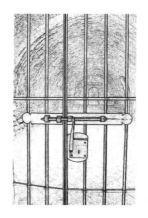

식사를 마친 아르센 뤼팽은 혼자 금종이로 만든 고급 시가를 바라보며 흐뭇해하고 있었다. 그때 감방의 문이 열렸고 그는 재빨리 시가를 서랍 속에 던져 넣었다. 열린문으로 간수가 들어왔다. 뤼팽은 쾌활한 목소리로 소리쳤다.

"기다리고 있었습니다."

산책할 시간이었다. 간수가 밖으로 나가 복도 모퉁이를 돌자마자 두 남자가 감방 안으로 들어와 면밀히 검사를 하기 시작했다. 듀지 형사와 포랑팡 형사는 사건을 매듭짓고 싶어 하고 있었다.

어쨌든 아르센 뤼팽이 외부와 연락을 취하고 있었다는 사실은 의심할 여지가 없었다. 어제도 르 그랑 주르날지에 이런 편지가 실렸었다.

— 최근의 기사를 보았는데 귀 신문은 저에 대해서 사실 무근한 내용

의 기사를 실었더군요. 재판이 열리기 전에 직접 찾아뵙고 제 의견을
말씀드렸으면 합니다. 그때까지 평안하시길…….

아르센 뤼팽 -

필적은 분명 아르센 뤼팽의 것이었다. 그는 감옥 안에서도 자유
롭게 편지를 주고받는다는 것이 확인된 셈이었다. 따라서 그가 장담
한 대로 탈옥도 진행되고 있다고 의심할 수 있는 일이었다. 상황은
이미 더 이상 내버려 둘 수 있는 단계가 아니었다. 예심판사와 의논
한 뒤듀 치안국장은 자신이 직접 라 샹테 감옥을 방문했다. 그가 교
도소장에게 필요한 조치를 지시하고 부하 두 명을 시켜 뤼팽의 감방
을 수색하도록 한 것이었다.

그들은 감방의 바닥은 물론 침대도 분해하는 등 빈틈없이 수색
했다. 하지만 수색이 끝난 뒤에도 아무것도 발견되지 않았다. 두 형
사는 어쩔 수 없이 수색을 멈춰야만 할 상황이었다. 그런데 그때 간
수 한 명이 부랴부랴 달려와 그들에게 말했다.

"서랍… 탁자의 서랍을 뒤져보세요. 제가 들어왔을 때 뤼팽이 무
엇인가를 재빨리 서랍 속으로 집어넣었습니다!"

두 형사는 즉시 서랍을 열었고 듀지 형사가 소리쳤다.

"어라! 이건 뭐지?"

포랑팡이 얼른 그를 제지하고 나섰다.

"기다려, 국장님이 직접 와서 봐야 해."

"그런데 이건 꽤 고급 시가 같은데……."

"하바나 산이로군. 아무튼 국장님에게 어서 보고하도록 해."

잠시 후 달려온 뒤듀 국장이 직접 서랍을 조사했다. 서랍 속에서 통신사에서 오려낸 아르센 뤼팽에 대한 신문기사 다발이 발견되었다. 그리고 담배통, 파이프, 섬세한 재질의 타이프 용지, 마지막으로 두 권의 책이 나타났다. 뒤듀 국장은 책의 제목을 보았다. 한 권은 칼라일의《영웅숭배》영어판이었고, 또 한 권은 예스러운 장정의 멋진 엘제비르 판으로 된《에픽테토스 어록》독일어 번역본으로 1634년 레이드에서 간행한 것이었다.

책장을 넘겨보니 거의 모든 페이지마다 손톱자국과 밑줄이 달려 있었고, 빽빽이 주석까지 적혀 있었다. 열심히 읽은 흔적일까, 아니면 암호일까?

"다음에 자세히 조사하기로 하세."

뒤듀는 이어서 담배통과 파이프를 조사했다. 그리고 금종이로만 시가를 집어 들었다.

"제기랄! 녀석은'헨리 클레어(유명한 시가 상표)'를 피우는군!"

그는 애연가처럼 시가를 귀에 바짝 대고 부드럽게 문질러 보았다. 시가를 살짝 잡았음에도 불구하고 쪼그라들어 버렸다. 이상하게 생각한 뒤듀는 담뱃잎을 자세히 살펴보다가 무언가 흰 것이 끼워져 있는 것을 발견했다. 핀으로 조심스럽게 꺼내 보자 이쑤시개 만하게 말린 아주 얇은 종이가 나타났다. 여성의 필적으로 씌어진 편지였다.

– 바구니는 다른 것으로 바꾸어 놓았어요. 10개 중 8개는 준비해 두었습니다. 바깥쪽 다리를 누르면 널빤지가 위에서 아래까지 들어올려집니다. 매일 12에서 16까지 HP가 기다리고 있습니다. 하지만 어디로

할까요?

속히 답장을 주시길. 안심하세요. 당신의 여자친구가 지켜보고 있으니까요.

뒤듀 국장은 잠시 생각을 하다가 이윽고 입을 열었다.

"짐작할 수 있겠어. 바구니… 8이라… 12에서 16이라는 것은 정오부터 4시까지라는 말이겠지. 하지만 이 HP는? 이 경우에는 자동차임에 틀림없어. HP는 모터의 힘을 나타내는 마력(馬力)이라는 뜻이 아니겠어? 24 HP란 24마력의 자동차라는 뜻이야."

그는 일어서며 물었다.

"죄수의 식사는 끝났겠지?"

"네."

"이 시가의 모양으로 봐선 아직 편지를 읽지 않은 것 같군. 금방 받은 모양이야."

"어떻게 들어온 걸까요?"

"빵이나 감자 같은 음식물 속에 집어넣었겠지."

"그럴 리가 없어요. 밖에서 식사를 들여오도록 허가한 적이 없었습니다."

"아무튼 오늘밤 뤼팽의 반응이나 지켜보자고. 그리고 한동안 녀석이 감방 안에 못 들어가게 하게. 나는 이걸 예심판사에게 가져가야겠어. 예심판사도 같은 의견이라면 이 편지를 사진으로 찍어봐야겠지. 자네는 뤼팽이 전혀 눈치 채지 못하도록 편지를 다시 잘 넣어서 서랍 속에넣어두라고."

그날 저녁, 뒤듀 씨는 큰 기대를 갖고 듀지 형사와 함께 라 샹테 감옥의 사무실로 갔다. 사무실 한쪽 구석에 있는 난로 위에는 접시가 세 개 놓여져 있었다.

"그가 먹은 겁니까?"

"네."

교도소장이 대답했다.

"듀지, 남은 마카로니를 얇게 자르고 이 빵도 갈라보게. …… 어때, 뭐 나오는 거 없나?"

"없습니다, 국장님."

뒤듀 국장은 접시며 포크, 스푼, 나이프, 날이 둥근 감방용 나이프를 면밀하게 조사했다. 나이프의 손잡이를 좌우로 비틀어보기도 했다. 아니나다를까, 한순간 나이프의 손잡이가 쑥 빠져나왔다. 속이 텅 빈 나이프 안에는 한 장의 종이쪽지가 들어 있었다.

"아르센 뤼팽쯤 되면 좀 다를 줄 알았는데, 이건 너무 유치한 수법인걸. 아무튼 지금은 한시가 급하니… 듀지, 자네는 식당으로 달려가 조사를 해보도록 하게."

편지는 이런 내용이었다.

– 나는 당신만 믿소. 매일 HP로 뒤를 좇게 하시오. 내가 앞장서서 가겠소. 그럼, 가까운 시일안에 만나길.

나의 사랑하는 여인 –

뒤듀 국장은 손을 비비며 소리쳤다.

"마침내 수사가 궤도에 오른 것 같군. 이쪽에서 조금만 조종하면 탈옥은 성공할 것이고 그렇게 되면 우리는 공범을 검거할 수가 있을 거야."

"만약 아르센 뤼팽이 달아나기라도 하면?"

소장이 반대하고 나섰다.

"충분한 인원을 동원하겠습니다. 물론 그렇게 했는데도 도망치면 저희로서도… 허나, 뭐, 걱정할 필요는 없을 것 같습니다. 두목이 불지 않으면 부하들이 털어놓을 테니까요."

사실 아르센 뤼팽은 별로 말이 없었다. 예심판사 쥘 부비에가 몇 달째 노력해 왔지만 헛일이었다. 심문을 해도 판사와 변호사 사이에 그다지 흥미 없는 이야기만 오고갈 뿐이었다. 변호사는 법조계의 거물 당발 씨였지만 피고에 대해서는 신문에 보도된 것을 제외하곤 거의 아무것도 몰랐다. 때때로 아르센 뤼팽은 예의상 마지못해 한 마디씩 지껄였다.

"그렇습니다. 예심판사님의 말 그대로입니다. 리용은행 사건, 바빌롱 가 사건, 위조지폐 사건, 보험증서 사건, 이르메닐, 그레, 앙블반, 그로즈리에, 말라키 성의 강도, 이 모두 제가 한 일입니다."

"그렇다면 좀더 자세하게 설명을 해보시오."

"안 됩니다. 나는 이미 모든 것을 한꺼번에 자백했습니다. 이것만 해도 여러분들이 생각하는 것의 10배는 될겁니다."

이런 지루한 공방에 지쳤는지 예심판사는 심문을 중단했다. 그러나 두 통의 편지가 발각된 다음 다시 심문이 시작되었다. 아르센 뤼팽은 매일 정오에 호송차를 타고 라 상테 감옥을 나와 경찰국으로 보내졌다. 심문이 끝나는 오후 3시나 4시면 다른 죄수들과 함께 다시 상테 감옥으로 돌려보내졌다.

그러던 어느 날 오후, 돌아오는 길에 특별한 일이 벌어졌다. 다른 죄수들의 심문이 끝나지 않아 뤼팽 혼자 호송차에 타게 된 것이다.

흔히 '샐러드 바구니'라 부르는 이 호송차는 세로로 중앙 통로가 있고 양옆에 5개씩 모두 10개의 칸막이가 있었다. 이 칸막이 안에는 걸터앉는 자리가 있었는데 좌석이 매우 불편할 뿐 아니라 옆자리가 널빤지로 막혀 있었다. 맨 끝에는 간수가 앉아 통로를 감시하고 있었다.

뤼팽이 오른쪽 세 번째 칸으로 들어가서 앉자 차가 움직이기 시작했다. 차는 강변을 출발하여 법무부 앞을 지나 생 미셸 다리로 향했다. 다리 중간쯤 오자, 뤼팽은 칸막이의 철판을 오른쪽 발로 눌렀다. 그러자 철판이 약간 열렸다. 그 틈은 두개의 수레바퀴 사이 한가운데 나 있었다. 그는 눈을 접시처럼 크게 뜨고 기다렸다.

차는 서서히 생 미셸 대로로 올라가고 있었다. 갑자기 생 제르맹 네거리에서 호송차가 멈춰섰다. 길 한복판에 짐마차 말이 쓰러져 길을 막고 있었던 것이다. 생 제르맹 거리는 교통이 마비되었고 거리는 차와 합승마차로 뒤엉켜 혼란스러웠다.

아르센 뤼팽은 얼굴을 내밀었다. 다른 한 대의 죄수 호송차가 바로 옆에 서 있었다. 그는 수레바퀴의 굴대에 발을 걸치고 땅 위로 뛰어내렸다. 한 마부가 그를 보고 사람을 부르려고 했지만 움직이기 시작한 차의 소음에 묻혀버렸다. 이미 아르센 뤼팽은 멀리 사라진 후였다.

그는 잠시 달려가다가 왼쪽 보도 위로 올라서서 주위를 둘러보았다.

그는 어느 방향으로 가야 할지 모르는 사람처럼 이곳저곳을 살폈다. 곧 마음을 정한 듯 그는 두 손을 주머니에 푹 찔러 넣고 산책하는 사람처럼 어슬렁어슬렁 태평하게 대로를 걸어갔다.

상쾌한 기분이 느껴지는 가을 날씨였다. 그는 사람들로 가득 찬 한 카페에 들어가 테라스에 자리를 잡고 앉았다. 맥주와 담배 한 갑을 주문한 그는 맥주를 맛있게 마신 다음, 담배를 한 개비 천천히 피웠다. 곧 그는 두 개비째의 담배에 불을 붙였다. 그러다가 갑자기 벌떡 일어나서 지배인을 불렀다. 뤼팽은 지배인을 향해 모든 사람들에게 들릴 만큼 큰 소리로 이렇게 말했다.

"이거 난처하군요. 그만 지갑을 잊어버리고 안 가져 왔습니다. 이삼 일 동안만 외상으로 해주지 않으시겠소? 틀림없이 내 이름을 아실 겁니다. 나는 아르센 뤼팽입니다."

지배인은 농담이겠거니 하며 미심쩍은 태도로 그를 쳐다보았다. 그러나 뤼팽은 되풀이해서 말했다.

"난 아르센 뤼팽입니다. 라 상테 감옥에 갇혀 있었습니다만, 지금 탈옥했지요. 내 이름만으로도 충분히 믿어 주시리라고 생각합니다만."

그는 지배인이 어이가 없어 입만 벌리고 있는 동안 수많은 사람들의 웃음소리를 뒤로 하고 유유히 사라졌다. 뤼팽은 수플로 가를 비스듬히 가로질러 생 자크 가로 나왔다. 그는 쇼윈도 앞에서 걸음을 멈추기도 하고 담배를 피우기도 하면서 태평하게 걸어갔다. 포르 로열 대로에서 잠깐 멈춰 선 그는 조금 생각하다가 똑바로 라 상테가 쪽으로 걸어갔다. 감옥의 무시무시하게 높은 담장을 따라 걷던 그는 보초를 서고 있는 경관 곁으로 가 모자를 벗고 말을 걸었다.

"여기가 라 상테 감옥이지요?"

"그렇소."

"나는 감옥으로 돌아가고 싶습니다. 도중에 수송차에서 떨어졌습니다만, 그렇다고 해서 달아나는 비겁한 짓은……."

젊은 경관은 불쾌한 듯이 말했다.

"이봐요, 어서 갈 길이나 가요!"

"미안하지만 내가 갈 길은 이 안으로 들어가는 겁니다. 나 아르센 뤼팽을 들어가게 하지 않으면 당신 나중에 꽤나 곤란해질 상황에 처하게 될걸요,"

"아르센 뤼팽이라고! 무슨 말을 하고 있는 거요?"

"마침 명함을 가지고 있지 않아서……."

뤼팽은 유들유들한 표정으로 이렇게 말하며 주머니를 뒤지는 척했다. 경관은 당황해서 그를 발끝에서 머리끝까지 훑어보았다. 그리고 아무 말도 하지 않고 기계적으로 벨을 눌렀다. 철문이 열렸고 몇 분 뒤 소장이 몹시 화가 난 표정으로 사무실에서 달려 나왔다. 아르센 뤼팽은 싱글벙글 웃고 있었다.

"소장님, 절 놀리지 마세요. 나 혼자만 호송차를 태우지 않나, 도로를 혼잡하게 만들지 않나. 내가 동료들에게 달려가기라도 할 줄 아셨습니까? 걱정 마시죠. 치안국의 형사가 20명이나 감시중인데 어떻게 달아날 수 있겠어요! 교도소장님 계획이 완전히 틀어져서 어쩌지요?"

그는 목을 움츠리고 이렇게 덧붙였다.

"제발 부탁이니까, 소장님, 내 일에 대해선 상관하지 마십시오. 난 누구의 도움도 받지 않고 도망칠 생각이니까요!"

다음날, 아르센 뤼팽을 대변하는 신문으로 소문난 에코 드 프랑스지-뤼팽이 이 신문의 공동 출자자 가운데 중요한 한 사람이라는 소문이 있다-는 이 탈옥 미수에 대해 상세하게 보도했다. 뤼팽과 그의 여자친구 사이에 오갔던 편지의 내용이며 통신에 사용되었던 방법, 경찰의 음모, 생 미셸 가의 산책, 카페와 수플로 가에서 일어난 일 등 모든 것이 폭로되었다.

듀지 형사가 음식점 종업원들을 조사해 보았으나 아무런 단서도 얻을 수 없었다는 것까지 싣고 있었다. 그 밖에도 사람들을 놀라게 하는 또 다른 사실도 밝혀졌다. 그의 일당들이 감옥용 호송차 여섯 대 가운데 한 대를 슬쩍 개조하여 재배치시켜 놓았다는 내용이었다.

아르센 뤼팽이 가까운 시일 안에 탈출하리라는 것은 이미 누구의 눈에나 분명한 사실로 보였다. 뿐만 아니라 그 사건이 일어난 다음 날, 그는 예심판사인 부비에 씨에게 자신의 탈출을 예고했다. 예심판사가 그의 실패를 놀리자, 그는 찬찬히 예심판사를 바라보며 낮게 가라앉은 목소리로 이렇게 말했던 것이다.

"잘 들어두십시오. 거짓은 조금도 없습니다. 이 탈옥 미수는 내 탈옥 계획의 일부일 뿐입니다."

"도무지 모르겠는걸!"

예심판사는 냉소를 보냈다.

"자세히 알 필요도 이해할 필요도 없습니다."

이 이야기도 에코 드 프랑스 지에 실렸는데, 그 기사에서 그는 짜증난 어조로 이렇게 말했다고 적고 있었다.

"아, 지겨워! 이런 질문은 참으로 쓸데없고 의미 없는 짓인데!"

"뭐라고, 의미가 없다고?"

"없고말고요. 왜냐하면 나는 재판에 참석하지 않을 테니까요."

"참석하지 않는다고?"

"네. 그건 분명합니다. 나는 내 결정을 돌이키지 않을 결심입니다. 어떤 일이 있더라도 말입니다!"

이와 같은 뤼팽의 단언과 날마다 되풀이하는 도무지 종잡을 수 없는 말에 사법당국은 화를 내기도 하고 어리둥절해하기도 했다. 그것은 아르센 뤼팽 혼자만 아는 비밀, 따라서 그것을 털어놓는 것도 뤼팽만이 할 수 있는 것이었다. 하지만 그의 목적은 알 수 없었다. 왜 그 비밀을 자꾸 말하는 것일까? 생각다 못한 교도소 측은 아르센 뤼팽을 아예 다른 감방으로 옮기기로 결정했다.

어느 날 밤 그는 아래층 감방으로 옮겨졌다. 예심판사는 예심을 끝내고 사건을 검사국으로 돌려보냈다. 그런 다음 두 달이나 침묵이 계속되었다. 뤼팽은 그 동안 침대에 누워 대부분의 시간을 벽만 바라본 채 지냈다. 감옥을 바꾼 것이 그에게 있어 큰 타격인 모양이었다. 그는 변호사의 면회도 거절했다. 간수들과도 제대로 말을 하지 않았다.

재판 직전 2주일 동안 마침내 그가 원기를 되찾은 것처럼 보였다. 방안 공기가 나쁘다고 불평을 해서 그는 두 사람의 간수와 함께 아침 일찍 안뜰을 산책할 수 있게 되었다.

한편 세상의 호기심은 가라앉지 않았다. 사람들은 날마다 그의 탈옥 소식을 열렬히 기다리고 있었다. 이 대담한 인물의 활기, 쾌활함, 천변만화의 능력, 발명의 재능과 기괴한 생활태도는 그만큼 대중에게 인기가 있었던 것이다. 아르센 뤼팽은 탈옥할 것이다.

그것은 불가피한 숙명이다. 사람들은 그의 탈출이 늦는 데에 놀라고 의아해할 정도였다.

경찰국장은 아침마다 비서에게 이렇게 물었다.

"어떤가, 녀석은 아직도 달아나지 않았나?"

"아직 아닙니다. 국장님."

재판 전날 밤, 한 신사가 그랑 주르날 지의 사무실을 찾아왔다. 그는 담당기자에게 면회를 청한 다음 한 장의 명함을 남기고는 재빨리 사라졌다. 명함에는 이렇게 적혀 있었다.

- 아르센 뤼팽은 약속을 지킨다

재판 변론은 이런 묘한 기대가 부풀어 있는 상태에서 열렸다. 놀라울 정도로 수만은 방청객들이 재판장을 메웠다. 누구나 그 유명한 아르센 뤼팽을 보고 싶어 했고, 그가 어떤 방법으로 재판장을 놀릴 것인가에 즐거운 기대를 걸고 있었다. 변호사, 사법관, 기자, 예술가, 사교계의 부인 등 파리의 명사들이 방청석으로 몰려들었다.

비가 내리고 있는 흐린 날씨였기 때문에 실내는 어슴푸레했다. 간수가 데리고 나온 아르센 뤼팽의 얼굴이 잘 보이지 않을 정도였다. 그러나 그의 무게 있는 태도, 의자에 걸터앉는 모습, 느린 동작 등은 분명 호감을 줄 만한 것이 아니었다. 그의 변호사-당발 씨는 이런 역할을 맡고 싶지 않다고 거절했기 때문에 그의 조수가 나와 있었다-는 몇 번이나 뤼팽에게 질문을 했다. 뤼팽은 머리를 저을 뿐 잠자코 있었다.

서기가 기소장을 낭독했다. 그런 다음 재판장이 발언했다.

"피고는 일어서시오. 피고의 이름과 나이와 직업은?"

대답이 없어서 그는 다시 되풀이했다.

"이름은? 피고의 이름을 묻고 있소."

지칠 대로 지쳐 있는 듯한 목소리가 대답했다.

"데지레 보드류."

장내가 술렁거리기 시작했다. 재판장은 계속해서 말했다.

"데지레 보드류? 흠! 이건 여덟 번째 가명이겠군. 어차피 가명일 테니, 그냥 아르센 뤼팽으로 해두지. 그쪽이 잘 알려져 있고, 피고에게도 편할 테니까."

재판장은 서류를 보면서 다시 계속했다.

"여러 가지 조사를 했는데도 피고의 신원을 증명해낼 수가 없었습니다. 피고는 과거를 갖고 있지 않다는 매우 색다른 예를 근대 사회에 제기해 주었소. 우리는 피고가 어떤 사람이고, 어디서 왔으며, 소년 시절을 어디서 보냈는지 모릅니다.

요컨대 아무것도 알 수 없다는 겁니다. 피고는 3년 전 갑자기 나타나 지능과 사악, 부도덕과 위선의 기괴한 화합물인 아르센 뤼팽으로 활동하였소. 이보다 전의 피고에 대해서는 겨우 추측해볼 수 있는 정도의 자료밖에 없습니다.

8년 전에 마술사 딕슨의 조수로서 일한 바 있는 로스타라는 자가 아르센 뤼팽으로 추정되며, 6년 전 생 루이병원의 알티에르 박사 실험실에 드나들면서 세균학에 대한 교묘한 가설과 피부병에 대한 대담한 실험으로 때때로 박사를 놀라게 한 러시아인 학생이 아르센 뤼팽이라고 생각되기도 하고, 아직 유도(柔道)가 알려져 있지 않았을 무렵 파리에서 이 일본의 투기를 가르친 것도 아르센 뤼팽인 것 같소.

박람회 대상을 획득을 획득하여 1만 프랑의 상금을 받은 다음 자취를 감추어버린 것도 그이고, 자선 바자회때 천창(天窓)으로부터 수많은 사람들을 구해내고 동시에 그 사람들로부터 물건을 훔친 것 역시 아르센 뤼팽인지도 모릅니다."

말을 잠깐 끊은 재판장은 결론을 내렸다.

"그 무렵은 피고가 사회에 대해서 계획한 투쟁의 면밀한 준비기간으로 볼 수 있겠지요. 피고의 능력과 정력, 기교를 최고도로 발전시킨 수업 시대인 셈이오. 피고는 이러한 모든 사실을 인정합니까?"

재판장의 논고가 진행되는 동안 피고는 등을 둥그렇게 굽히고, 팔을 축 늘어뜨린 채 다리를 움직이고 있었다. 밝은 광선 아래에서 드러난 그의 얼굴은 몹시 여위어서 볼이 홀쭉하고, 이상하게 광대뼈가 튀어나왔으며, 흙빛 얼굴에 붉은 반점이 나타나 있을 뿐 아니라 드문드문 수염이 나 있었다.

감옥에 갇혀있는 동안 늙고 쇠약해진 것일까. 신문에 곧잘 실린 적이 있는 품위 있고 인상 좋은 청년의 얼굴과는 전혀 다른 얼굴이었다.

아르센 뤼팽은 자신에게 하는 질문을 전혀 듣고 있지 않는 듯한 태도였다. 질문은 두 번 되풀이되었다. 그는 뭔가 생각하는 듯 가만히 있다가 힘을 주어 이렇게 말했다.

"나는 데지레 보드류입니다."

재판장은 웃음을 터뜨렸다.

"당신이 왜 그러는지 이해할 수 없군요. 저능하고 무능력한 사람인 척 하려거든 그래도 좋소. 그러나 나는 피고의 방자한 태도를 무시하고 재판을 진행해야 할 의무가 있습니다."

재판장은 뤼팽의 기소장에 있는 절도, 사기, 위조사건에 대해 구체적으로 언급하기 시작했다. 이따금 그는 피고에게 질문을 던졌다. 피고는 중얼거리거나 아니면 대답을 하지 않았다. 증인의 진술이 시작되었다. 시시한 것도 있고 중대한 것도 있었으나, 서로 대치되는 내용뿐이었다. 논의는 어둠 속에 싸여 있는 것 같았다.

이윽고 가니마르가 재판정 안으로 들어왔다. 방청석의 관심이 온통 그에게 쏠렸다. 하지만 이 늙은 경감은 처음부터 방청객에게 실망감을 안겨 주었다. 경험이 많으니 재판장에 서는 것을 겁낼 사람은 아니었지만, 어쩐지 그는 불안해 보였다.

가니마르는 몇 번씩 언짢은 표정으로 피고 쪽으로 눈길을 던졌다. 그러면서도 그는 증인석에 두 손을 걸치고 그가 관계했던 사건, 온 유럽을 찾아다녔던 추적, 미국에 갔을 때의 일 등등을 이야기했다. 사람들은 흥미진진한 모험담이라도 듣는 것처럼 열심히 귀를 기울였다. 그러나 마지막으로 최근 아르센 뤼팽과의 회담에 관한 이야기로 옮겨지자 그는 의식이 흐려진 것처럼 두 번쯤 말을 끊었다.

재판장이 말했다.

"힘들면 증언을 중지해도 좋소."

"아닙니다, 다만……."

가니마르 경감은 슬그머니 말끝을 흐렸다. 그리고는 피고를 뚫어져라 쳐다보았다.

"부탁이지만, 피고를 좀 더 자세히 살펴봤으면 합니다. 분명히 해두지 않으면 안 될 수상한 점이 엿보여서 말입니다."

재판장은 고개를 끄덕여 허락했다. 가니마르는 피고의 곁으로 다가가 주의력을 집중시켜 얼굴을 살폈다. 곧 가니마르는 원래의 자리로 되돌아왔다.

"재판장님… 저는 이 남자가 아르센 뤼팽이 아니라는 것을 단언하는 바입니다."

갑자기 장내가 물을 끼얹은 듯 고요해졌다. 맨 먼저, 그리고 가장 크게 놀란 재판장이 큰 소리로 외쳤다.

"뭐라고요! 무슨 정신 나간 소리를 하는 거요?"

경감은 낮게 가라앉은 목소리로 침착하게 대답했다.

"얼른 보아서는 분간할 수 없을 만큼 매우 닮은 얼굴인 것은 맞습니다. 그러나 조금만 주의해서 살펴보면 이 사나이가 아르센 뤼팽이 아니라는 것을 금방 알 수 있습니다. 이 사람은 결코 아르센 뤼팽이 아닙니다. 코, 입, 머리, 피부색… 더구나 이 눈은… 뤼팽은 이렇게 알코올 중독자 같은 눈이 아닙니다."

"이것 보시오, 증인! 대체 지금 무슨 말을 하는 거요? 차근차근 알아들을 수 있도록 말해 보시오!"

"아르센 뤼팽은 한 불쌍한 사람을 내세워 재판을 치르려는 것 같습니다. 이 자는 뤼팽의 공범자일 수는 있어도 뤼팽은 결코 아닙니다."

장내는 갑자기 술렁이기 시작했다. 흥분한 몇몇 사람은 괴성을 질러댔고, 웃음소리와 감탄사가 여기저기서 연이어 터져 나왔다.

재판장은 예심판사와 교도소장, 간수에게 명령하여 공판을 중지시켰다.

다시 공판이 시작되었다. 부비에와 교도소장은 이 남자가 아르센 뤼팽과 닮았지만 완전히 다른 사람이라고 증언했다.

재판장이 소리쳤다.

"그렇다면 이 사나이는 누구요? 어디서 왔소? 무엇 때문에 법정에 나온 거요?"

재판장은 라 샹테 감옥의 간수 두 사람을 불러냈다.

놀랍게도 그 두 사람은 이 남자가 그들이 교대로 감시했던 뤼팽이라고 증언하는 것이 아닌가? 재판장은 한숨을 내쉬었다. 간수 가운데 한 사람이 분명한 어조로 이렇게 말했다.

"확실합니다. 재판장님. 우리가 감시한 사람은 바로 이 자가 틀림없습니다."

"장담하는 이유를 말해보게."

"사실 저는 이 자를 자세히 본 적은 없습니다. 저는 밤에만 이 자를 감시했고, 또 이 사나이는 두 달 동안 언제나 벽 쪽만 바라보며 잠을 잤습니다."

"그 두 달 전에는?"

"그 전에는 24호 감방에 있지 않았습니다."

교도소장이 직접 나서서 이 점을 분명히 확인시켜 주었다.

"탈옥 미수가 있었던 다음 감방을 바꾸었습니다."

"그러나 소장, 당신은 두 달 동안 그를 지켜보고 있었겠지요?"

"볼 필요가 없었습니다… 워낙 얌전히 있어서요."

"그러니까, 아무튼 처음 수감된 죄수는 이 사나이가 아니라는 겁니까?"

"네."

"그럼, 이 사나이는 누구입니까?"

"그건 저도 모르겠습니다."

"그렇다면 두 달 전부터 가짜가 있었다는 말이 됩니다. 이것을 어떻게 설명하겠습니까?"

"불가능한 일입니다."

"그렇다면?"

재판장은 체념하고 피고 쪽을 돌아보며 조금 부드러운 목소리로 물었다.

"피고는 어떻게 해서, 언제부터 체포되었는지 자세히 설명할 수 있습니까?"

이 친절한 목소리가 남자의 경계심을 늦추고 머릿속을 맑게 해 준 것 같았다. 그는 대답하려고 노력했지만 사람들이 알아듣기에는 역부족이었다. 질문을 알아듣기 쉽고 친절하게 되풀이해 설명해 주자 그는 횡설수설 자신에 대해 대답을 늘어놓았다. 그의 말을 정리하여 다음과 같은 사실이 밝혀졌다.

지금으로부터 두 달 전 그는 파리 경시청 부랑자 수용소에서 하룻밤과 다음날 아침을 보냈다. 수중에 75상팀을 소지하고 있었기에 그나마 곧 그곳에서 나올 수 있었는데, 안뜰을 가로질러 가는 도중 느닷없이 두 명의 간수가 다가오더니 다짜고짜 그의 팔을 붙잡고 호송차에 태워버렸다. 그 후 그는 24호 감옥에서 지내게 되었다.

그래도 그는 그다지 불행하다고 생각하지는 않았다. 밥도 배불리 먹을 수 있고 잠자리도 나쁘지 않았으니까. 그래서 그는 이의를 제기하지 않았다고 한다.

참으로 아이러니컬한 이야기가 아닐 수 없었다. 웃음소리와 흥분이 소용돌이치는 가운데 재판장은 이번 사건을 따로 심리하겠다고 선언하고 재판을 끝냈다.

조사해 본 결과, 다음과 같은 사실이 경시청 수감명부에 올려져 있음이 확인되었다. 8주 전 데지레 보드류라는 남자가 파리 경시청 부랑자 수용소에 유치되었다. 그는 다음날 석방되어 오후 2시쯤 그곳에서 나갔다.

한편 같은 날 오후 2시, 마지막 심문을 마친 아르센 뤼팽이 호송차에 태워졌다. 그렇다면 간수들이 행여 실수를 저지른 것이 아닐까? 그들이 외모가 비슷한 이 사나이를 뤼팽으로 착각한 것이 아닐까? 그것이 사실이라면 간수들의 직무유기였다. 그러나 실수가 아니라 애초부터바꿔칠 계획이었다면? 사건의 장소만 놓고 따진다면 바꿔치기는 성공 가능성이 낮은 시도였다. 이 경우 보드류가 공범이고 아르센 뤼팽을 대신할 작정으로 체포되었다라고 밖에 생각할 수 없었다.

이처럼 희박한 우연과 어이없는 실수의 연속에 의한 황당무계한 계획이 어떻게 기적적으로 성공할 수 있었을까?

데지레 보드류는 곧 범죄자 인체측정과로 넘겨졌다. 그의 인상에 해당하는 카드는 없었다. 하지만 그의 과거는 곧 알 수 있었다. 쿠르베보아, 아스니에르, 르발로에서 흔적이 발견됐다. 그는 구걸을 하며 테르느 성문 부근 공동 주택이 모여 있는 마을의 움막에서 살았었지만 1년 전부터 행방불명 상태였다.

이 사나이는 아르센 뤼팽에게 매수된 것일까? 그런 흔적은 보이지 않았다. 만일 그렇다 하더라도 뤼팽의 도주에 대해서는 아무것도 몰랐을 것이 분명했다. 다만 아르센 뤼팽이 탈출했다는 사실만은 확실했다. 아무튼 그 결과'재판에 참석하지 않겠다'라고 말한 아르센 뤼팽의 의기양양한 예고는 사실로 증명된 셈이었다.

이 불가사의하고 경탄할 만한 탈출에는 오랫동안에 걸친 준비와 노력, 그리고 복잡한 행동조직이 얽혀 있었음에 틀림없었다. 한 달 동안 면밀한 수사를 벌였음에도 불구하고 수수께끼는 여전히 풀리지 않았다. 그렇다고 이 빈털터리 걸인인 보드류를 언제까지고 가두어 둘 수는 없는 노릇이었다. 아르센 뤼팽이 아닌 엉뚱한 사람을 뤼팽으로 고집하여 재판한다는 것은 더더욱 우스꽝스러운 일이었다. 그를 어떤 죄로 고발할 수 있을까? 결국 예심판사는 그의 석방에 동의했다.

그러나 치안국장은 이 사나이를 완전한 자유의 몸으로 내보내는 것에는 반대했다. 풀어주더라도 주위를 엄중하게 감시해야 한다는 것이 그의 주장이었다. 사실 이러한 국장의 생각은 가니마르 경감의 제안이었다.

그의 생각에 보드류는 아르센 뤼팽의 공범도 또한 우연히 사건에 얽혀든 자도 아니었다. 그래도 보드류는 아르센 뤼팽이 교묘하게 이용한 일종의'도구'였다. 보드류를 석방하여 그의 뒤를 미행하면 필히 아르센 뤼팽이나 적어도 그 일당의 발자취를 파악할 수 있지 않을까 하는 생각을 했던 것이다. 가니마르는 포랑팡과 뒤지 두 형사를 보드류에게 배치했다.

안개가 자욱한 1월의 어느 날 아침, 데지레 보드류는 감옥 밖으로 나왔다. 그는 처음에 매우 어리둥절해 했다. 마치 시간이 남아 주체하지 못하는 사람처럼 느릿느릿 라 샹테 가와 생 자크 가를 걸어갔다.

그는 헌 옷가게에서 웃옷과 조끼를 벗었으나 조끼만 헐값으로 팔았다. 보드류는 세느 강을 건너 샤트레로 향했다. 합승 마차가 한 대 앞질러 가자 그는 마차를 타려고 했다. 자리가 없어 마차에 타지 못하자 그는 대합실로 갔다. 가니마르는 대합실에서 눈을 떼지 않은 채 두 부하에게 재빨리 명령을 지시했다.

"마차를 한 대 세워라… 아니, 두 대… 그러는 게 안전하겠어. 한 사람은 나와 함께, 그리고 나머지 한 사람은 녀석의 뒤를 미행하도록 해."

부하는 가니마르의 지시대로 따랐다. 그런데 어느 한순간 보드류가 시야에서 사라졌다. 가니마르는 얼른 대합실로 달려가 보았다. 그러나 이미 그곳에서 그의 모습을 찾을 수 없었다.

"어리석었어. 다른 출구가 있다는 걸 깜빡 잊었다니!"

가니마르가 중얼거리며 자신을 자책했다.

대합실은 내부의 복도는 생 마르탱 가의 대합실과 연결되어 있었다. 가니마르는 얼른 밖으로 뛰어나갔다. 보드류가 바티뇰-자르댕 식물원 근처에서 마차의 맨 윗자리에 올라앉아 리볼리 가의 길모퉁이를 돌아가는 것이 눈에 띄었다.

가니마르는 급히 합승마차를 뒤쫓아갔다. 부하들과 헤어져 혼자 추적을 해야 했기 때문에 그는 화가 치밀었다. 목덜미를 확 낚아채 버릴까 생각했지만 이 자칭 저능아가 미리 계획적으로 그와 부하를 갈라놓았을지도 모른다는 것에 생각이 미치자 충동적인 행동을 자제했다. 가니마르는 주의하여 보드류를 지켜보았다.

보드류는 의자 위에 앉아 꾸벅꾸벅 졸고 있었고 그때마다 흰머리가 리듬에 따라 좌우로 흔들렸다. 조금 입을 헤 벌린 채 자고 있는 그의 얼굴은 그야말로 바보천치 같았다.

그래… 그럴 리 없지! 이런 녀석이 뤼팽일 리는 없어. 또한 공범도 아니야. 다만 우연이라는 것이 이 가엾은 사나이를 괴롭혔을 뿐이라고 가니마르는 생각했다.

보드류는 갈리 라파이에트 네거리에 이르러 마차에서 내렸다. 다시 라 뮈에트 행 전차에 올라탄 그는 오스망 대로와 빅토르 위고 가를 지나 라 뮈에트 정류장에서 전차를 내렸다. 그리고 빈둥거리는 걸음걸이로 불로뉴 숲 속으로 걸어들어 갔다. 그는 가로수 길에서 가로수 길로 옮겨가는가 하면, 온 길을 다시 되돌아 멀리 걸어가기도 했다. 도대체 누구를 찾고 있는 것이란 말인가? 무슨 목적이 있기에 저리 헤매고 다니는 것이란 말인가?

한 시간쯤 이렇게 헤매고 다니는 동안 보드류는 몹시 지친 모양이었다. 이윽고 그는 벤치를 찾아 털썩 주저앉았다. 그곳은 오퇴이유에서 그다지 멀리 떨어져 있지 않았으나, 나무 사이에 가려진 조그마한 호숫가라 사람의 그림자라고는 전혀 보이지 않고 있었다.

그런 상태로 30여 분이 지나갔다. 그 즈음에 가니마르는 안달이 난 상태였다. 그는 저 사나이에게 다가가 직접 말을 걸어보는 것이 좋겠다고 생각을 고쳐먹었다. 가니마르는 보드류와 나란히 벤치에 앉았다.

그는 담배에 불을 붙이고 지팡이 끝으로 모래 위에 동그라미를 그리며 이렇게 말했다.

"참 좋은 날씨입니다. 덥지도 않고……."

침묵. 제법 길게 침묵이 이어졌다. 느닷없이 커다란 폭소가 사나이의 입에서 터져 나왔다. 매우 즐겁고 만족스러운 웃음이었다. 가니마르는 순간 분명한 현실을 깨닫고 머리털이 쭈뼛섰다.

아아… 이 웃음소리! 가니마르가 너무나 잘 알고 있는 자의 웃음소리였다!

가니마르는 돌연 사나이의 옷깃을 움켜잡고 재판소에서 보았을 때 보다 한층 더 주의를 기울여 뚫어지게 바라보았다. 역시 이 남자는… 보드류가 아니었다. 아니, 보드류 그 자가 분명 맞지만 그 자는 아닌 다른 사람이었다.

가니마르는 사나이의 반짝이는 눈과 홀쭉해진 얼굴을 자세히 살폈다. 거친 피부 밑에서 부드러운 살이 점점 드러나고 있었다. 분명히 그 남자의 눈, 그 남자의 입이었다. 젊고 날카롭고 발랄하며 조소를 머금은, 재기 넘치는 바로 그의 표정!

"아르센 뤼팽… 아르센 뤼팽!"

가나마르는 저도 모르게 더듬거리며 중얼거렸다. 가니마르 경감은 갑자기 화가 치솟았다. 그는 상대방의 목을 힘껏 누르며 바닥에 쓰러뜨리려 했다. 제법 나이가 들었지만 아직 웬만한 사람보다 힘이 센 그였다.

그에 비해 상대방은 오랜 감옥생활로 몸 상태가 좋지 못할 것이었다. 만일 이 사나이를 다시 체포할 수만 있다면, 가니마르는 그야말로 혁혁한 공을 세운 경찰관으로 경찰 역사에 영원히 그 이름이 빛날 것이었다. 두 사람의 격투는 생각보다 너무 쉽게 끝났다.

아르센 뤼팽의 일방적인 승리였다. 가니마르가 기선을 제압하며 선공을 시도했던 것은 좋았지만 모든 면에서 아르센 뤼팽은 그보다 훨씬 빠르고 강했다. 곧 가니마르의 오른팔이 힘없이 축 늘어지고 말았다.

"오르페브르 강변에서 유도를 배운 적이 있다면 방금 전의 기술이 팔후려 꺾기라는 것을 알았을 거요."

뤼팽이 차갑고 은근한 어조로 자신의 말을 이었다.

"내가 조금만 더 힘을 주었다면 당신의 팔이 부러졌을 겁니다. 내가 인정하고 존경하는 친구인 당신이 스스로 정체를 드러낸 나에게 무례하게 대하다니! 내 믿음을 이용하지 마시오. 하여튼 좀 괜찮아 졌습니까?"

가니마르는 잠자코 침묵했다. 그는 이 탈옥사건이 순전한 자신의 책임이라고 생각하고 있었다. 자기가 그렇게 과장된 진술을 하지 않았다면, 재판을 망치게 하지 않았다면! 아무튼 가니마르로서는 이번 뤼팽의 탈옥사건은 생애 최고의 수치로 기록될 것이었다. 그렇게 생각하니 절로 눈에 눈물이 흘러내렸다.

"이런!⋯ 가니마르⋯ 이제 와서 너무 자책하지 말길 바라오. 당신이 아니었더라도 누군가 당신과 같은 증언을 했을 겁니다. 나 같은 사람이 아무런 죄가 없는 데지레 보드류를 유죄선고를 받도록 내버려 두었을 것 같소?"

"그렇다면 거기에 있던 자는 역시 자네였단 말이지?
그리고 지금 여기에 있는 자도 역시 그렇고?"

가니마르가 지그시 입술을 깨물며 재차 확인하고자 했다.

"나는 언제나 나입니다."

"아니, 어떻게 이런 일이 가능할 수 있었던 거지?"

"아! 마술사가 될 필요는 조금도 없어요. 그 선량한 재판장이 말했던 것처럼 10년쯤 수업하고 공부하면 어떤 일이라도 할 수 있단 말이오."

"하지만 자네의 얼굴은?⋯ 눈은?"

"1년 반 동안이나 생 루이의 알티에르 박사 밑에서 공부한 것이 겉멋이나 취미라고 생각합니까? 장래 아르센 뤼팽이라 불리게 될 정도의 인물은 인상을 바꾸는 것쯤 아무렇지 않게 할 수 있어야 한다고 늘 생각 했었지요. 사실 인상 같은 것은 언제 어느 때라도 마음대로 바꿀 수 있어요.

파라핀 피하 주사를 맞으면 원하는 곳의 피부를 부풀게 할 수가 있죠. 초성몰식자산을 사용하면 모히칸 족과 똑같이 될 수도 있고, 어떤 즙은 놀랄 정도의 습진과 종기를 만들어 주기도 합니다. 또 어떤 종류의 화학적 방법은 수염이 나 머리털을 자라게 하며, 다른 방법으로 목소리를 변하게 할 수도 있어요.

뿐만 아니라 24호 감방에서 수양하는 동안 입을 비틀기도 하고 머리를 기우뚱하게 만들고, 등 굽히기 연습도 계속했지요. 마지막으로 아트로핀을 다섯 방울 정도 떨어뜨려서 눈동자를 흐리멍덩하게 바꾸면 준비는 끝나는겁니다."

"그렇지만 간수들까지 몰랐다니……."

"변화는 서서히 일어나는 것이니까요."

"그럼, 데지레 보드류는?"

"보드류는 우연찮은 일로 내가 작년에 발견한 가엾은 자입니다. 사실 나와 그는 굉장히 닮았어요. 그래서 난 언젠가 체포될지 모른다는 생각에 녀석을 관리하고 있었지요. 그와 나의 다른 점을 체크했고, 다른 점을 유사하게 바꾸고자 노력했지요. 그를 부랑자 수용소로 보낸 것은 내 친구였소. 계획에 따라 하룻밤 거기서 머물게 했고 나와 같은 시간에 그곳에서 나오도록 조치를 했던 거지요.

당국에서는 그의 정체를 정확히 밝혀냈을 것이오. 물론 그의 행적에 대해서도. 그 과정에서 그와 내가 바뀌었다는 것 역시 알게 됐을 겁니다. 하지만 방법이 없었겠지요. 가짜를 재판정에 내세울 순 없는 일이고……. 그러니 자신들의 무지를 인정하는 것보다야 가짜라고 생각하는 편이 훨씬 좋았겠지요."

"과연 그렇겠군."

가니마르가 맥없이 중얼거렸다. 아르센 뤼팽이 계속 말했다.

"그뿐 아니라 내게는 처음부터 아주 유리한 조건이 한 가지 있었어요. 모두들 내가 탈출에 성공할 것이라고 믿고 있었다는 점이죠. 그래서 사법당국과 내가 벌였던 자유를 건 승부에서 당신이나 다른 친구들이 얼토당토않은 큰 잘못을 저질러 버렸던 거요. 당신들은 내가 허풍이나 떨며 풋내기처럼 의기양양해 있다고 생각했지만, 다른 사람도 아닌 나 아르센 뤼팽이 그리 분별 없는 일을 생각할 것 같습니까?

그리고 당신들은 카오른 사건 때와 마찬가지로 '아르센 뤼팽이 탈출을 공언하는 것은 공언하지 않으면 안 될 무엇인가 특별한 이유가 있기 때문이다'라고는 감히 생각하지 못했어요.

그런데 내가 탈출하기 위해서는… 내가 탈출하기 전에 사람들이 이 탈출을 미리부터 믿는 것이 반드시 필요했던 겁니다. 탈출은 절대 확신을 가진, 한낮의 태양처럼 확실하게 명확한 진리가 아니면 안 된다는 거요. 내 의지 덕분에 그 일이 가능했던 겁니다. 아르센 뤼팽은 탈옥했습니다. 아르센 뤼팽은 재판에 출석하지 않을 겁니다. 그러니 당신이 '이 사나이는 아르센 뤼팽이 아닙니다'라고 말하기 위해서 일어섰을 때 모두들 내가 아르센 뤼팽이 아니라는 것을 금방 믿지 않았다면 그것이야말로 이상한 일이었겠지요.

만일 단 한 사람이라도 의심하여 '만약 아르센 뤼팽이라면?' 하는 간단한 의견을 제시했다면 나는 금방 파멸했을 거요. 당신은 다른 친구들처럼 나를 아르센 뤼팽이 아니라고 생각한 게 아니라, 나를 아르센 뤼팽인지도 모른다고 생각하면서 내 얼굴을 들여다보기만 했어도 좋았을 겁니다.

그러면 내가 아무리 조심하고 있었다 하더라도 나라는 것을 금세 꿰뚫어보았을 거요. 그러나 나는 태연했습니다. 당연히 어느 한 사람도 이 간단한 사실을 깨닫지 못했던 겁니다."

그는 별안간 가니마르의 한쪽 손을 잡았다. 그리고 계속 말을 이었다.

"가니마르 경감, 당신은 우리가 라 샹테 감옥에서 만났을 때, 1주일 뒤 4시에 내가 부탁한 대로 당신 집에서 나를 기다리고 있겠다고 했었지요?"

"한데 죄수 호송차에서는 왜 탈출했소?"

가니마르는 엉뚱한 얘기를 끄집어내며 딴전을 부렸다.

"허세였지요! 쓸모없는 낡은 마차를 동료들이 수선하여 한바탕 연극을 했던 겁니다. 그러나 특별히 유리한 상황이 아니고는 실행할 수 없다는 것을 나는 이미 알고 있었소. 다만 나는 이 탈옥 계획을 실행하여 그것을 대대적으로 선전하는 게 좋다고 생각했지요. 한번 대담한 탈옥 계획을 꾸미면, 두 번째는 미리 실행한 거나 다름없는 효과를 가지게 되니까요."

"그래서 시가를……."

"물론 내가 조작했던 겁니다. 나이프도."

"편지는?"

"물론 내가 썼지요."

"그럼 여자는?"

"그 여자와 나는 같은 사람입니다. 나는 어떤 필적이든 자유자재로 만들어낼 수 있지요."

가니마르는 잠깐 생각하다가 반대 의견을 제시했다.

"범죄자 인체측정과에서는 보드류의 카드를 만들었을 때 그것이 아르센 뤼팽의 카드와 부합된다는 사실을 어째서 알아차리지 못한 거지?"

"아르센 뤼팽의 카드 따위가 존재한다고 믿습니까?"

"뭐라고?"

"존재한다 하더라도 그것은 가짜입니다. 이건 내가 사실 골머리를 앓았던 문제였소. 베르티용 방식으로는 우선 시각에 의한 특징을 기재합니다. 이것이 확실한 방법이 못 된다는 것은 당신도 알고 있겠지요. 그런데 머리, 손가락, 귀 따위의 크기를 잽니다. 이것은 어떻게 해도 속일 수가 없습니다."

"그래서?"

"그래서 돈을 쓴 겁니다. 내가 미국에서 돌아오기 전에 인체측정과의 한 직원을 매수했습니다. 나를 측정할 때 그 직원은 다른 치수를 기입해 넣었죠. 이것만으로도 모든 것은 수포로 돌아간 거지요. 그러므로 보드류의 카드가 뤼팽의 카드와 부합될 리 없지요."

또다시 침묵이 흘렀다. 가니마르가 물었다.

"이제 뭘 할 작정이오?"

"이제는… 우선 휴식도 취할 겁니다. 영양보충도 해야겠죠. 원래의 나로 돌아가는 게 급선무입니다. 보드류를 비롯하여 내가 아닌 다른 사람이 되어보는 것- 속옷이라도 갈아입듯이 인물이며 인상, 목소리, 손짓, 필적까지 바꾸어본다는 건 흥미로운 일임에 분명합니다. 그러나 그렇게 하고 있는 동안에는 자기 자신을 알 수 없게 되는 수가 있어요. 그것이야말로 서글픈 일이지요. 지금 나는 자신의 그림자를 잃어버린 인간의 심정을 느끼고 있습니다. 이제부터 자기를 찾고, 자신을 발견해야지요."

자리에서 일어나 뤼팽이 이리저리 왔다 갔다 하기 시작했다. 차츰 어둠이 대낮의 밝음 속에 섞이고 있었다.

그러던 그가 가니마르 앞에서 우뚝 발을 멈추었다.

"이제 우리의 만남은 이것으로 끝나야 할 것 같은데, 그렇지 않습니까?"

"아니, 아직 한 가지 남아 있네… 사실 나는 이번 탈출 사건의 진상을 밝힐 것인지 어떤 지가 궁금해. 내가 저지른 실수도 있으니……."

"뭐 그런 걸 걱정합니까? 석방된 게 아르센 뤼팽이라는 사실을 아무도 모르고 있는데 말입니다. 나는 사람들에게 기적적인 의문을 남겨두기 위해 이번 탈출사건을 어둠 그 자체로 남겨놓을 생각입니다. 가니마르 씨, 그러니 걱정하지 않으셔도 됩니다. 그럼 이제 이별해야 할 시간인가요? 사실 오늘밤 저녁식사에 초대를 받았기 때문에 어서 옷을 갈아입어야 합니다만……."

"쉬고 싶은 줄 알았는데?"

"그렇긴 합니다만, 이번 약속은 아무래도 거절하기 힘든 자리라서… 휴식은 내일부터 시작할 겁니다."

"식사를 어디서 하는데 그러는가?"

"영국 대사관이오."